世界文學
經典名作

瘟疫

LA PESTE
ALBERT CAMUS

前言

在人類的歷史上，「瘟疫」也稱作「大流行」。而「大流行」等各種不斷進化的疫病也不停地侵襲人類，而疫病並沒有因為科技的進步而消失，從最早的肺結核、鼠疫、伊波拉、AIDS、SARS、流感……到今日的COVID-19都造成了人類的死亡大浩劫……「大流行」就是瓦解人類文明、殲滅人類族種的隱形殺手！今日重讀卡謬的《瘟疫》更能感同身受，身處於這個時代，我們是否能讓人類的愚昧繼續上演……

《瘟疫》又譯《鼠疫》（La Paste）是法國阿爾貝．卡繆創作的長篇小說，也是其代表作。

在非洲阿爾及利亞的奧蘭市發生鼠疫，突如其來的鼠疫讓人不知所措。政客狂妄無知，掩飾諉過，甚至想利用災難來獲取利益；原來過著委靡不振生活的小人物，憑著黑市門路，為人民帶來各種禁品，突然成為了城中的風雲人物；小百姓恐慌無助、自私貪婪，每天都只是過著頹廢生活。瘟疫城市被重重封鎖，無人能夠自由進出。被困在城中的人民，朝思暮想著住在城外的親朋好友。一位到城裡採訪的記者被迫過著無親無友的生活，只有寄望參與自願隊消磨時間。主角里厄醫師這時挺身而出救助病人，與一些同道成了莫逆之交。不過，他的妻子卻遠在療養院，生死未卜……最終鼠疫退卻了，然而儘管喧天的鑼鼓沖淡了人們對疾病的恐懼，可是奧蘭人永遠不會忘記鼠疫曾給他們帶來的夢魘。

在對這部小說的解讀中，很多人願意從卡繆寫作的真實背景解讀——第二次世界大戰期間，身在法國南部的卡繆無法與親人通信，從而陷入孤獨和對法西斯的憎恨中，於是，鼠疫成了法西斯的隱喻——然而，忽略背景，把「鼠疫」看做每個人都可能會遇到的困境，那麼《鼠疫》會因其對困境中人性的深入觀察以及塑造的絕望中人類抱團取暖的真情而更具價值。

從《異鄉人》到《瘟疫》，卡繆表現了一些存在主義哲學的基本觀點：世界是荒謬的，現實本身是不可認識的，人的存在缺乏理性，人生孤獨，活著沒有意義。因此，卡繆雖然再三否認自己是存在主義者，西方文學史家仍然把他列為存在主義的作家。卡繆自己曾這樣說：《異鄉人》寫的是人在荒謬的世界中孤立無援，身不由己。《瘟疫》形象地反映他那個時代的人一些深刻的矛盾。這部小說在藝術風格上也有獨到之處，而且全篇結構嚴謹；生活氣息濃郁；人物性格鮮明。卡繆堅持個人主義的立場，認為個人應置於一切的首位。但在發現強調「個人絕對自由」的存在主義並不能解決資產階級社會生存的矛盾時，卡繆終於回到傳統的資產階級人道主義中去尋求解答他一直在苦思冥想的「人類的出路在何處」的問題。

這部小說在藝術風格上也有獨到之處，而且全篇結構嚴謹，生活氣息濃郁，人物性格鮮明，對不同處境中人物心理和感情的變化刻劃得深入細緻；小說中貫穿著人與瘟神搏鬥的史詩般的篇章、生離死別的動人哀歌、友誼與愛情的美麗詩篇、地中海海濱色彩奇幻的畫面，使這部作品具有強烈的藝術魅力。

一九四七年《瘟疫》獲得了法國文學批評大獎。它是法國文學的代表作，是全世界最暢銷的作品之一，被認為是卡繆最有影響力的作品。這部小說《瘟疫》藉助對苦難、死亡與存在的思考，將現代人的生存困境推到極致，構造了人類反抗姿態與荒誕處境之間的張力，肯定了一種力所能及的行動，提示無神時代的現代人在愛中尋找信仰之源。進一步確立了卡繆在西方當代文學中的重要地位。

阿爾貝・卡繆（Albert Camus，一九一三～一九六〇），法國小說家、散文家和劇作家，「存在主義」文學的大師。一九五七年因「熱情而冷靜地闡明瞭當代向人類良知提出的種種問題」而獲諾貝爾文學獎，是有史以來最年輕的諾獎獲獎作家之一。

卡繆在他的小說、戲劇、隨筆和論著中深刻地揭示出人在異己的世界中的孤獨、個人與自身的日益異化，以及罪惡和死亡的不可避免。但他在揭示出世界的荒誕的同時卻並不絕望和頹喪；他主張要在荒誕中奮起反抗，在絕望中堅持真理和正義；他直面慘淡人生的勇氣；他「知其不可而為之」的大無畏精神使他在第二次世界大戰之後不僅在法國，而且在歐洲並最終在全世界成為他那一代人的代言人和下一代人的精神導師。

關於本書

郭宏安

如果我們說《瘟疫》是卡繆作品中最耀眼的王冠，那真是一點也不誇張的，《瘟疫》在當代世界文學的地位，已是無容置疑的經典代表作！

《瘟疫》（亦譯為《鼠疫》）不稱「小說」，而曰「記事」，從構思到成書，歷時八年，一九四七年出版後一週，即獲文學評論獎，兩年內就再版八次，引起轟動！一部沒有女主角的小說會有這樣廣大而持久的讀者群，在文學史上是極為罕見的，非有震撼人們靈魂的力量才行。這種力量的產生，不能只靠觸及時代的熱點，還需要有某種更深刻、更久遠的原因，這也許只有在神話中才能找到。

卡繆在構思寫作《瘟疫》時所懸的目標，正是神話。他要創造一個神話，他也要通過神話來表達他的思想。在這裡，形式和內容是密不可分的整體。他在談及自己的作品時說：「……一些不說謊的人，也就是非現實的人。他們並不在這世界上。這大概就是為什麼我迄今仍非人們所理解的那種小說家，而是依據其激情和焦慮創造神話的藝術家。」創造神話不是講述故事，神話追求的是普遍性和超越心生，不怕單調和重複，而故事追求的是曲折性和生動性，最忌枯燥和抽象，然而對於人的靈魂具有震撼力的卻是神話而不是故事。卡繆所讚賞的美國作家赫爾曼。梅爾維爾就是一位神話的創造者，亞哈船長追捕白鯨莫比．迪克的故事就是一個關於「人與惡搏鬥」、關於「促使人先是反抗造物及造物主、繼而反抗同類和自己的那個不可抗拒的邏輯」的神話。本書亦可做如是觀。

卡繆在寫作伊始就做了如下的表述：「我想通過鼠疫來表現我們所感到的窒息和我們所經歷時的那種充滿了威脅和流放的氣氛。我也想就此將這種解釋擴展至一般存在這一概念。」一語破的，創造神話的意圖朗然若揭：鼠疫已不僅僅是一種具體的傳染病了，它成為象徵，而且是多層面的象徵，舉凡納粹、戰爭、人生的苦難（疾患、孤獨、離別等等）、死亡、人性之惡、醜陋政客的嘴臉都可以在這巨大的象徵中占一層面。正如作者為這本書選擇的題辭所言：「用另一種囚禁生活來描繪某一種囚禁生活，用虛構的故事來陳述真事，兩者都可取。」（丹尼爾．笛福）卡繆取了兩種，冶於一爐，創造出一個人抵抗「惡的神話」。

既然是人抵抗惡，那就離不開人及其生存的世界。卡繆十分注意耕耘神話的土壤，讓象徵在現實中紮根。他指出：「像最偉大的藝術家們一樣，梅爾維爾把他的象徵建立在具體之上，而不是在夢的質料之中。神話的創造者具有天才的特性，僅僅是因為他將神話置於厚實的現實之中，而不是置於想像的流雲之中。」於是，卡繆也如同《白鯨記》的作者一樣，讓他的《瘟疫》充滿現實世界的無數準確逼真的細節，讓日常生活的平淡的風在其間吹拂，從而更見出與惡相搏之驚心動魄：這是尋常百姓的英勇和尊嚴，有頂天立地之慨，而無叱吒風雲之態。在卡繆的筆下，病鼠的垂死掙扎，患者的痛苦煎熬，醫生們的努力，衛生防疫組織的工作，以及封城之後市民的種種反應，咖啡館、電影院、商店等場所的反常的熱鬧，黑市的猖獗，等等，這一切都被以一種無可挑剔的現實主義手法，生動準確地呈現出來。有些場面，如里厄醫生與妻子在車站告別；格朗望著櫥窗中的木刻玩具淚流滿面等，都具有一種催人淚下的力量，的確是平淡之中湧動其激情，是日常生活中時時可以見到的。

正是在這種厚重的現實的基礎上，卡繆構築了一個「沒有女人的世界」。這是某種抽象，某種昇華。沒有女人的世界是無法呼吸的世界，是惡肆虐的世界，是必須激勵人們奮起抗爭的世界。卡繆就這樣進入了神話世界，把對於鼠疫的解釋「擴展至一般存在」，即人生本相。在《瘟疫》中，現實與神話相互依存，缺一不可，現實是神話籠罩下的現實，就失去生命。然而這生命雖屬必要，卻並不充分。藝術家不能拒絕現實，是因為他必須給予現實以一種更高的證明。」神話的創造不就是對於現實人生的一種更高的證明嗎？

《瘟疫》被稱為「記事」，其人物塑造也很少求助於想像，然而這也許正是神話人物的特點：真實但不求細膩，鮮明但不求獨特，生動但不求豐滿。批評家也許可以指責作者多少把人物當成了某種觀念的載體，但他絕沒有理由說這些人物是些蒼白的概念和沒有生氣的木偶。卡繆原本無意於塑造單個的典型，把人物搞得血肉豐富栩栩如生，因此也極少施筆墨於人物形體的刻劃和音容笑貌的複製，然而他絕不放過人物精神活動曲線的每一個起伏或轉折。這使他筆下的人物雖面目不清卻躍然紙上，雖線條粗略卻真實可信，並沒有傳聲筒的毛病。一種深刻的歷史感和強烈的現實感使這些人物很自然地進入讀者的生活，只要人還需要與惡抗爭，而這種抗爭看來是永遠需要的。這正是神話人物的特殊的魅力：人們只是相信其存在，而不必知其頭髮為棕色還是金黃，其眼睛是灰色抑或藍色。

例如，醫生里厄，他既能思想，又能行動，他以清醒的頭腦和果決的毅力參加一場必須的戰鬥。他並不抱有任何幻想，也不自詡「為了人類的得救而工作」，他只是履行醫生的職責：「對人的健康感興趣」，做好「本分工作」。他的勇氣是一個普通人的勇氣，但我們知道，普通人的勇氣在為了生命和正義而鬥爭的時候，可以產生出多麼驚人的力量。塔魯則不同，他為了躲避精神上的鼠疫和追求「內心安寧」來到這座醜陋的城市，他的目標高得嚇人，他要做一個「不信上帝的聖人」，他需要某種非常的事件來顯示和保持他的精神上的卓越，因此他感到「做一個真正的人」更為困難。作者對他有著很深的敬意，然而並不把他推薦為可以仿效的榜樣。格朗這位事業上和愛情上都未獲成功的小職員，卻以其正直甚至平凡贏得作者的同情甚至敬重，他那近乎可笑的對於完美的追求終於因意識到限度而未演化為愚蠢的虛妄，使他能夠「一本正經地再不去想他的女騎士，專心致志地做他應該做的事情。」作者把「這位無足輕重和甘居人後的人物」推薦為「英雄的榜樣或模範」，這絕不是無謂的調侃，而是「使真理恢復其本來面目，使二加二等於四」。還有那位新聞記者朗貝爾，他因採訪而滯留疫城，一心想著的是出城與情人相會，並不認為鼠疫與他有什麼相干。他追求的是幸福，然而他終於認識到：「要是只顧一個人自己的幸福，那就會感到羞恥。」於是，他加入了抵抗鼠疫的戰鬥。帕納盧神父開始時將鼠疫看作上帝對人類的「集體懲罰」，號召信徒們謙卑地接受，因為他不相信「徒勞無功的人類科學」，但是無辜的兒童的死使他受到震動，不得不重新審視自己的信仰。他自己卻因拒絕治療而死於鼠疫，這無謂的死告訴人們，以順從代替鬥爭會導致什麼。然而，在這場人與鼠疫的殊死搏鬥中，真正應該受到蔑視的只有那個形跡可疑的科塔爾，因為只有他是與鼠疫「合作」的。

總之，《瘟疫》中的這些有名有姓有言語行為的人物，代表了人在惡的面前所可能有的種種表現（人性之惡），他們使人抵抗惡這一古老的神話煥發出新的活力，在其中注入了人們經歷過的或可以想像的生活真實。

《瘟疫》的語言樸素明快，從容不迫地記述了這一場災難的興衰起伏。口吻的平淡與事件的巨大之間形成強烈的反差，這是卡繆向司湯達爾等古典作家學習的結果，同時也是一切神話都具有的明顯特徵。沒有故意製造的效果，沒有聳人聽聞的誇張，也沒有精心編織的懸念，有的只是老老實實的見證和平平常常的思考，然而深刻的哲理恰恰蘊藏在這裡。真理不在人跡罕至的高山上，也不在玄奧難解的說教裡，真理就在人們生活的大地上，就在人們每日的煩惱和歡樂中。這也是那些偉大的神話早已告訴人們的東西。

出場人物

貝爾納．里厄：醫生，堅定地為自己的職業付出全部，在災難面前始終保持冷靜態度。

里厄的母親：一位慈祥的老太太，身材矮小，銀髮，黑眼睛，溫和、冷靜、仁慈。

里厄的妻子：與丈夫分隔兩地，已經病了一年，在鼠疫中死於肺結核。

老米歇爾：里厄醫生的門房，患上鼠疫，在高燒後窒息死亡。

尚．塔魯：鼠疫的志願者，鼠疫發生前幾個星期才定居奧蘭市，淳樸、善良，最後被鼠疫奪去了生命。

雷蒙．朗貝爾：新聞記者，被困於城中之後，因牽掛巴黎的女友，曾設法逃出城。

約瑟夫．格朗：市政府職員，五十來歲，在白天統計死亡人口，夜裡則偷偷伏案寫作。

科塔爾：格朗先生的鄰居，推銷各種酒的代理商（但這只是掩護其黑市買賣的行為），身材肥胖，曾上吊自殺被格朗先生救了下來。

奧東先生：預審法官，高個子，有一個兒子和女兒，兒子菲利普死於鼠疫。

奧東夫人：在鼠疫中被關在醫院隔離，十分關心病倒的兒子。

帕納盧：神父（教士），一位博學而活躍的耶穌會教士，在城裡眾望所歸。
里夏爾：奧蘭市最有聲望的醫生之一，奧蘭醫師聯合會書記，最後被鼠疫奪去生命。
卡斯特爾：老醫生，在疫情中研製出鼠疫的血清。
梅西埃：奧蘭市滅鼠隊隊長。
尚娜：約瑟夫・格朗的妻子。
加西亞：商品走私犯，朗貝爾讓其幫忙逃出城裡。
拉烏爾：商品走私犯，加西亞的同夥，身材高大，體魄強健。
岡薩雷斯：足球運動員，加西亞的朋友，瘦高個子，疫情期間接收看管隔離營的工作。
馬塞爾：負責守衛西城門的門衛，幫助朗貝爾出城。
路易：負責守衛西城門的門衛，幫助朗貝爾出城。
康：在市軍樂隊搞音樂的一個黑色小鬍子大高個兒，鼠疫期間死於發燒。

用另一種囚禁生活，來描繪某一種囚禁生活，
用虛構的故事來陳述真事，兩者都可取。

——丹尼爾．笛福[1]

[1] 丹尼爾．笛福（一六六〇～一七三一）：英國十八世紀名作家，著有《魯濱遜飄流記》等。

1

故事的題材取自四十年代的某一年在奧蘭市所發生的一些罕見的事情。以通常的眼光來看，這些不太尋常的事情發生得頗不是地方。乍看起來，奧蘭只不過是一座平淡無奇的城市，只不過是法屬阿爾及利亞沿海的一個省城而已。

城市本身相當醜陋，這點是不得不承認的，它的外表很平靜，但要看出它在各方面都不同於很多商業城市，那就必須花費一些時間才行。怎麼能使人想像出一座既無鴿子，又無樹木，更無花園的城市？怎麼能使人想像在那裡，既看不到飛鳥展翅，又聽不到樹葉的沙沙聲？總之，這是一個毫無特點的地方。在這個城市裡，只在觀察天空才能看出季節的變化。只有那清新的空氣，小販從郊區運來的一籃籃的鮮花才帶來春天的信息，這裡的春天是在市場上出售的。夏天，烈日烤炙著過份乾燥的房屋，使牆上蒙上了一層灰色的塵埃，人們如果不放下百葉窗，就沒法過日子。但到了秋天，卻是大雨滂沱，下得滿城都是泥漿。直到冬天來臨，才出現晴朗的天氣。

要了解一個城市，比較方便的途徑不外乎打聽那裡的人們怎麼幹活，怎麼相愛，又怎麼死去。在我們這座小城市中不知是否由於氣候的緣故，這一切活動全都是用同樣的狂熱而又漫不經心的態度來進行的。這說明人們在那裡感到厭煩，並同時又極力使自己習慣成自然。那裡的市民很勤勞，但目的不過是為了發財。他們對於經商特別感到興趣，用他們的話來說，最要緊的事是做生意。

當然，他們也有一般的生活樂趣和享受，例如：喜歡女人，喜歡看電影和到海濱去沐浴，但是他們很有分寸，把這些娛樂安排在星期六晚上或星期日，其他日子裡則設法多賺些錢。下午下班後，他們按時在咖啡館相聚，在同一條林蔭大道上散步或者待在陽台上。年輕人喜歡尋找一些短暫而強烈的刺激，至於那些年紀大的人的嗜好，則不外乎跑跑撞球俱樂部，參加聯誼團體舉行的宴會，或者上俱樂部去狂賭一番，碰碰運氣。

一定有人會說，這並不是我們這個城市特有的現象，我們的同時代人都是這樣生活的。不錯，在今天的社會裡，我們看到人們從早到晚地工作，而後卻把業餘生活的時間浪費在賭牌、上咖啡館和閑聊上，這種情況，看來是再自然不過的事。但是，有些城市和地方的人們卻不時地在考慮一些其他的生活內容。

雖然一般來說，他們的生活並不因此而有所改變，可是能有這種考慮就比沒有強。而奧蘭卻相反，它似乎是一座十足的現代城市，也就是說，那裡的人們除了日常生活外是不考慮什麼其他事情的。因此，沒有必要確切地描繪我們這裡的人們的戀愛方式。他們之間的男女關係不是短暫地縱慾狂歡，就是安於長期的夫婦生活。除這兩個極端之外，很少有中間狀態。這也不是他們所獨創的。奧蘭跟別處一樣，由於缺少時間和思考。人們只能處於相愛而又不自覺的狀態。

本城比較獨特的地方是死亡的困難。不過困難二字用得並不好，還是說難受比較恰當。生病總是不舒適的，但是在有些城市和地方，你如生了病就會得到幫助，也就是說在某種程度上可以聽其自然。但是在奧蘭，為了適應嚴酷的氣候，大量的生意經、枯燥無味的景色、短促的黃昏、娛樂的方式等等，需要有一個健康的身體。一個生病的人在那裡都感到孤寂，更何況是垂死的人。

試想當全城的人都忙於在電話中或在咖啡館裡談著票據呀、提貨單呀、貼現呀等等的同時，一個關閉在被烈日烤得劈啪發響的重重牆頭後面的垂死病人該是什麼境況？人們可以想像，即使在現代生活的條件下，一個乾熱的地方，當死神來臨時將會帶來何等難受的滋味！

這番情況介紹也許能使人對該城有一個清楚的概念。雖然如此，這一切畢竟不該過分予以誇張。值得提出的是該城的市容和生活一樣平庸。但是一旦過慣了，也不難打發日子。既然在這個城市裡生活是不難習慣的，因此可以說一切都還過得去。

當然，這樣看來，這個城市的生活的確不太有情趣。不過，這裡至少沒有發生過什麼混亂，本城居民的坦率、友好和勤勞常常贏得外來遊客的理所當然的好評。這個沒有景色、沒有草木和沒有靈魂的城市，卻給人們一種寧靜的感覺，最後會把人帶入夢鄉。可是，應該說句公正話，該城四周風景之美倒是無與倫比的，它處在一個光禿禿的高原中間，周圍是陽光照耀著的丘陵，前面是一個輪廓完美無缺的海灣。令人遺憾的只是城市是背著海灣建造的，因此如果不走上一段路是看不到海的。

知道了上述這些情況，就不難相信，這個城裡的居民是根本不會預見到發生在那年春天的那些小事件——我們下面會看到——是此後一連串嚴重事件的先兆，而這一連串的事件也就是本書要報導的內容。這些事在有些人看來是不足為奇的，而另一些人則認為簡直不可置信。但是無論如何，一個寫報導的人是不能考慮這些矛盾的看法的。他的任務只是：當他知道某件事確已發生，而且這件事已關係到全體人民的生死，因而會有千千萬萬的見證人從內心深處證實他所說的話是真的，這時他就說：「這件事發生了。」

再者，這件事的敘述者——到時候，讀者就會對他有所了解——只是由於一種巧遇才使他有機會收集到一定數量的證詞，而且當時的形勢使他本人也捲入了他要敘述的事情中去，否則他是沒有充分的理由來從事這項工作的。正是在這種情況下，他才有機會充當史學家的角色。不用說，一個史學家，即使是業餘的，也總是擁有一定的資料的。因此這段歷史的敘述者也有他自己的資料：首先是他自己的見證；其次是別人的見證，因為他的地位使他能收集這篇報導中所有人物向他傾訴的心理話；最後還有終於落入他手中的一些文字資料。他可以在自己認為需要時加以引證和按照自己認為最好的方式加以利用。而且他還可以……然而這段開場白和嘩眾取寵的話，也許該到此為止了，還是言歸正傳吧！

有關下述這件事的頭幾天的經過，還得說得詳細一些才行！

2

四月十六日早晨，貝爾納．里厄醫生從他的診所走出來時，在樓梯口中間踢到了一隻死老鼠。當時他只是踢開這隻小動物，並沒有把牠當一回事，就直接下樓了。但是當他走到了街上，突然想起這隻老鼠死得不是地方，於是又走回來把這件事告訴了看門人。看門人米歇爾老頭兒的反應，更使他感到這個發現不尋常。出現這隻死老鼠，對他來說只是有點奇怪而已，但在看門人看來，簡直是一件荒唐事。他斷言這幢樓房裡根本沒有老鼠。醫生對他說在二樓的樓梯口確實發現一隻老鼠，而且可能是隻死老鼠。但這也白說一通，米歇爾絲毫不動搖：樓房裡沒有老鼠，這一隻一定是人家從外面帶進來的。總之，這是個惡作劇。

當晚，貝爾納．里厄站在樓房的過道中掏鑰匙打算上樓回家，忽然看見一隻全身濕漉漉的大老鼠蹣跚地從過道的陰暗角落裡走了出來。牠停了一下，像是要穩住身子，然後向醫生跑過來，接著又停下來在原地打轉，同時又輕輕地吱了一聲，最後半張著嘴，口吐鮮血，倒在地上。醫生細看了一會兒就上樓了。

他當時想的並不是老鼠，只是這口鮮血勾起了他的心事。他那已經病了一年的妻子明天就要到山區療養院去。他一回家就看見她按照他的吩咐在臥室裡躺著，這是為了應付旅途勞頓，預先做的準備。她微笑著說：「我覺得很好。」

醫生在床頭燈光下注視著她轉過來向著他的臉龐。儘管她已有三十歲了，又是帶有病容，但在里厄看來，她的臉始終同她少女時的模樣。大概是這抹微笑，使其他不足之處都消失了。

「能睡就睡吧，護士十一點鐘來，我陪你們上十二點鐘的火車。」

說完，他吻了一下她那有點濕潤的前額。她帶著微笑，目送他到房門口。

第二天，也即四月十七日，八點鐘，看門人在醫生經過時攔住了他，責怪那些惡作劇者又在過道中放了三隻死老鼠。這些老鼠大概是用大型誘捕器捕獲的，因為牠們渾身是血。看門人拎著死老鼠的腳，在門檻上已站了一些時候，他想等有人來時說些挖苦話，從而使那些惡作劇者自我暴露。然而並無下文。

「好啊，這些壞傢伙，」米歇爾說：「我終究會把他們抓住的！」

里厄覺得有些迷惑不解，他決定從城市的外圍地區開始他的出診，他最窮的病人都住在那裡。在那些區裡的垃圾清除工作要比別處晚得多，汽車沿著那裡的塵土飛揚、筆直的道路行駛時，掠過一些放在人行道旁的廢物箱。在一條街上醫生數了一數，丟棄在廚餘和破布堆裡的死老鼠大約有十二隻。

第一個病人住在一間沿街的房子中，吃飯睡覺都在這間房裡。床上躺著病人。他是個面孔鐵板、滿是皺紋的西班牙老人。被子上有兩鍋滿滿的鷹嘴豆放在他面前。病人原來坐在床上，醫生進來時，他的身子從後一仰，想喘口氣，重又發出那老哮喘病人的尖聲哮鳴。他老婆馬上拿來一個面盆過來。

醫生在為他打針時，他說：「嗯，醫生，牠們出來了，您見到了嗎？」

他老婆接口說：「不錯，隔壁人家撿到了三隻。」

老頭兒搓搓手又說：「牠們走出來了，所有的垃圾桶裡都有，是餓壞了哪！」

里厄接著注意到全區的居民都在談論老鼠的事。出診完畢，他就回家了。

米歇爾告訴他：「有您一份電報在樓上。」

醫生問他有沒有發現別的老鼠。

「噢，沒有，」看門人回答說：「你知道，我守在這裡，諒這些畜生也不敢來。」

里厄從電報中得知，他母親將於明天來到。她是因兒媳要離家養病，所以來為兒子照料家務的。醫生走進屋子，護士已到了。里厄看見他的妻子站著，穿著一色的上衣和裙子，已經梳妝打扮過了。

他微笑著對她說：「這樣好，很好。」

過了不久，他們到了車站，他把她安頓在臥車車廂裡。

她注視了一下車廂說：「這對我們來說，太花費了，對嗎？」

「本來就需要這樣。」里厄說。

「關於這些老鼠的事情，究竟是怎麼一回事？」

「我也不知道。這事很奇怪，但是會過去的。」

他接著急速地對她說，請她原諒，他本該好好照顧她的，但卻對她太不關心了。她搖搖頭，好像叫他不要再往下說了。

但是，他又說：「妳回來時，一切會變得更好。我們會有一個新的開端。」

她的眼睛閃著光，說道：「對，我們會有一個新的開端。」

過了一會兒，她轉過身去看窗外。月台上人群熙熙攘攘，你推我搡。火車的排氣聲傳進了他們的耳朵。他叫了一下妻子的名字，她回過身來，他見到她臉上掛滿著眼淚。

他輕聲地說：「不要這樣。」

她含著淚，重又露出笑容，雖然笑得有點兒勉強。

她深深地透了口氣說道：「去吧，一切都會很順利的。」

他緊緊地抱住了她。回到月台上，透過玻璃窗，他看到的只是她的微笑。

「得好好保重啊！」他說。但是她已聽不見了。

里厄走近月台的出口處，迎面碰到了預審法官奧東先生，手攙著他的小兒子。醫生問他是否出門去。奧東先生是個高個兒，黑頭髮，相貌一半像過去所謂上流社會的人物，一半像一個陰鬱的運屍人。

他用和藹的聲音簡短地答道：「我在等我的夫人，她是專程去探望我家屬的。」

火車鳴笛了。

法官說：「老鼠……」

里厄朝著火車行駛的方向注意了一下，但又回過頭來向著出口處，說：「老鼠嗎？這不是什麼大不了的事。」

這時候，唯一使他不能忘記的是一個鐵路搬運工人打那兒經過，膀子下挾著一個裝滿死老鼠的箱子。

同一天下午，門診一開始，里厄接見了一位青年人，據人家告訴他，這人是新聞記者，早上已經來過。他叫雷蒙·朗貝爾。這是一個身材不高，寬肩膀，神色果斷，雙目明亮而聰明的人。朗貝爾身穿運動衣式樣的服裝，看來生活寬裕。他直截了當地說明來意：他是受巴黎的一家著名報紙的委託來調查阿拉伯人的生活情況的，要找些關於他們衛生條件的資料。

里厄告訴他，他們的衛生條件並不好。但是在進一步談論之前，他想知道，記者是否能據實報導。

「當然。」對方說。

「我是說您能全面地對這種情況進行譴責嗎？」

「全面？說實話，不能。不過我想這樣的譴責可能是沒有根據的。」里厄不慌不忙地說，這樣的譴責實際上可能是沒有什麼根據的。但是他提出這一問題的目的，只是想知道朗貝爾的見證是否能做到坦率而毫無保留。

「我只能接受無保留的見證，因此我不能提供資料支持您的見證。」

「您的話簡直同聖茹斯特❶如出一轍。」新聞記者微笑著說。

里厄繼續用平靜的語調說，他對聖茹斯特一無所知，他講的是一個對世界感到厭倦的人的語言，但他喜愛他的同類，因此，就他本人來說，絕不接受不公正的事物，也絕不遷就。朗貝爾縮著脖子瞧著醫生。

「我想我理解您的話。」最後他一邊說著，一邊站了起來。

醫生送他到門口說：「謝謝您能這樣看待問題。」

朗貝爾顯得不耐煩地說：「好，我懂得，請原諒我打擾您。」

醫生同他握手，告訴他此刻市內發現大量的死老鼠，關於這件事，可能會有不尋常的事。

「哦！」朗貝爾叫了起來：「這事我感興趣。」

下午五時，醫生正要為另一些病家出診，在樓梯上同一個年紀還比較輕的人擦肩而過，此人

---

❶聖茹斯特（一七六七～一七九四）：十八世紀末法國資產階級革命時期雅各賓派領袖之一。

外形厚實，肥頭大耳，凹陷的臉上，橫著兩條濃密的眉毛。在住在這幢樓房最高一層的那些西班牙舞蹈家的家裡，他曾經見過這個人幾次。這人名叫尚·塔魯，他站在梯級上，一本正經地吸著香菸，一邊注視著腳旁一隻快要死去的老鼠在做最後的抽搐。他抬起頭來，灰色的眼睛冷靜地盯住醫生，向他打了一個招呼，接著說這些老鼠的出現是件奇怪的事情。

里厄說：「不錯，可是這件事到頭來會令人厭惡的。」

「不全是這種看法，醫生，只是從某一個方面看是這樣。我們不過是從未見過類似的事罷了。但是我對這事感興趣，不錯，實在感興趣。」

塔魯用手向後掠了掠頭髮，重新觀察那隻老鼠，這會兒，牠已不動了。他向里厄笑道：「總之，醫生，這主要是看門人的事情。」

醫生正好看見看門人在樓房的前面，背靠著門口附近的牆上，他那平時充血的紅臉上顯露出一副倦容。

里厄告訴看門人，又發現了死老鼠，老米歇爾說：「對，我知道，現在是三三兩兩的出現。不過在別的屋子裡情況也是這樣。」

他神情沮喪，顯得心事重重，漫不經心地用手擦著脖子。里厄問他身體怎樣。當然，看門人不能說自己身體不好，他說只是覺得有些不舒服。根據他的看法，這是心理作用引起的。這些老鼠使他感到不安。要是不再看到老鼠，一切都會大大好轉。

可第二天早晨——那天是四月十八日，醫生從車站接他母親回來時發覺米歇爾的面頰下陷得更厲害了。從地窖到樓頂，樓梯上有十來隻死老鼠。鄰居們的垃圾桶也裝滿了。醫生的母親知道了這件事卻不吃驚。

她說：「這類事情是會有的。」

她身材矮小，一頭銀髮，一雙黑眼睛顯得很和善。

她說：「貝爾納，見到你我很高興，這些老鼠一點也影響不了我的情緒。」

醫生同意他母親的話；真的，跟她在一起，什麼事情總好像很容易解決似的。

但是，里厄仍然打了一個電話給市裡的滅鼠隊。他認識那裡的隊長，問他是否聽到有大量老鼠死在露天這件事。梅西埃隊長說他聽說了，並且，在他那離開碼頭不遠的所裡就有人發現五十來隻。不過，他不能肯定這情況是否嚴重。里厄也決定不了。但是他認為滅鼠隊應該管一管。

梅西埃說：「對啊，但要有命令下來才行。如果你認為真值得這樣做的話，我可以要求上級下命令。」

「值得一做啊！」里厄說。

剛才他的女傭告訴他，在她丈夫工作的大工廠中，已撿到了幾百隻死老鼠。

大致上就在這一時期，城裡的人開始擔心了。因為，從十八日起，從工廠和倉庫中清除出了好幾百隻死老鼠。在有些情況下，人們不得不把臨死抽搐時間過長的老鼠弄死。而且，從城市的外圍地區到市中心，凡是里厄醫生所經過的地方，凡是有人群聚居的地方，成堆的老鼠裝在垃圾桶中，或者一連串地浮在下水道裡有待清除。

晚報自那天起就抓住了這件事情，責問市政府是否在準備行動，考慮採取什麼緊急措施來對付這一令人厭惡的現象，以保障市民的健康。可是市政府根本沒有打算，也根本沒有考慮過什麼措施，只是先開了一次會進行討論。滅鼠隊奉令每天一清早就收集死老鼠，收集後，由該隊派兩輛車子運往垃圾焚化廠燒燬。

然而，此後幾天中，情況嚴重起來了，撿到的死老鼠數目不斷增加，每天早上收集到的也越來越多。第四天起，老鼠開始成批地出來死在外面。他們從隱匿的屋角裡、地下室、地窖、陰溝等處成群地爬出來，搖搖晃晃地走到光亮處躊躇不前，在原地打上幾個轉，最後就死在人的腳旁。到了夜裡，在過道中或巷子裡都可以清晰地聽到他們垂死掙扎的輕聲慘叫。在郊區的早晨，人們見到牠們躺在下水道裡，尖嘴上帶著一小塊血跡。有些已腫脹腐爛，有些直挺挺地伸著四肢，鬚毛還直豎著。在市區可以在樓梯口或院子裡見到一小堆一小堆的死老鼠。也有孤零零地死在市政大廳裡，學校的風雨操場上，有時還死在咖啡館的露天座位中間。使城裡的人驚愕不止的是在市區最熱鬧的地方也能發現牠們。武器廣場、林蔭大道、海濱馬路，一處接著一處遭到了污染。

儘管人們一清早就把死老鼠打掃乾淨，但是牠們在白天又越來越多地在市內出現。不少夜行者在人行道上行走時，腳下會踏到一隻軟綿綿的剛死不久的老鼠，就彷彿負載我們房屋的大地正在清洗她汙穢的體液，讓直到現在為止在她內部作祟的瘡癤和膿血，升到表面來發作。看一下我們這座小城市的驚愕心情吧！直到那時為止它還是安安靜靜的，幾天之內就大亂起來，就像一個身體健壯的人，他那濃厚的鮮血突然沸騰，造起反來。

事態發展得愈來愈嚴重，朗斯多克情報資料局（搜集、提供各種題材的情報資料的機構）在義務廣播消息中報導，僅僅在二十五日一天中收集和燒燬的老鼠就達六千二百三十一隻。這個數字使人對市內每日在眾目睽睽之下發生的事情有了一個清楚的概念，它更加劇了人們的慌亂。在這以前，人們的心情不過是對一件令人厭惡的偶然事件有所抱怨。如今卻發覺這個尚不能確定其廣度、又找不到其根源的現象具有某種威脅性了。只是那個患氣喘病的西班牙老頭兒仍舊搓著手重複地說：「牠們出來了，牠們出來了。」他說話時，露出一副老年人興致勃勃的神情。

到了四月二十八日，當情報資料局宣布收集到八千隻左右的死老鼠時，人們的憂慮達到了頂峰。有人要求採取徹底解決的辦法，有人譴責當局，還有些在海濱擁有房屋的人已經在談論躲到哪裡去的打算。但到了第二天，當情報資料局宣稱這個怪現象已突然停止，滅鼠隊撿到的死老鼠數目微不足道時，全城才鬆了口氣。

可是就在當天中午，里厄醫生正把汽車停靠在屋子前面的時候，發現看門人正從路的另一端吃力地走來，歪著腦袋，叉手叉腳地活像一具牽線木偶。老頭兒挽著一位教士的臂膊。醫生認識這位教士，和他見過幾面。他是帕納盧神父，是一位博學和活躍的耶穌會教士，在市內威望很高，即使在那些對宗教抱著淡漠態度的人們中間也是如此。醫生等著他們過來。老米歇爾兩眼發光，呼吸很粗。他覺得不大舒服，需要換換空氣。但是他的脖子、腋下和腹股溝痛得厲害，迫使他往回走，並要求帕納盧神父扶他一把。

「有幾個腫塊，」他對醫生說：「可能是因為我用力過度了。」

醫生將臂膊伸出車門外，用手指四面按按米歇爾伸過來的頸子底部，那裡長著一種木頭結節似的東西。

「去躺下休息，量一量體溫，下午我再來看您。」

看門人走後，里厄問帕納盧神父對於老鼠事件的想法。

「哦！這該是一種瘟疫。」神父說，在圓形眼鏡後面的雙目露出一絲笑意。

吃了午餐後，里厄正在重新看那份療養院打來的通知他妻子到達的電報時，電話鈴響了。這是他的一個老病人打來請他出診的電話。他是市政府的一個職員，長期以來患主動脈瓣狹症。因為他窮，里厄不收他的診費。

他在電話中說：「對，是我，您還記得我。但這次是別人。請趕快來，鄰居家出了事。」

他說話時聲音很急促。里厄首先想到看門人，但決定晚一步去看他。過了幾分鐘，醫生就來到了外圍地區費代爾布街上的一幢矮房子前。進了門，在那又陰又臭的樓梯上他碰到了約瑟夫·

格朗——就是市政府那個職員，他下樓來迎接他。這是個五十來歲的人，黃色的短髭，高個兒，背有點駝，狹肩膀，四肢瘦長。

他一邊走下來，一邊對里厄說：「他現在好一點了，我本來認為他完了。」說著，他擤了一下鼻涕。里厄在三樓，也是最高一層樓的左邊門上看到了用紅粉筆寫的幾個字：「請進來，我上吊了。」

他們進了門，看到一根繩子繫在吊燈上筆直垂著。下面是一張翻倒在地上的椅子，桌子已被推到了角落裡。繩子孤零零地掛著。

格朗說：「我及時把他解了下來。」他雖然用的是最普通的言語，但似乎老在斟酌字句，「正當我出去的時候，我聽到有聲響。我一見門上寫的字——怎麼跟你說呢——我當時以為是開玩笑的。但他發出一聲奇怪甚至可以說是可怕的呻吟。」

他搔搔頭又說：「照我看，過程恐怕是痛苦的。當然，我進去了。」

他們推開了一扇門，站在門檻上，面前是一間明亮、但陳設簡陋的房間。在一張銅床上躺著一個矮胖子。他吃力地呼吸著，一雙充血的眼睛注視著他們。醫生停步不前。在這個人呼吸的間歇中，他好像聽到老鼠的吱吱聲。但是在屋角裡毫無動靜。里厄走向床邊。這人不是從太高的地方掉下來，跌得也不太突然，脊椎沒有斷，當然，有點窒息難受，需要照一次x光。醫生給他注射了一針樟腦油，並且說過幾天就沒事了。

那人帶著呼吸困難的聲音說：「謝謝您，醫生。」

里厄問格朗是否已報告了警察分局。格朗顯得有點尷尬。

「沒有，」他說：「嗯，沒有，我當時想最要緊的是……」

里厄打斷了他的話說：「當然，那麼我去報告。」

可這時，病人激動起來，一邊從床上豎起身子，一邊辯解說他已經好了，沒有必要去報案。

里厄說：「安靜些，這沒有什麼了不起，請您相信我，我有必要去報告一下。」

病人叫了一聲：「哦！」

接著，他把身子往後一仰，開始啜泣起來。格朗捻弄著他的短髭已經有一會兒了，這時走過來對他說：「科塔爾先生，您得明白，別人會歸咎醫生的。比如說您企圖再幹的話……」

科塔爾掛著眼淚說自己不會再胡鬧了，又說這次不過是一時糊塗，他只要求人家讓他安靜些就行了。

里厄開了一張藥方，並說：「明白啦，這個咱們先別談了，過兩三天後我再來，但可別再做糊塗事了。」

里厄在樓梯口對格朗說他不得不去報告，但是他將要求警察分局局長過上兩三天再來調查。

里厄又告訴格朗：「今天晚上要看著點兒。他有親人嗎？」

「有沒有親人我倒不清楚，不過我會親自當心他的。」

格朗搖著頭又說：「告訴您，我和他也談不上認識，不管怎樣，互相幫助總是應該的。」

里厄在過道中下意識地看了一下陰暗的屋角，問格朗在他這個區內的老鼠是否已經絕跡。這位公務員對此一無所知。他聽說有這麼一回事，但對本地區的傳聞沒有十分在意。

他說：「我腦子裡有別的事。」

在格朗說話時里厄已同他握別，因為急於想在寫信給他的妻子之前去探望一下看門人。叫賣晚報的在高聲喊叫，告訴人們鼠患已經停止的消息。但里厄卻發現他的病人半個身子翻出床外，一隻手按在腹部上，另一隻手圍著脖子，大口大口地往髒物桶中嘔吐淺紅色的膽液。看門人上氣不接下氣地掙扎了好半晌才重新躺下。他的體溫達39.5度，頸上的淋巴結和四肢都腫大，側腹部位發現有兩處淺黑色的斑點，正在擴大。他訴說他現在感到內臟難過。

病人說：「燒得厲害，這混賬東西在燒我。」

布滿煤煙色污垢的嘴使他說話時結結巴巴，他將目光轉向醫生，劇烈的頭痛痛得他一對圓滾滾的眼睛淌出淚水。他的老婆憂心忡忡地望著默不作聲的里厄。

「醫生，」她問道：「這是什麼病？」

「什麼病都有可能，現在也不能肯定。到今晚為止，按規定給食和服用清血藥。要多喝水。」

看門人正渴得要命。

里厄一回家就打電話給他的同行里夏爾，後者是城裡最有地位的醫生之一。

里夏爾說：「沒有，我沒有發現特別情況。」

「沒有人因為局部發炎而引起發燒的嗎？」

「啊，這倒有的，有兩例淋巴結異常腫脹。」

「腫得不正常嗎？」

里夏爾說：「嗯，所謂正常，您也知道……」

晚上，看門人不停地講胡話，抱怨那些老鼠，體溫高達40度。里厄試行固定性膿腫處理。在松節油的燒灼下，看門人嘶聲嚎叫：「啊！這些畜生！」

淋巴結已腫得更大了，摸上去像木塊似地堅硬。看門人的妻子急瘋了。

「夜裡得守著他，」醫生對她說：「有什麼情況就來叫我。」

第二天，四月三十日，天空一片蔚藍，已經微帶暖意的和風送來了濕潤的空氣。隨風而來的是一陣從遠郊吹來的花香。早晨街頭的人聲好像比往常更加活躍，更加歡樂。在我們這個小城市裡，全體居民從一星期來暗中擔憂的心情中解放出來，這一天頗有大地回春的氣息。里厄自己也由於接到了他妻子的回信而放了心，懷著輕鬆的心情下樓來到了看門人的家中。病人早上的體溫已下降到38度。他覺得渾身軟弱無力，躺在床上微笑著。

他老婆對醫生說：「醫生，他好點了，是嗎？」

「等一下，再看看。」

但到了中午，體溫一下子上升到40度。病人囈語不斷，又嘔吐起來。頸上的淋巴結痛得不能碰，看門人好像拚命要把他的頭伸出身子之外。他老婆坐在床腳邊，雙手放在被子上輕輕握住病人的兩隻腳，眼望著里厄。

里厄說：「這樣吧，先把他隔離起來進行特殊治療。我去給醫院打個電話，叫輛救護車來把他送去。」

過了兩小時，在救護車裡，醫生和看門人的老婆俯身望著病人。從他布滿蕈狀贅生物的嘴裡斷斷續續地吐出幾個字：「老鼠！」

他臉色鐵青，嘴唇蠟黃，眼皮也呈鉛青色，呼吸短促，身體被淋巴結腫脹折磨得像在撕裂開來，他蜷縮在小床裡，好像想讓床把自己裹起來似的，又彷彿地底下有什麼聲音在緊迫地召喚著他。看門人在某種無形的壓力下呼吸停止了。他的老婆哭了起來。

「醫生，難道沒有希望了嗎？」

「他死了！」里厄說。

3

我們可以這樣說：看門人的死，標誌著一個充滿使人茫然失措的跡象的時期已結束和另一個更為艱難的時期已開始。在這一時期裡，原先的震驚正在逐漸轉變為恐慌。市民們以前從未想到我們這座小城會成為老鼠倒斃在光天化日之下、看門人死於怪病的鬼地方。現在，他們開始意識到了這一點。他們過去的想法是錯誤的，現在不得不修正了。如果事態發展僅僅到此為止，那麼人們久而久之無疑也就會習慣成自然了。但是，在市民中間不僅是看門人和窮人家，還有其他一些人也走上了米歇爾起頭走的道路。就從這一時刻起，人們開始感到恐怖，開始憂心忡忡。

在詳細敘述新發生的事件之前，作者認為有必要提供另一位見證人對於剛才描述過的這一時期的看法。在本文的開頭，我們曾提到過尚・塔魯，他是幾個星期以前來奧蘭定居的，從那時起就住在市中心的一家大旅館裡。表面看來，他依靠自己的收入過活，生活相當舒適。城裡的居民雖然漸漸地跟他熟悉起來，但誰都不知道他是從哪兒來的，也不明白他來到這裡的目的。在所有的公共場所都碰得到他。從早春起，人們常在海濱見到他在歡暢地游泳。這位臉上常帶笑容的好好先生好像對一切正當娛樂都很來勁，卻不入迷。事實上，他唯一為人所知的習慣是同本城人數不少的西班牙籍舞蹈家和音樂家經常地往來。

他的那些筆記本裡的記載，不管怎麼說，也可算是這段困難時期的一種記事。但是這段記事很特別，似乎反映出一種偏重細小事物的成見。初看起來，人們可能以為塔魯是一個著眼於瑣碎細節的人。在這全城的大動亂中，他總是致力於記述這段歷史的軼聞瑣事。人們無疑地要為他這種成見感到惋惜，對他的鐵石心腸表示懷疑。可是，正是這些筆記本能夠對這一時期的記事提供大宗具有重大意義的次要細節，也正是這些細節的離奇古怪，使人們不至於過早地對這位風趣人物做出判斷。

尚·塔魯是從他到達奧蘭之時開始寫這些記錄的。記錄一開始就說他能住在這座那麼醜陋的城市裡，感到出奇地滿意。對點綴市府的兩座銅獅做了細緻的描繪。對這裡缺少樹木、房屋簡陋和城市布局荒謬等，都不苛求。塔魯還在描述中夾雜了他在電車中和馬路上聽到的一些交談，但不加評論，在稍微後面一點提到的一段有關一個名叫「康」的人的對話則屬例外。塔魯曾經親耳聽到兩個電車售票員的交談——

「康這個人，你很熟悉吧？」一個售票員說道。

「康？那個高個子，黑鬍子的是嗎？」

「就是他，過去在鐵路上扳道岔的工人。」

「對，一點也不錯。」

「可是，他死了。」

「啊！什麼時候死的呢？」

「在老鼠事件之後。」

「喲！他到底生了什麼病？」

「不清楚，他當時發燒。不過，他的身體本來就不好。在腋下長了膿腫，沒有能頂住。」

「可是，看上去他的健康情況和別人沒有兩樣啊！」

「不，他的肺部比較弱，還參加市軍樂隊，一直吹短號，這玩意兒是傷身體的。」

「啊！」另一個最後說：「一個有病的人就不該再吹短號了。」

塔魯寫了這些環節提出了疑問：康明知參加市軍樂隊對自己有害處，但為什麼仍然參加了？又有什麼深奧的理由使他冒著生命的危險去參加星期日的遊行演奏？

接下去，是記述塔魯所看到的窗戶對面陽台上時常出現的情況，對此他似乎很有好感。原來他的房間朝向一條小小的橫街，那裡的牆影下經常睡著幾隻貓兒。每天吃完午飯，全城正在炎熱的天氣裡打瞌睡的時候，馬路對面的陽台上就出現一個矮老頭，他長著一頭梳得整整齊齊的白髮，穿著軍人式的服裝，顯得筆挺而莊嚴。他用並不親切但柔和的「咪咪」聲，呼喚那些貓兒。貓兒張一張睡眼，還是動也不動。那人在小街的上空將一張張小紙撕碎，散落下去的白紙蝶兒吸引住這些牲畜，牠們走到街心，猶豫地把爪子伸向那些最後還在飄落的紙屑。矮老頭就對準貓兒使勁地吐唾沫。假如有一口吐中了，他就笑了起來。

最後，塔魯好像還是被這座城市的商業魅力所吸引住了，那裡的市容、繁華，甚至娛樂都像是受做生意的需要所支配似的。這個特點（筆記本裡是這樣寫的）獲得塔魯的讚賞，甚至在他某一段頌揚的文字裡用上這樣的感嘆做為結束語：「總算不虛此行！」在這位旅客的這一時期的筆記裡，只有這些地方似乎才是出於他本人的真情。不過要看出這些筆記的意義和嚴肅性，那是困難的。另外一段筆記的內容也是如此，在記述一個旅館出納員由於發現一隻死老鼠而記錯了賬目後，塔魯比平時較為潦草地加上了這些話：「問題，要不浪費時間，怎麼辦？答案：到漫長的時間裡去體驗。方法：在牙醫生的候診室裡，坐在不舒服的椅子上，過上好幾天；在自己家的陽台上度過星期日的下午；去聽別人用聽不懂的語言做報告；在選定一條路程最遠又最不方便的鐵路線上去旅行，當然還得站著；去劇院售票處前排隊而沒買到票等等。」但是緊跟這些不著邊際的語言和思想之後，筆記裡又開始詳細記述起城裡的電車來，說它的模樣像條舢板，它的顏色模糊不清，它的車廂骯髒成習，末了用一句不知所云的「真了不起」來做結束。

現在且看塔魯在老鼠一事上所做的記載——

今天，對面的矮老頭失了常態。貓兒都不見了。由於街上發現大量死老鼠，貓兒也就失踪了。依我看來，這並非是貓兒去吃死老鼠了。我記得我的一些貓兒就是厭惡死老鼠的。可能牠們鑽到地窖裡去亂跑，而矮老頭就不知所措了。他的頭髮也梳得不那麼整齊，人也不那麼精神了。看上去他有心事。過一會他進去了。但在進屋前他還毫無目標地吐了一下口水。

今天城裡有一輛電車中途停駛，因為裡面發現一隻死老鼠，不知牠是怎麼來的。兩三個婦女下了車。丟掉了死老鼠，電車就重新開走了。

旅館裡，值夜的——這是個誠實可靠的人——對我說這些老鼠是災難的先兆。「當老鼠離開輪船的時候……」我回答他說，就輪船來說，確實是這樣，但是在城市裡還從未有人證實過這種先兆。然而他卻斷定不疑。我就問他，依他看來，可能發生什麼災難。他也說不上來，因為在他看來，災難是不可能預見的。反正如果發生地震，他也不會感到意外。我認為這是可能的，他又問我這是否會使我擔心。

我對他說：「我只考慮一件事，就是求得內心寧靜。」

他完全理解我的意思。

在旅館的飯廳裡，有一家人很有趣。父親是個瘦高個兒，穿著黑色衣服，硬領子。在他禿頭的左右兩邊，有兩撮灰白的頭髮。他有一雙圓而冷酷的小眼睛，削尖的鼻子，橫闊的嘴，活像一頭馴服的貓頭鷹。他總是第一個到飯廳門口，然後側身讓他的妻子走進來——他的妻子小得像隻黑鼠，後面又跟著進來兩個小孩，一男一女，打扮得像兩隻訓練有素的小狗。他走到餐桌旁，等妻子坐下，然後自己入座，最後輪到兩隻小狗爬上椅子。他稱呼妻子和孩子都用「您」字，但對妻子講的常是彬彬有禮的刻毒話，對孩子用的則是權威的口吻；

「妮可，您真是討厭極了！」

小姑娘幾乎要哭出來。這也是必然的。

今天早晨，男孩對老鼠事件很起勁，想在吃飯時講一講。

「吃飯不要講老鼠，菲利普。我不許您以後再提這個詞。」

「您爸爸說得對。」小黑鼠說。

兩隻小狗埋頭到狗食盤中去了。貓頭鷹就點了點頭，表示謝意，其實這也是多餘的。

即使有著老先生的這番訓誡，城裡還是大談其老鼠事件，報紙也介入了。本市新聞欄裡通常登載的東西是多種多樣的，現在卻整欄都是攻擊市政當局的內容：「我們的市政官員們是否注意到這些腐爛的死老鼠會引起的惡果？」旅館經理講來講去的也是這件事，其原因是他正在惱火：在一家體面的旅館的電梯裡發現老鼠，在他看來，這是不可思議的。我為了安慰他，對他說：「但這是大家都碰到的嘛！」

「正是因為這樣，」他回答我說，「我們現在也和大家一樣了。」

是他對我講起這種奇怪的高燒症最早的一些病例，現在這種病已使大家擔憂了。他的收拾房間的女傭中，已有一人得了這種病。

「但是可以肯定，這是不會傳染的，」他趕緊加以說明。

我對他說這對我是無所謂的。

「啊，我知道，先生您跟我一樣，是位宿命論者。」

我根本沒有這樣的高見，反正我也不是宿命論者。我對也說……

就從這時起，塔魯的筆記開始比較詳細地記述這種莫名奇妙的、大家都已在擔心的高燒症。塔魯記下了那個矮老頭終於在老鼠不再出現後重新見到了他的貓兒，以及他耐心地校正自己吐唾沫的位置。接著他又記載了有人已能舉出十幾起這樣的高燒病例，其中大多數是不治之症。

最後可以把塔魯對里厄醫生的刻劃轉述一下做為資料。據筆者的判斷，他描繪得相當逼真：

「看來有三十五歲，中等身材，寬肩膀，近乎長方的臉兒，深褐色的眼睛，目光正直，但是下頷突出。鼻子高而挺，黑色的頭髮剪得很短，嘴角微翹，嘴唇厚實，而且幾乎總是緊閉著。他的皮膚黝黑，汗毛也呈黑色，他總是穿著深色的服裝，但很合適。他的外表有點像西西里的農民。

「他走路敏捷。跨下人行道也不改變步伐，但是過了馬路踏上對面人行道時，大半是輕輕一跳。他駕駛汽車，常常心不在焉。指示方向的箭頭也常不放下，即使車子轉了彎也是這樣。頭上從來不戴帽子。一副胸有成竹的樣子。」

4

塔魯載的數字是正確的。里厄醫生也掌握了一些情況。看門人的屍體運走後，他曾打電話給里夏爾，詢問關於腹股溝淋巴結炎的情況。

「我在這方面一點也不懂，」里夏爾說：「兩人喪命，一個是兩天，另一個是三天內死去的。那天早晨，我離開後者的時候，他的病情從各方面看來似乎都已好轉。」

「如有別的病例，請通知我。」里厄說。

他又問了幾個醫生。調查結果是在幾天裡同樣的病例有二十來起，幾乎都是致命的。於是他向奧蘭醫師公會主席里夏爾提出要求：把新發現的病人隔離開來。

「我可辦不到，」里夏爾說：「這應由省政府採取措施。再說，誰告訴您這有傳染危險？」

「沒人跟我說過，可是這些症狀是令人擔憂的。」

然而，里夏爾認為他自己「沒有權」辦這件事。他唯一能做的就是向省長匯報。

正在談論時，天氣卻變壞了。在看門人死後的第二天，大霧漫天。驟急的傾盆大雨沖擊全市；驟雨後就是暴熱。海水失去了它的深藍色，在霧天之下，只見一片銀灰色的刺眼的反光。這又熱又潮濕的春天還不如夏天的盛暑舒服。在這座像蝸牛那樣隆起在高原上的幾乎全面背海的城市裡，籠罩著一片憂鬱陰沉的氣氛。在這些粗塗灰泥的長牆之間，兩旁盡是積滿塵垢的玻璃櫥窗的街道中，以及骯髒發黃的電車裡，到處都覺得有點被天氣困住似的。只有里厄的那個年老病人哮喘沒有發作，因而感到這種天氣是一種享受。

「熱得難熬，」他說：「但這對支氣管倒挺不錯。」

熱得的確難熬，其程度正如發燒一樣。整個城市在發燒，這至少是里厄醫生當時的印象。那天早上他去費代爾布街，參加科塔爾自殺未遂事件的調查。但是他覺得自己這種感覺毫無根據。所以產生這種印象，他認為原因在於焦躁的情緒和大量的心事在糾纏著他，因此他覺得必須快點使自己的頭腦鎮定下來。

他抵達那兒的時候，警官還沒有到。格朗在樓梯口等著，他們決定先到格朗家去，把門開著。這位市府職員住兩間房，陳設很簡單。令人注目的只是一個白木書架，上面放著兩三本字典，還有一塊黑板，上面寫著雖已拭去一半但還能認得出來的「植花的小徑」等字樣。據格朗說，科塔爾昨晚睡得很好。但早上醒來，頭部痛得不能動彈。格朗顯得疲倦和心煩，不停在房裡踱來踱去，把桌上一個裝滿稿紙的大文件夾，打開了又合起來。

他告訴醫生，他對科塔爾不太熟悉，只是認為他有點小積蓄。科塔爾是個古怪的人。他們之間長時期來只有樓梯上相遇時打個招呼的關係。

「我只跟他談過兩次話。幾天前，我在樓梯口打翻了一盒帶回家來的粉筆，有紅色的，也有藍色的。這時，科塔爾走到樓梯口幫我拾起來。他還問我，這些不同顏色的粉筆做什麼用。」

格朗於是向他解釋：他想重新學點拉丁文。自從離開中學後，他已經忘記得差不多了。

「對呀！」他對醫生說：「有人向我保證：這對更好地掌握法語的詞義是有益的。」

他就把拉丁文的單詞寫在黑板上，用藍粉筆再抄一遍詞尾的變化——性、數、格的變化和變位，又用紅粉筆抄寫那不變的部分。

「我不知道科塔爾是否懂得，但是他對這表示感興趣，並向我要了一支紅粉筆。我當時感到有點奇怪，但這畢竟……當然我沒想到他會用它來完成他的計畫。」

里厄正在問他第二次談話的內容是什麼，但是警官帶著秘書來到了。他首先要聽聽格朗的陳述。醫生發覺格朗在談到科塔爾時，總是稱他為「絕望者」。他甚至一度用上「致命的決定」這種詞兒。他們討論了自殺的原因，格朗卻顯得咬文嚼字。最後大家同意選用「內心痛苦」一詞。警官問從科塔爾的態度上是否事先一點也看不出他的所謂「決定」。

「昨天他來敲我的門，」格朗說：「問我要火柴。我就把自己的一盒給了他。他一邊表示歉意，一邊對我說鄰居之間……然後他向我保證一定把火柴還來。我叫他留著。」

警官又問這位職員，科塔爾有沒有異常的表現。

「我覺得他奇怪的地方，就是他好像要跟我談話。但是我正好有事。」

格朗轉向里厄，有點尷尬地說下去：「一件私人的事情。」

警官於是要去看看病人。但是里厄認為最好讓科塔爾在訪問前先有個心理準備。

當里厄走進科塔爾的房間時，他只穿了一件灰色法蘭絨衣服，在床上坐著，帶著不安的神情，轉身向門口望去。

「是警察局吧？」

「不錯，」里厄說：「且別激動。完成兩三項手續後，就沒您的事了。」

但是，科塔爾回答說這毫無用處，再說他是不喜歡警察局的。

里厄不耐煩了，說：「我也對他們並無好感。如要一次就完事，必須對他們的問話回答得快、回答得正確。」

科塔爾不吭聲了，醫生轉身向門口走去，但這個矮胖子叫住他，並在他走近床邊時拉住了他的手：「他們不會傷害病人，一個上吊過的人，您說對嗎，醫生？」

里厄看了他一會兒，然後向他保證從來也沒有發生過這種事，而且自己也是為了保護病人，才來到這裡的。病人似乎鬆了口氣，里厄就叫警官進來。

他向科塔爾宣讀了格朗的證詞，並且問他能否清楚地說明他這行動的種種動機。他兩眼不望警官，只是回答說：「內心痛苦。」當時正是這個動機。警官追問他是否還要再犯。科塔爾激動起來，回答說不想再幹了，只想人家不要來煩他。

警官生氣地說：「我要提醒您，現在是您在找別人的麻煩。」

里厄當即做了個手勢，這對話也就到此為止。警官走了出去，嘆了口氣，說：「您想吧，自從大家議論這個高燒的事兒以來，我們要做的事可真不少呢……」

他問醫生高燒的事兒是否嚴重，里厄說他完全不知道。

「這全是天氣關係，沒有別的原因。」警官下了這個結論。

的確，這是天氣關係。就在這一天裡，各種東西變得愈來愈黏手，而里厄每出診一次，他的擔憂也就增加一分。當天下午，郊區那個老病人的鄰居，雙手緊壓著腹股溝，邊說囈語，邊在嘔吐。淋巴結比看門人的要大得多。其中一個開始流膿，很快就潰爛得像個爛水果。里厄一回到家，就打電話給省裡的藥物倉庫。他那天的工作記錄上寫著：「他們答覆說沒有。」而別處又有人來叫他去處理同樣的病情。顯而易見，必須打開這些膿腫。用手術刀劃上個十字，淋巴結就溢出帶血的膿水。病人流著血，四肢叉開，腹部腿部出現斑點。有的淋巴結停止出膿，繼而重新腫大。大多數情況就是病人在難聞的奇臭中死去。

報紙只在老鼠事件上大事喧嚷，對這些情況卻隻字不提，這是因為老鼠死在路上，人卻死在屋裡，而報紙只管路上的事情。但是省政府和市政府開始商議起來。在每個醫生只掌握兩三個病例的情況下，當然沒有人會想到採取行動。其實只要有人想到把這些數字加一加，就會發覺總數是驚人的。不到幾天工夫，死亡病例大大增加。誰要是關心這種怪病的話，都能肯定這是真正的瘟疫。里厄的一位同行、年齡比他大得多的卡斯特爾，就選中這個時候前來找他。

他對里厄說：「里厄，您當然知道這是怎麼回事？」

「我在等待化驗結果。」

「我知道的，我倒用不著化驗。我曾在中國做過一段時期醫生，約在二十年前在巴黎也見過這樣的病例。只不過是在疾病發作的當兒，沒有人敢直說出它的名字罷了。輿論不可驚動：不能慌亂，切不能慌亂。而且就像一個同行說的：『這是不可能的，大家都知道這種病在西方已經絕跡了。』不錯，大家都知道，除非是死人。得啦，里厄，這究竟是怎麼回事，您跟我一樣明白吧！」

里厄思忖著。他從診所的窗口眺望那遠處遮住海灣的峭壁懸崖。天空雖然一片蔚藍，但色彩暗淡，隨著夜幕的降臨而逐漸消逝。

里厄說：「對！卡斯特爾。這是難以相信的。但是看樣子，這很像是鼠疫。」

卡斯特爾站了起來，朝著門口走去。

這位老醫生說：「您知道人家會怎樣回答我們：它在溫帶地區已經絕跡『多年』了。」

里厄聳了聳肩膀說：「絕跡？這怎麼理解呢？」

「對，而且不要忘記：約在二十年前巴黎還發生過。」

「好吧！但願這次的情況不比過去更嚴重。不過，這簡直難以叫人相信是真的。」

5

「鼠疫」這個名詞第一次被提出來了。寫到這裡，暫時不提留在窗後的貝爾納．里厄，讓筆者談一下醫生心裡產生疑慮和感到驚異的道理，因為這也是大多數市民的共同反應，雖然程度上各有不同。

本來，天災人禍是人間常事，

然而，一旦落到頭上，人們就難以相信是真的。

世上有過鼠疫的次數和發生戰爭的次數不相上下，而在鼠疫和戰爭面前，人們總是同樣的不知所措。里厄醫生也和我們這些市民一樣，一點也沒有準備，因此，我們應該理解為什麼他會猶豫不定，也應該理解為什麼他會有這種既是擔憂又有信心的矛盾心理。戰爭剛爆發的時候，人們說：「仗是打不長的，真是太愚蠢了。」

毫無疑問，戰爭確是太愚蠢了，但卻也不會因此很快結束。蠢事總是不會絕跡的，假如人們能不專為自己著想，那就會明白的。

在這個問題上，市民們和大家一樣，他們專為自己著想，也就是說他們都是人道主義者：不相信天災的。天災是由不得人的，所以有人認為它不是現實，而是一場即將消失的惡夢。然而，惡夢並不一定消失，在惡夢接連的過程裡，倒是人自己消失了，而且最先消失的是那些人道主義者，因為他們未曾採取必要的措施。這裡的市民所犯的過錯，並不比別處的人更多些，只不過是他們忘了應該虛心一些罷了，他們以為自己對付任何事情都有辦法，這就意味著他們以為天災不可能發生。他們依然幹自己的行當，做出門的準備和發表議論。他們怎麼會想到那使前途毀滅、往來斷絕和議論停止的鼠疫呢？他們滿以為可以自由自在，但是一旦禍從天降，那就誰也不得自由了。

不久以前，一些散居各處的病人，沒有什麼預兆而死於鼠疫。里厄醫生甚至在他的朋友面前確認這些情況後，還不認為真有危險。只是因為做了醫生，對於病痛有他自己的認識，想像也就豐富一些。醫生從窗口眺望這座尚未變樣的城市，面對令人疑慮的未來，他所感到的還僅僅是一陣輕微的不安。他竭力回憶自己關於這種疾病所知的情況。數字從他的腦海裡浮現了出來，他心想，在歷史上已知的三十來次大鼠疫中，竟死了將近一億人。可是一億人死亡又算得了什麼？對打過仗的人來說，死人這件事已不怎麼令人在意了。再說一個人的死亡只是在有旁人在場的情況下才會得到重視，因此一億具屍體分散在漫長的歷史裡，僅是想像中的一縷青煙而已。醫生想起在君士坦丁堡的鼠疫中，據普羅科匹厄斯❷的記載，一天之內死去一萬人。一萬個死者相當於一座大型電影院的觀眾人數的五倍，這是完全比擬得當的。把走出五座電影院的觀眾集合在一起，帶領到市裡的廣場上，讓他們成堆地死去，這就能看得更清楚些。在這無名死屍堆上，至少可以安上幾個熟識的面孔，當然，這是不可能實現的事，況且誰認得一萬張面孔呢？其實像普羅科匹厄斯那樣的人是不會計數的，這是大家都知道的。七十年前於廣州（編按：一八九四年，廣州鼠疫死了十萬人），在疫情蔓及居民以前，就有四萬隻老鼠死於鼠疫。不過在一八七一年人們尚無計算老鼠的方法，只是個大概的數字，顯然會有誤算的地方。然而一隻老鼠如果身長三十公分，四萬隻老鼠一隻隻連接起來，就能形成……

醫生這時已感到不耐煩。這樣漫無邊際地想下去是不行的。只有幾個病例還不能稱作瘟疫，做些預防工作就可以了。要注意已掌握的情況：昏睡和衰竭、眼睛發紅、口腔污穢、頭痛、腹股溝腺炎、極度口渴、譫語、身上有斑點、體內有撕裂感，出現了這些症狀後……想到這裡，里厄

---

❷普羅科匹厄斯（約四九九～五六五）：東羅馬帝國歷史學家。

醫生回憶起一句話，就是在他手冊裡羅列症狀後，寫下的一句話：「脈搏變得細弱，身子稍微一動就突然斷氣了。」不錯，出現了這些症狀後，人的性命如同懸絲，而四分之三的病人——這個數字一點沒錯——都耐不住要做這難以觀察的動作，結果一命嗚呼。

醫生一直在憑窗眺望。窗外春光明媚，而室內還迴盪著「鼠疫」兩字的聲音。這一個詞不但具有科學的含義，而且還帶有一連串特別的景象，它們和這裡的情調很不調和：這座灰黃色的城市，這時還不太熱鬧，只能說是嘈雜，還算不上喧嘩；它的氣氛既歡樂，又憂鬱——如果這二者可以並存的話，但總而言之，則是歡樂的。那樣安寧無爭的平靜環境頗容易使人忘卻以往的災情舊景：雅典受鼠疫襲擊時連鳥兒都飛得無影無蹤；中國受災的城市裡盡是默不作聲的垂死的病人；馬賽的苦役犯把血淋淋的屍體堆入洞穴裡；普羅旺斯省為了阻擋鼠疫的狂飆而築起了高牆；雅法❸城裡醜惡的乞丐；君士坦丁堡的醫院裡，硬泥地上潮濕而腐爛的床鋪；用鉤子把病人拖出來的景象；黑死病猖獗時到處都是戴口罩的醫生，就像過著狂歡節一樣；米蘭墓地裡成堆的尚未斷氣的人；驚恐的倫敦城裡一車車的死屍，以及日日夜夜、四處不停地傳來的呼號聲。不，這一切還不足以打破這一天的寧靜。窗外忽然傳來一輛瞧不見的電車的叮噹聲，一剎那驅走了殘忍和痛苦的想像。只有在星羅棋布的簡陋屋子那邊的大海，才是世界上騷擾不安、永無寧日的見證。

---

❸今以色列的城市，也是世界上最古老的港口。

里厄醫生一邊望著海灣，一邊想起盧克萊修❹所描述的、雅典人染上疫病後準備焚屍而在海邊架起的柴堆。晚上運來了屍體，但是柴堆上的位置已經不夠，為了爭奪安放自己親人的屍體的位置，活人舉起火把，相互廝打，寧願頭破血流，也不肯拋掉親人的屍體。這種情景可以想像：燃燒著的柴堆在死氣沉沉的水邊發出熊熊的火光，在火把的搏鬥中火星四濺，惡臭的濃煙冉冉升向黑夜的長空。人們就怕……

但是，理智驅走了這種荒誕的想像。不錯，「鼠疫」兩字已被提出來了；不錯，就在這個時刻裡，疫病已使一兩個人罹難。可是沒有關係，有辦法可以制止疫病蔓延。必須要做的，就是該認清的事情，要認清，然後驅除無用的疑慮，採取適當的措施。這樣鼠疫就會停止蔓延，因為這種疫病並不是憑想像就會發生的，或者說，人們對它的想像是不正確的。如果鼠疫停止蔓延——這極有可能——那當然最好，否則的話，我們也能知道它是怎麼回事，以及是否能找出辦法來制伏它。

醫生打開窗戶，外面的聲音一下子傳了進來。隔壁工廠裡的鋸木機發出老是不變的急促的呼嘯聲。里厄振作起精神來。日常工作才是可靠的，而其他一切都不過是繫於毫髮之上，一陣難以察覺的動作就能斷送掉它們。不能糾纏在這些上面。要緊的是要把本位的工作做好。

---

❹ 盧克萊修：（前九九年～前五五年）即 Titus Lucretius Carus, 古羅馬拉丁詩人。

6

里厄醫生正想到這裡，有人告訴他約瑟夫．格朗來了。這位市府職員雖然擔任很多職務，但他經常定期被叫到統計部門，去管戶口。因此，他就有機會統計死亡數字。他為人殷勤，答應過里厄將統計報告的一份抄本親自送來給他。

醫生看見格朗和他的鄰居科塔爾一同進來。

格朗舉起一張單子，告訴里厄說：「醫生，數字在上升：兩天裡死去十一人。」

里厄向科塔爾打了個招呼，並問他近來覺得怎樣。格朗解釋說科塔爾定要前來向醫生致謝，並對給醫生帶來的麻煩表示歉意。

但是，里厄卻注視著統計表。

里厄說：「看來，或許有必要下決心肯定這種疾病的名稱了。直到目前，我們還猶豫不決。隨我來吧，我要去化驗室。」

「對，對，」格朗說著，跟隨醫生走下樓梯，「是什麼東西，就該叫它什麼東西。不過，這個叫什麼？」

「我不能告訴您，反正這對您也沒用。」

「您瞧，」職員微笑著說：「這並不那麼容易吧！」

他們向閱兵場走去。科塔爾一直不吭聲。街道上的行人開始多了起來。這裡短暫的黃昏已近尾聲，夜幕即將來臨，星星開始出現於晝光未盡的天際。街頭的路燈不久就亮了起來，天色顯得暗了下去，而談話的聲音倒好似提高了音調。

在閱兵場的角落裡，格朗說：「對不起，我要去乘電車了。我晚上的時間是神聖不可侵犯的。正如我們家鄉所說的：『今天該做的事，絕不可以擱到明天……』」

里厄已經注意到出生在蒙特利馬爾的格朗的癖好，他愛用那裡的成語，再會加上幾句沒有出處的平庸的陳詞濫調，諸如「夢幻的時刻」或「仙境般的燈火」等等。

科塔爾說：「啊，的確不錯。晚飯以後可休想把他從家裡拖出來。」

里厄問格朗他的活兒是否為市府做的。

格朗回答說不是，他是為自己做的。

「啊！」里厄隨口問了一句：「那麼進行得如何？」

「我在這上面花了好些年工夫，必然有些收穫。但也可以說並無多大進展。」

「大致上是關於哪一方面的事？」里厄停下來問道。

格朗整了整他兩隻大耳朵上的圓帽，不清不楚地說了一番。里厄模模糊糊地聽出似乎是有關個性發展方面的事。這時格朗卻已離開他們，邁著碎步在無花果樹下順著馬恩大街走去了。他倆到了化驗室門口，科塔爾對醫生說很想找他談談，請教些問題。里厄正在摸弄口袋裡的統計表，就叫他到診所裡談，後來又改變了主意，說自己明天正好要到科塔爾的地區裡去，順便在傍晚時分去看他。

醫生離開科塔爾時卻發現自己在想格朗，設想他遇上了一次鼠疫，這可並非是像這一次那樣微不足道的鼠疫，而是一次歷史性的大鼠疫。「這種人倒可倖免於難。」他記得在書本上讀到過：鼠疫往往放過體質孱弱的人，而特別損害身強力壯的人。想著，想著，醫生忽然發現這位公務員似乎有點神秘莫測。

初看上去，約瑟夫．格朗確實是個恰如其分的市府小職員。他的外貌和風度充分說明他的身分。他的身材又長又瘦，穿的衣服晃晃蕩蕩，他總是存心要尺寸特別寬大的，以為這樣可以穿得長久些。他的下牙床還有著大部分牙齒，但是上面的牙齒卻全掉光了。微笑起來，掀起的主要是上唇，因而口腔顯得黑洞洞的。如果再加上修士般的走路姿態，貼著牆根悄悄進門的習慣，以及他身上的一股菸酒氣味和毫無氣派的神情，那麼只能設想這是一個趴在辦公桌上的人物，一心一意核對著城裡公共浴室的收費標準，或為編制稅收的年輕工作人員收集清除垃圾的新稅率的參考資料。連一個一無成見的人也可看出，他好像生來就是當一名市府臨時雇員的人，每天收入六十二個法朗三十分，幹著那些默默無聞而又必不可少的工作。

在他的就業登記表「擅長」欄裡，就是這麼填寫的。他在二十二年前考上學士學位後，因為經濟拮据，只能輟學，接受了這個工作。據說當時人們曾經給予他很快「轉入正式錄用」的希望。這當然要經過一段時間的考核，證明確有能力處理我們城裡的一些行政上的棘手問題。隨後人家又向他保證能獲得一個生活可以過得比較寬裕的科員職位。當然，約瑟夫．格朗做事並非出於飛黃騰達的慾望，這在他的苦笑中可以得到證實。但是能夠依靠正當手段，換取穩定的物質生活，從而問心無愧地從事自己心愛的工作，這樣的遠景非常使他嚮往。所以他接受這個差使，自有光明正大的動機，也可以說是出乎對自己理想的忠實不渝。

經過好多年，他這個臨時性的工作一直沒有改變，這期間生活程度卻大幅度上漲。格朗的工資雖有幾次一般性的增加，可是小得可憐。他在里厄面前也曾吐過怨言，但似乎誰也沒理會這件事。格朗的古怪之處，或者至少可以說他的特點之一就在這裡。他本來可以提出要求，即使不給他應享的權利——該享什麼權利他也沒有把握——至少也應履行過去許下的諾言。但是當初雇用他的上司已死了多年，而他本人卻又回憶不起以前的諾言到底是怎樣講的，歸根結底，還是約瑟夫．格朗缺乏適當的言詞。

正是這最後的特點最能刻劃出我們這位同胞的形象，這一點里厄也能看得出來。也正是這個原因使他一直寫不出一份他盤算已久的申請書，或伺機進行必要的活動。據他說，「應得的權利」一詞特別難以出口，他對此也並不堅持；也不宜使用「許下的諾言」這個詞，因為這就指明要許諾人承擔義務，不免顯得太放肆，和自己低微的職務不太相稱。另一方面，他又拒用諸如「照顧」、「請求」、「感激」等詞，因為他感到這樣用詞有失個人尊嚴。正是因為沒有找到恰當的字眼，我們這位同胞才繼續把這個庸庸碌碌的差事幹下去，直到如今上了年紀。再者，正如他經常對里厄醫生說的，經歷一段時間習慣以後，他發覺自己的物質生活總算有了保障，只須做到量入為出就行了。

市長——我們城裡的一位工業巨頭——曾經有句名言，格朗認為說得很對，那就是：「到頭來（市長特別強調這個詞，因為全部道理都在這個詞上），到頭來，從未見到過有人餓死。」總之，格朗的生活雖然艱苦得近似苦行修士的生活，「到頭來」倒也使他從這一方面的憂慮中解脫出來。他在繼續推敲他的用詞。

他的生活作風，從某種角度來說，可稱值得人們學習。他一貫勇於堅持正確的思想，這樣的人在我們城裡或其他地方都是不多見的。從他吐露的有關自己的隻言片語中，就可看出他的善良和富於感情，在現在這個時代裡，人們是不敢承認有這些品德的。他毫無愧色地承認熱愛他的外甥們和自己的姊姊，這是他僅有的親人，他每隔兩年要回法國去探望一次。他的父母早在他幼年時即已去世，一想起他們，他就覺得傷心，這個事實他也並不否認。他直言不諱最愛聽每天下午五點傳來的他那個區裡的柔和動人的鐘聲。雖然感觸是那麼單純，可是一個字眼得費多少力氣！表達之術，實是他最大的憂慮。

每次碰到里厄，總是跟他說：「唉！醫生，我還得好好學習如何才能表達我內心的感情。」

那天晚上，醫生目送這位公務員離去，突然想出了格朗要說的話來：原來他在寫一本書或類似的東西。里厄邊想邊走，一直走到化驗室，一路上這種想法使他感到放心。他明知這樣的印象是愚蠢的，但他怎麼也不會相信，有了那麼簡樸奉公、連癖好也是無可指責的公務員，這座城市竟會遭到鼠疫橫禍。說實在話，他無法想像這樣一些癖好竟然會出現在鼠疫橫行的環境中，所以他認為鼠疫實際上不會在我們的居民中蔓延開去。

7

第二天，里厄提出了被大家認為是不合時宜的堅決要求，終於獲得省府的同意召開衛生委員會會議。

里夏爾表示：「百姓果真擔心不安，但流言蜚語也在肆意誇大事實。省長對我說：『你們願意的話可以迅速行動起來，但是不要聲張。』他又認為肯定這不過是場虛驚。」

貝爾納・里厄帶了卡斯特爾同車前往省府。

卡斯特爾對他說：「您可知道省裡沒有血清嗎？」

「知道了，我已經打過電話給儲存處，那裡的主管正急得不知如何是好。這東西還得從巴黎運來哪！」

「希望不要太慢才好。」

「我已經打電報去了。」里厄答道。

省長待人很和氣，但很容易激動。

他說：「開會吧，先生們，要我把情況簡單地介紹一下嗎？」

里夏爾認為不必要，這些醫生對情況都很了解。問題倒在於該採取什麼相應的措施。

老卡斯特爾粗聲粗氣地說：「問題在於要弄清楚這究竟是不是鼠疫。」

有兩三位醫生驚叫了起來。其他的人似乎在猶豫。省長陡地一震，下意識地掉過頭來望著門口，彷彿要看看這扇門是否已擋住了這樁駭人聽聞的事，不讓它傳到通道中去。里夏爾表示，依他看來不必驚慌，現在能夠確認無誤的只不過是一種伴有腹股溝淋巴結腫大併發症的高燒而已，而任何一種假定，不論在科學上或生活上，都是危險的。老卡斯特爾一邊安詳地咀嚼著他那上唇的發黃的短髭，一邊抬起頭來，目光炯炯，看了里厄一眼，然後善意地環顧了一下其他的人，告訴大家他心裡十分明白這確是一場鼠疫。不過，如果公開承認這件事的話，那肯定得採取一些無情的措施。他也知道使得他的同事們裹足不前的，歸根結底就是這個原因，因此為了使他們安心，他心甘情願地接受這不是鼠疫的說法。省長激動起來，他宣稱，不管怎樣，這種考慮問題的方式不妥當。

卡斯特爾說：「問題不在於這種方式妥當不妥當，重要的是它能叫人動動腦筋。」

大家見里厄一言不發，於是徵求他的意見。他說：「這是一種傷寒性的寒熱，但是伴有腹股溝腺炎和嘔吐。我做過腹股溝腫塊切開手術，並送化驗室去進行化驗。化驗室認為已找到鼠疫特有的粗短形桿菌。不過我要補充說明，細菌的某些特異變化不符合通常對其形態的描述。」

里夏爾強調指出在這種情況下還可以斟酌一下不馬上做出結論，有一批化驗已進行了幾天，至少要等結果出來了再說。

沉默片刻後，里厄說道：「可是當一種細菌能在三天內使脾臟腫大四倍，使腸系膜神經節增大到像橘子般大小，並具有像糊狀物那樣的質地，這就不容許我們繼續斟酌下去了。傳染源正在不斷擴大，如果聽任疾病按照這個速度蔓延開去而不加制止，那要不了兩個月，城內居民就有可能死去一半。因此你們管它叫鼠疫也罷，成長發育熱也罷，名稱並不重要，重要的倒是你們得設法不要讓疫病引起城中一半居民的死亡。」

里夏爾的意見是絕不能把情況說得太嚴重，何況疾病是否傳染尚未證實，因為病人的親屬都還安然無恙。

「但是其他人中間也有死的，」里厄提醒大家說：「當然，疫病的傳染性從來也不是絕對的，否則的話，那就會出現死亡數字無限增長，人口會突然迅速減少的現象了。這不是把情況說得太嚴重的問題，而是有必要採取預防措施罷了。」

之後，里夏爾認為要把問題歸納一下，他提醒大家說，如果疫病不自行停止蔓延的話，那就有必要採取法律規定的嚴厲的預防措施，才能制止。但要做到這點，又必須正式承認這是一場鼠疫，而這事至今還不能絕對肯定，因此需要考慮。

里厄則堅持說：「不用考慮法律規定的這些措施是否嚴厲，要考慮的倒是為了使城裡半數居民免於死亡，這些措施是否必要。餘下的是行政方面的事情，而正好我們的制度規定要有一位省長專門來解決此類問題。」

「那當然，」省長說：「不過，我需要你們正式確認這是一場鼠疫。」

「即使我們不確認這是鼠疫的話，它照樣會奪去半數居民的生命。」里厄說。

里夏爾激動地插嘴說：「事實是我們這位同行相信這是鼠疫，他有關徵候群的描述證實了這一點。」

里厄回答說他並沒有描述過徵候群，他不過敘述了他所看到的情況。他所看到的，就是腹股溝腺炎、斑點、帶譫語的高燒，和四十八小時內死亡。

最後，他問道：「里夏爾先生，您是否能擔保即使不採取嚴厲的預防措施，這場鼠疫也會停止蔓延呢？」

里夏爾躊躇不決，注視著里厄說：「請您老實告訴我您的看法，您肯定這是一場鼠疫？」

「您這個問題提得不對頭。現在的問題不是推敲字眼，而是爭取時間。」

省長急急地說：「您的見解大概是，即使這不是鼠疫，也要採取規定在鼠疫發生時適用的防疫措施吧！」

「如果一定要我有個看法，那麼這就是我的看法。」醫生們商量了一會兒，最後，里夏爾醫生終於說：「我們必須擔負起責任來，就當作鼠疫來處理吧！」

他的這種說法，博得大家熱烈的贊同。

「我親愛的同行，這也是您的意見，是嗎？」里夏爾問。

「譴詞用句如何，關係不大，」里厄答道：「我們要講的只是，我們不應當根據半城的人命絕不會遭殃這樣的假定來決定我們的行動，因為如果這樣做，到頭來，半城的人命就恐怕真的會送掉。」

里厄在惶惶不安的氣氛中離開了會場。過了一些時候，里厄到了那散發著油煎食物香味和便溺臭味的郊區，一個垂死的婦人在慘叫，胯間血淋淋的，她回過頭來望著他。

8

第二天，高燒症又有了些發展，甚至見了報，不過，報導的方式輕描淡寫，對此事只做了些暗示。又過了一天，里厄在城內最不顯眼的角落裡看到省府匆忙地叫人張貼的小小白色布告。從這種布告中很難看出當局正視事實的態度，採取的措施也並不嚴厲，看來是為了迎合有人不想驚動輿論的願望。省府決定的開場白宣稱在奧蘭地區發現了幾例危險的高燒症，是否會傳染還不能確定。這些病例的特徵尚未達到令人真正擔憂的程度，相信市民是會保持鎮靜的。儘管如此，為了謹慎起見——大家都能理解這點——省長採取了一些預防措施。這些措施純為防止任何瘟疫的威脅，市民應予理解和照辦。省長完全相信能得到市民的通力合作。

布告接著開列採取的全部措施，其中包括在下水道中噴射毒氣進行科學滅鼠，以及對用水進行嚴格的檢查等。布告要求居民們保持最大限度的清潔衛生，還要求身上有跳蚤的人到市衛生所去。此外，規定病人家屬必須申報醫生的診斷結果，並同意把病人送醫院特設病房進行隔離。這些病房具有特殊設備，能在最短的時間內取得最大的療效。另有幾條補充條例規定病人房間和運輸車輛必須進行消毒等事項。布告最後要求患者家屬接受衛生檢查。

里厄醫生猛然一轉身離開布告處，往診所走去。

正在等著他的約瑟夫．格朗一見到了他便又舉起了雙手。

里厄說：「是，我知道，數字上升了。」

前一天晚上，市內有十來個病人死去。醫生對格朗說他可能在晚上和他見面，因為他要去拜訪探問科塔爾。

「您做得對，」格朗說：「您這樣對他會有好處的，因為我發覺他變了。」

「怎麼了？」

「他變得彬彬有禮起來。」

「以前他不這樣嗎？」

格朗猶豫起來。他不能說科塔爾以前沒有禮貌，這樣講法可能不正確。這是個不開朗、沉默寡言的人，他的姿態有些像頭野豬；待在自己屋子裡，在一個小飯館裡進餐，外出時行蹤詭秘，這就是科塔爾的全部生活情況。他的公開身分是推銷各種酒的代理商。每隔一段時間總是有兩三個人來看他，大概是他的顧客。晚上，他有時也到他家對面的電影院去看電影。這位公務員甚至注意到科塔爾似乎比較愛看強盜片。在任何情況下，這個代理商都表現得性情孤僻而多疑。

根據格朗的看法，這一切都大有改變，他說：「不知怎麼說好，反正我的印象是，不知對不對，他在設法與人隨和相處，想同大家廝混在一起。他現在常常同我說話，常邀我一起出去，我不好意思老是拒絕他。再說他也引起我的關心，總之，我救過他的命。」

自從自殺事件發生以來，就再也沒有人來看過科塔爾。不論在路上，或在他的供應商那裡，他到處博取人們的好感。他從未用過那麼和氣的口吻同食品雜貨店老板聊天，也從未有過那麼大的興趣去聽一個女菸商講話。

格朗說：「這個女菸商是一條十足的毒蛇。我曾告訴過科塔爾，但是他卻說我錯了，應當看到人家也有好的方面。」

也有這麼兩三回，科塔爾請格朗到城中高級飯店和咖啡館去，他已開始涉足那些場所。

「那兒挺不錯的，」他說：「而且在那裡，周圍的人都不壞。」

格朗注意到那些地方的服務人員都對這位代理商招待得特別周到，當他發現科塔爾在給小帳方面顯得特別大方時，他懂得了其中道理。科塔爾對於人家回報他的殷勤顯得十分領情。有一天，餐廳服務員領班送他到門口並且幫助他穿上大衣時，他曾對格朗說：「這是一個好伙計，他可以證明。」

「證明什麼？」

科塔爾猶豫了一下說：「這個……證明我不是一個壞人。」

此外，他有時會脾氣突變。有一天，食品雜貨店老板稍稍怠慢了他一點，他回家時異乎尋常地火冒三丈，反覆謾罵：「這個混蛋，他跟別人一樣都得消滅！」

「別人是哪些人？」

「所有其他的人。」

格朗還在女菸商那裡見到一幕奇怪的場面。當時大家正起勁地談著話，那婦人談到新近轟動阿爾及爾的一個罪犯落網的消息。這是一件涉及一個年輕的商店職員在海灘上殺死一名阿拉伯人的案件。婦人說：「要把這些敗類都關起來，才能讓好人鬆口氣。」

可是，她的話不得不突然中斷，因為科塔爾突然神色大變，連招呼也不打，就衝出了店門。格朗和女菸商看著他跑掉，不知如何是好。

後來，格朗又向里厄描述科塔爾其他方面的性情變化。科塔爾的思想過去一向帶有非常濃厚的自由主義色彩，他最喜歡說的一句話「大魚總是吃小魚的」就是很好的佐證。但是最近一段時期以來，他只買奧蘭正統派思想的報紙，而且就在公共場所堂而皇之地閱讀，人們簡直會說他是有點故意做給人看的。還有一次，在他病癒起床後沒幾天，當格朗要上郵局去的時候，科塔爾請他代勞給他一位關係疏遠的姊姊匯去一百法郎的每月生活費。但是當格朗要走的時候，他又關照說：「給她匯上二百法郎吧，這樣可以叫她喜出望外。她認為我從來不想到她，但事實上，我是十分惦記她的。」

他同格朗還有過一段奇特的對話。他對格朗每晚從事的一點工作感到好奇，問過格朗，想要知道底細，格朗不得不告訴他。

「好啊，您在寫書。」科塔爾說。
「也可以這樣說，但是這比寫書更複雜些！」
「啊！」科塔爾驚嘆了一聲，又說：「我真想能像您一樣。」
格朗露出驚異的神情。於是，科塔爾結結巴巴地說，當上一個藝術家可以解決許多問題。
「何以見得？」格朗問道。
「因為一個藝術家比別人有更多的權利。這是擺明的事。在許多地方人家都會讓他三分。」
看布告的那天早上，里厄對格朗說：「我看他也不過是和別人一樣，已被老鼠事件搞得暈頭轉向罷了。再不然就是，他可能也害怕得高燒症。」
格朗答道：「我卻不信，醫生，假使您願意知道我的看法……」
外面滅鼠的車子在窗下經過，排氣聲大得駭人。里厄沉默不語，直到對方能聽到他的話時才漫不經心地問那位公務員的看法。
格朗則以嚴肅的眼光看著他說：「這是個心有內疚的人。」
醫生聳聳肩膀。正像警察分局局長所說的那樣，還有別的更要緊的事要做。
午後，里厄和卡斯特爾做了一次交談。血清仍未運到。
里厄問道：「不過這種血清是否管用？這種桿菌有些古怪。」
「哦！」卡斯特爾說：「我倒不同意您的看法。這些生物的樣子總是有些獨特，但終究都是一樣的東西。」

「這不過是您的假定。事實上，我們對於這一切都一無所知。」

「當然，這是我的假定。不過大家都這樣認為。」

在這一天中間，每當醫生想起鼠疫，就會感到腦袋微微發脹，而且這種感覺越來越厲害。他終於不得不承認他也害怕起來了。他兩次走進顧客很多的咖啡館，他也跟科塔爾一樣需要人們的熱情。里厄知道這樣做是可笑的，但是這倒能提醒他曾答應過去看那個代理商的事。

傍晚，醫生看到科塔爾坐在飯廳的桌子前。他進去的時候，看到在桌上放著一本翻開著的偵探小說，但是天色已經很暗，看來，在夜色朦朧中很難看書。比較可能的是，科塔爾在一分鐘前坐在昏暗中沉思。里厄問他身體可好。科塔爾一邊坐下，一邊嘮嘮叨叨地說，他身體不壞，不過要是能保證沒有人來打擾他，身體還會更好些。里厄勸告他說，一個人不能老是孤獨地生活。

「哦！我不是這個意思。我說的是那些專門找你麻煩的人。」

里厄聞言並沒作聲。

「請注意，我講的不是我自己。我剛才正在看這本小說，裡面敘述一個倒楣的傢伙在一個早上突然被捕。人家一直注意他，而他卻蒙在鼓裡。大家在辦公室裡談論他，把他的名字寫入檔案。您認為這是公正的嗎？您認為他們有權這樣對待一個人嗎？」

「這倒不能一概而論，」里厄說：「不錯，從某一方面說來，他們完全沒有權利，但這一切都是次要的。您不應長期與世隔絕，該出去走走。」

科塔爾好像惱火了，說他是經常出去走動的，有必要的話，整個區的人都能為他證明。甚至在本區外，認識他的人也不少。

「您認識建築師里戈先生嗎？他是我的朋友。」

室內光線越來越暗。郊區街道漸漸熱鬧起來。路燈一亮，外面傳來一陣低低的、輕鬆的歡呼聲。里厄走上陽台，科塔爾也跟了出來。跟城裡尋常的夜晚一樣，陣陣微風從周圍各區吹來，傳來了喃喃低語，送來了烤肉的香味，吵吵嚷嚷的年輕人擁到了街上，漸漸地街上到處都是由於感到自己輕鬆而歡樂的人們的嘈雜聲，這聲音隨風飄來，夾雜著一股芬芳的氣息。黑夜中，瞧不見的輪船發出響亮的鳴笛聲，從海面和熙熙攘攘的人群中傳來了喧鬧聲，這是里厄往日非常熟悉和喜愛的時刻，今天由於他所獲知的一切情況的影響，這時刻卻似乎使他感到壓抑。

他對科塔爾說：「可以開燈了吧？」

燈光一亮，這個小矮個兒眨巴著眼，瞧著里厄。

「請告訴我，醫生，假使我得了病，您是否將收我進醫院到您的診察室治療？」

「為什麼不呢？」

科塔爾又問是否有過在診所裡或醫院裡逮捕人的情況。里厄回答說有過這種事例，但是這一切要根據病人的病情而定。

科塔爾說：「我呀，我對您是信任的。」

接著他問醫生是否可以讓他搭他的車子到市裡去。

在市中心區，街上的行人已較稀少，燈光也寥若晨星，孩子們還在門口玩耍。醫生在科塔爾的要求下，把車子停在一群孩子的面前。他們在玩跳房子遊戲，邊玩邊大聲叫嚷。其中一個黑色的頭髮梳得很平伏、頭路筆直、但面孔卻很髒的孩子用帶著威脅性的炯炯的目光瞅著里厄。醫生不去看他。科塔爾站在人行道上同醫生握手道別。他講話嗓音嘶啞，發音困難，他一連回頭向身後望了兩三次，說：「大家都在談論鼠疫，是否真有此事，醫生？」

「人們一直在講，這並不奇怪。」里厄說。

「您說得對。一旦有十來個人喪命，那就末日來臨了。這恐怕不是我們所希望的吧！」

引擎已經啟動了，里厄的手已搭在變速操縱桿上準備開車。他又重新看看一直以嚴肅而平靜的目光打量著他的孩子。孩子忽然向他咧嘴一笑。

「那麼我們希望些什麼呢？」里厄問，一邊朝著孩子微笑著。

突然，科塔爾一把抓著車門，用帶著嗚咽而狂怒的聲音呼喊：「希望來一次地震，一次強烈的地震！」說罷，掉頭就跑掉了。

地震沒有發生。第二天，里厄整天滿城奔走，忙著跟病人家屬交談或直接找病人談話。里厄自行醫以來，從未感到他的職業對他有過這樣大的壓力。直到現在，病人們很配合他的工作，他們完全信任他。可是現在醫生第一次發現他們不願講真話，並且帶著驚恐、不信任的神色，對他們的病情真相諱莫如深。這是一場他還不習慣對付的鬥爭。晚上十點光景，里厄驅車到最後一個病人——老氣喘病患者的門前時，他已累得難以從車座中爬起身來，就停留了一下，望望昏暗的街頭和漆黑的天空中忽隱忽現的星星。

老氣喘病患者坐在床上，氣好像順了一點，正在數著鷹嘴豆，從一個鍋中拿出來，放到另一個鍋裡。看見醫生進來，高興地招呼。

「怎麼啦，醫生，」他說：「是霍亂嗎？」

「從哪裡聽說的？」

「在報紙上看到，無線電廣播也這樣說。」

「不，不是霍亂。」

「不管怎麼講，」老頭十分激動地說：「那些頭頭們太會誇張了，嗯？」

「不要聽人家瞎說。」醫生說。

他看過了老頭兒的病，就在這間寒酸的飯廳當中坐了一會兒。不錯，他害怕，他知道明天一早市郊有十來個患腹股溝腺炎、蜷縮著身子的病人在等他。經施行腹股溝腺切開手術，僅有兩三例會有所好轉，大多數得送醫院，而他明白醫院對窮人來說意味著什麼。有一個病人的妻子對他說過：「我不要他給他們當試驗品。」他不會給他們當試驗品，只不過一死了事罷了。十分清楚，採取的措施是不夠的。至於「特別配備」的病房是什麼模樣，醫生也心中有數：這是兩所把別的病人倉促地搬走後空出來的樓房，窗門縫隙已經堵塞，樓房四周用防疫警戒線加以隔離。如果瘟疫不自行停止蔓延，行政當局所設想的這些辦法看來是難以奏效的。

然而，晚上發表的官方公報仍很樂觀。第二天，朗斯多克情報資料局聲稱，省府的措施已被接受，群眾情緒平靜，並且已有三十來個病人申報了病情。

卡斯特爾打了個電話給里厄：「特別病房裡有幾張病床？」

「八十張。」

「市內肯定不止三十個病人吧？」

「有些人是膽小，還有其他更多的人來不及申報。」

「埋葬屍體有人監督嗎？」

「沒有，我已經打電話給里夏爾，告訴他應該採取完善措施，而不是專講空話，還應該對瘟疫建立起切實的防止蔓延的壁壘，否則乾脆什麼也不要做。」

「他怎麼說？」

「他對我說，他無能為力。我看數字還會上升。」

三天內，兩所病房就住滿了。里夏爾聽說快要把一所學校出空，以籌辦一所輔助性醫院。里厄在等待防疫疫苗，並為病人開刀排膿。卡斯特爾則長時間待在圖書館裡，從古書堆中找資料。

他的結論是：「老鼠現在是死於鼠疫或死於一種同鼠疫十分相像的疫病。這些老鼠散播了成千上萬隻跳蚤。如果不及時防止，這些跳蚤傳播疫病的速度將會以幾何級數增加。」

里厄默然。

這時候天氣像是穩定下來了。最近幾次大雨後的積水逐漸被太陽曬乾。蔚藍的天際迸射出一道金黃色的陽光，剛開始出現的熱浪中傳來了隆隆的飛機聲，這季節的一切都引人進入寧靜的境界。然而在四天中，高燒症有過四次觸目驚心的躍進。四天時間，死亡的人數從16人、24人、28人一直增加到32人。到了第四天，一所幼稚園被宣布改為輔助病房。市民們以前還在用相互開玩笑的辦法來繼續掩蓋內心的憂慮，但現在他們走在街上已顯得沮喪和沉默了。

里厄決定給省長打個電話，他說：「這些措施是不夠的。」

省長說：「我已看到數字，果真是令人擔心的。」

「這些數字已不只是令人擔心的了，它們已說明了問題。」

「我即將向殖民地政府報告，等候命令。」

里厄在卡斯特爾面前把電話掛了，說：「命令！恐怕還得想像一番才行！」

「血清呢？」

「本星期內可以運到。」

省府通過里夏爾請里厄打一個報告向殖民地首府要求發布命令。里厄還寫了病人情況，加上數字。當天，有40個人死亡。據省長說，他要親自負責自第二天起加強原來的措施。強制申報和隔離措施仍按原計畫執行，患者住房必須封閉並加以消毒，患者親屬須進行安全性檢疫，病人死亡後的埋葬事宜由市政當局組織安排，具體辦法看情況決定。過了一天，飛機運來了血清。這些血清足夠供正在治療中的病人應用，但如疫情有所發展那就不夠了。里厄接得回電說血清的應急儲備已經被提完了，現在正開始製作新的。

這時候，近郊把春意送到了市場。沿著人行道成千上萬朵玫瑰花正在賣花人的籃子裡萎謝，甜醇的玫瑰花香飄浮全城。表面上一切如常：電車在高峰時間總是擠得滿滿的，其他的時間則乘客稀少，車子骯髒不堪；塔魯依舊觀察那個矮老頭，後者仍然用口水吐貓；格朗每晚照舊回家去幹他的神秘的工作；科塔爾還在到處亂轉；預審法官奧東先生還是帶領他那幾隻動物來來往往；患氣喘病的老頭兒照樣在搬弄鷹嘴豆。人們依然有時會遇到新聞記者朗貝爾，他態度安詳，但只關心自己；到了晚上，街上依舊人群熙攘，電影院門前排著長隊。至於疫情，倒好像緩和下來了，幾天中只死了十來個人。

但不多久，疫情一下子惡化，死亡人數重又直線上升。在死亡記錄重新達到三十人左右的那天，貝爾納·里厄讀著省長交給他的官方拍來的電報，一邊說：「他們害怕了！」

電報上寫著：「正式宣布——發生鼠疫。封閉城市。」

9

從這時起，鼠疫可說已與我們人人有關了。在此以前，儘管這些不平常的事件使本城居民感到意外和憂慮，但每個人都能夠各就各位照常辦理自己的事情，而且看樣子這種情況一定會持續下去。但是一旦城市封閉，他們就發覺大家、包括作者在內，都是一鍋煮，只有想法適應這種環境。情況就是這樣，一種與心上人離別那樣的個人感情就在開始幾個星期中一變而為全城人共有的感情，而且還夾雜著一種恐怖之感，這就成了這種長期流放的生活所帶來的最大的痛苦。

封城的最突出的後果之一，是人們突然面臨事先毫無心理準備的分離。有些母子、有些夫婦和情侶在幾天前分手時還只做了暫時離別的打算，他們在車站的月台上說了兩三句叮嚀的話後擁抱道別，滿懷著人類愚蠢的信心，以為過幾天，或至多過幾個星期肯定又能見面，親人的別離對他們的日常事務幾乎沒有什麼影響，可是突然一下子，他們發現自己已陷於遠離親人、無依無靠、既不能重逢又不能通信的絕境。因為在省府禁令發布之前幾小時，實際上封城已經開始，而且任何特殊情況均不在考慮之列。

我們可以說，疫病無情襲擊的第一個結果，就是迫使市民們要像沒有個人感情一樣地行事。

在法令實施那天的頭幾個鐘頭裡，要求解決問題的人群擁向省府，有的打電話，有的親自去向官員們申訴情況。情況都同樣地令人同情值得關心，但又都同樣地不能破例不可能考慮。說真的，需要經過許多天我們才意識到我們是處在毫無協商餘地的情況中。「通融」、「照顧」、「破格」等詞，都已失去了意義。

甚至連通信這樣能使人稍感安慰的事也不許可。因為一方面，城市與外界的一切正常交通聯繫已全部斷絕；另一方面當局又下令禁止同外界通信，以免信件傳帶病菌。開始時還有些幸運者向城門把關的守衛人員說情，徵得他們的同意後把信件傳遞了出去。這還是在正式宣布發生鼠疫後的開始幾天，那時守衛人員被同情心所打動，也是很自然的事。但是，過了一段時間，這些守衛充分認識到了事態的嚴重性，不肯再承擔這種誰也無法估量其後果的責任。

最初還允許同別的城市用長途電話通訊，但結果公用電話處擁擠得水洩不通，所有線路全部忙得不可開交，以至於有幾天全部停止通話。而後又嚴格加以限制，只有在諸如死亡、出生和結婚等所謂緊急情況下才可以通話。剩下的唯一途徑是電報。向來以心靈、感情和肉體聯繫著的親人和情侶，現在只能從一封用大寫字母書寫的十來個字的電報裡去重溫舊夢。然而由於事實上電報中所能運用的字眼很快被用盡了，人們長時期的共同生活或悲愴的情緒只能匆促簡短地概括在定期交換的幾句現成的套語裡，例如：「我好，想你。疼你。」等等。

我們中間還有一些人仍然不死心地繼續寫信，不斷想出些辦法，希望能與外界保持聯繫，但到頭來終究是一場空。我們所設想的辦法有些可能奏效，但是誰也無法判斷，因為沒有收到對方的回音。一連幾星期之久，我們只能重複地寫同樣的信，發出同樣的呼籲，這樣過了一陣，原先出自肺腑的心聲，都變成空洞的字眼。我們還是機械地重複同樣的內容，試圖通過這些毫無生氣的字句來表示我們艱難的生活。這番固執而又毫無結果的獨白，這種和牆壁進行的枯燥對話，結果看來還不及電報的規格化的用語管用。

又過了幾天，人們終於清楚地看到沒有人能出得了城，於是提出要求：是否可以讓鼠疫發作前出去的人回來。省政府經過幾天的考慮後同意了這個要求，但是規定回來的人不論什麼理由都不得再次離城——只能進，不能出。

這一來，也有些家庭——但為數不多——一心只想與親人相見，不經慎重考慮就草率地做出決定去請他們利用這個時機回來。然而那些困於鼠疫的人們很快地明白過來，他們這樣做無異把親人驅入虎口，於是寧願忍受別離之苦。

在疫病最嚴重的時期，只出現過一個例子，說明人的感情勝過了對慘死的恐懼。但出乎人們意料，這次事例並不涉及一對狂熱的愛情凌駕痛苦之上的情侶，而是發生在結婚多年的老夫婦卡斯特爾醫生和他的老伴身上。卡斯特爾太太是在發現鼠疫前幾天到鄰城去的。他們的家庭也並不是值得人們學習的模範家庭，作者甚至敢說直到如今，還不能肯定這對夫婦對於他們的結合是否感到滿意。但是這次無情而又持續的隔離使他們深切地體會到彼此分處兩地無法生活，而一旦他們意識到這一點，鼠疫也就算不了一回事。

上述情況是一樁例外。對大多數人來說，離別顯然要持續到鼠疫被撲滅為止。就我們大家而言，我們自以為很熟悉的生活中的思想感情（上文已提到過，奧蘭市民的感情是簡單的）現在卻已改變了面貌。平時最放心對方的丈夫或情人發現自己變得嫉妒多疑。那些自己承認在愛情問題上輕浮風流的男子也變得忠實不渝起來。平時對住在一起的母親不加關心的兒子發覺如今腦際經常縈繞著母親臉上的一道皺紋，在那上面集中了他全部的憂思和懊悔。這種無情的、徹底的、前途茫茫的分離，把我們推入了心煩意亂的境地，使我們成天魂夢縈繞於那離別不久卻如隔世的人影而一籌莫展。我們實際上受到的痛苦是雙重的：首先是自身所受的痛苦，其次是想像在外面的親人、兒子、妻子或情人所受的痛苦。

如果換一種環境，我們這些市民會在尋歡作樂、忙忙碌碌之中去尋找排遣。但是此時此刻，鼠疫卻使他們無事可做，只好在這陰沉沉的城市裡兜來轉去，日復一日地沉湎在使人沮喪的回憶中，因為當他們漫無目的地在這小城中閑步時，走來走去總是那麼幾條街道，而且大部分還是前一時期同現在已不在身邊的親人一齊走過的街道。

這樣，鼠疫給市民們帶來的第一個影響是流放之感。作者在這裡可以肯定他所寫的東西也能代表大家的感受，因為這是作者同許多市民在同一時間中的共同感受。

我們心靈深處始終存在的空虛感，的確是一種流放之感，一種明確清晰的情緒，一種焦心的回憶之箭，一種荒誕不經的妄想，不是妄想時光倒流、就是相反地妄想時間飛逝。

有時候，我們讓自己陶醉於幻想境界，設想自己在愉快地等候親人回來的門鈴聲或樓梯上熟悉的腳步聲，再不然便是故意把火車不通的事忘掉，在平時乘傍晚快車來的旅客應該到家的時刻，趕回家中等候親人。當然，這些遊戲是不能持久的，清醒地知道火車不通的時刻總是會到來，這時我們明白，我們同親人的兩地分離注定要持續下去，而且我們必須設法安排自己的一切來度過這段時光。總之，從此我們重又陷入被囚禁狀態，我們只有懷念過去。即使我們中有幾個人寄希望於未來，但當他們受到了相信幻想的人最終所受到的創傷，他們也就很快地、盡力放棄了這種奢望。

特別是，全體市民很快就克制住以前養成的推算他們還要分離多久的習慣，即使在公開場合也是如此。這是為什麼呢？原因是有一些最悲觀的人把這一分離的時間推斷為六個月，於是他們對這一段時期事先做好含辛茹苦的心理準備，鼓足勇氣接受考驗，並竭盡全力來熬過這漫長而痛苦的歲月；可是當他們偶爾遇到一個朋友，或見到報上一則消息，或者頭腦中閃過某種臆測，再不然便是突然變得有遠見起來，這時他們就意識到沒有理由不相信疫病會持續到半年以上，可能是一年，甚或超過一年。

這時他們的勇氣、意志和耐心一下子都垮了，垮得這麼突然，以至於使他們感到好像再也爬不起來。因此他們強制自己不再去想解封的日期，不再去展望未來，或者可以說強制自己一直垂著腦袋過日子。但是這種小心謹慎、回避痛苦和高掛免戰牌的做法，效果當然不大，他們竭力避免這種絕對不希望發生的精神崩潰，結果連把鼠疫暫且置於腦後、幻想日後與親人團聚的情景——這種幻想。總而言之，是常有的——也給沖掉了。他們陷身於峰頂與深淵的中間，上不上，下不下。不是在那裡過日子，而是在不住地浮沉，被遺棄在沒有定向的日子裡和毫無結果的回憶之中，就像一群漂泊不定的幽靈，除非甘願生根於痛苦的境地，否則便無立足之地。

他們體驗了一切囚徒和流放者的悲慘遭遇，

那就是生存於無益的回憶之中。

他們無時無刻不在留戀著過去，而感覺到的不過是惆悵。

他們真想把同現在所盼望著的親人以前在一起時能做而未做的事情，都補進過去的回憶中去。同時，在他們的囚禁生活中，腦海裡無時無刻不印上在外地親人的影兒，即使在比較愉快的情況下也如此，因為他們當時的實際處境不能使他們得到滿足。對眼前他們感到心焦，對過去他們感到憎恨，對未來他們感到絕望。他們活像受到人世間的法律制裁或仇恨報復而度著鐵窗生涯的人。到末了，逃避這種難以忍受的空虛感的唯一方法，是再次讓火車在幻想中通車，讓時光在幻想中充滿嚮個不停的門鈴聲——然而這門鈴卻頑固地保持沉默！

如果說這是一種流放，那麼大多數的情況是放逐在自己家中。雖然作者比較熟悉的是一般群眾的流放生涯，卻也不能不提一提像記者朗貝爾這樣一些人的處境。

這些人是在旅途中意外地被鼠疫關在城裡的，他們既不能見到他們的親人，又遠離故鄉，因而倍增了他們的別離之愁。在所有感到被流放的人中，他們的感受是最深的，因為雖說在時間引起的煩惱方面，他們也和大家的感受一樣，但是他們更多一層空間引起的煩惱——思鄉之情。他們時時碰撞在一堵高牆上，它把他們所在的疫區和遠在天涯海角的家鄉隔離了開來。這些人白天整天地在灰塵飛揚的城內徘徊，默默地呼喚著只有他們知道的家鄉的薄暮和清晨，一些無足輕重的浮光掠影和令人心煩意亂的跡象，都能增加他們的苦惱：長空的燕影，黃昏的露珠，或者僻靜街道中的一線陽光異彩。這個能為人們排解一切煩惱的外部世界，他們閉上雙目不去觀望，卻沉湎於他們那些過於逼真的幻想，竭力集中思想於一片土地上：在那裡兩三座小丘，喜愛的樹木，幾張婦女的臉孔，沐浴於一片光芒之中，構成了一種對他們來說是世上獨一無二的境界。

最後，我們來談談最耐人尋味的情侶情況。這恐怕也是作者最有資格談論的問題。這些人受到不少其他煩惱的困擾，其中必須一提的是悔恨情緒。他們目前的處境倒能讓他們用一種既激動又客觀的眼光來思考他們的情感。在這種環境中，他們本身的缺陷很少會不明顯地顯露出來。首先，他們發覺對於在外地的親人的事跡和動作姿態已不能準確地想像出來。他們抱怨自己完全不知道在外地的情侶的時間安排，他們責怪自己太輕率，沒有去了解這一點，反而裝腔作勢地認為，對一個在戀愛中的人來說，知道對方的時間安排也不見得就是快樂的源泉。從這時開始，他們就很容易去追溯過去的愛情，並察覺它的美中不足之處。平時我們大家都自覺或不自覺地知道任何愛情都可變得更完美，儘管我們往往毫不赧顏地甘願讓自己的愛情停留在平庸的水平上，但在回憶之中我們對自己的要求就比較高了。這個打擊我們全城的飛來橫禍不僅帶來令人抱怨叫屈的苦難，而且還必然引起我們自己造成的痛苦，使我們甘心忍受。這就是疫病轉移人們的注意力以及把事情搞得複雜化的情形之一。

這樣，每個人必須接受獨自面對著蒼天過一天算一天的生活。這種普遍的得過且過的生活，久而久之也許能磨練人的性格，但目前卻已開始使人變得斤斤計較小事的得失。比如說，我們城裡的某些人已成了另一種事物的俘虜，他們受天晴天雨的支配。看他們的樣子彷彿他們出生第一遭直接受到天氣好壞的影響。只要金色的陽光一露頭，他們就顯得喜形於色，而一碰到下雨天，那麼他們的臉上和精神上就像蒙上一層陰沉的幕帘。僅在幾星期前，他們還沒有這種脆弱和不合情理的聽天由命的心理，因為他們在人前並不是孤獨的，在某種程度上，同他們在一起生活過的人，在他們的宇宙中還占有一個位置。但從現在起，他們則顯然聽憑老天爺擺佈，就是說：

他們毫無道理地受著苦，又毫無根據地抱著希望。

在這種極端孤單的情況下，終於沒有人再指望鄰居來幫助自己，各人都是心事重重地獨處一隅。假如我們中間有一個人偶爾試圖在人前談上幾句心裡的話，流露出一些情緒，那麼不管對方回答些什麼，其結果十之八九都反而會刺傷他的心。他會發覺他和談話對象之間並沒有共同的語言。一個講的確實是他整整幾天來思念和痛苦所凝成的語言，他想表達的是長期受到等待和激情煎熬的形象，而另一個卻認為他發的只是些老生常談的牢騷，談的是那種比比皆是的苦悶，人人都有的傷感。不管回答是善意還是惡意，總和講話者的意願相連，因此還是悶聲不響為妙。有些人耐不住沉默寡言的苦悶，但又不能和別人推心置腹，於是只得人云亦云，講些老生常談的，聊聊一般的人情來往，社會動態，無非是每天的新聞而已。把最真實的痛苦通過庸俗的套語來表達，這已習以為常了。鼠疫的俘虜們只能以這種代價來換取他們的看門人的同情或引起聽他們講話的人的興趣。

但是最重要的一點還是，不管這些流放者的苦惱多麼難忍，不管他們那顆空虛的心感到多麼沉重，在發生鼠疫的初期，他們卻仍可說是一群幸運兒。因為正當全城開始感到恐慌的時候，他們的心思卻都集中在期待中的人兒身上。在全城陷於絕境的時候，愛情的自私心理卻保全了他們。他們想到鼠疫，只因為它有把生離變成死別的危險。因此在疫病發作得最厲害的時候，他們卻顯出一副心不在焉的神態，這倒也是好事，而且簡直可以被當作是一種泰然自若的氣慨。

絕望的心理使他們不會感到恐慌，真是塞翁失馬，安知非福。比如說，即使他們中間有人被死神攫走，事情也總是發生在他猝不及防的時候：正當他在思想深處和一個影子不絕地喁喁細語時，突然被揪了出來，不經過任何過渡階段，就一下子被拋到黃泉之下，悠然長眠。他根本沒有時間顧及其他。

10

在市民們想方設法適應這突然來臨的放逐生涯的同時，鼠疫已使城門旁有了守衛，使前來奧蘭的船舶改道他往。封城以來，連一輛車子也沒進過城。從封城那天開始，汽車彷彿都在原地打轉。從林蔭大道高處俯瞰，港口也呈現出一片異常景象：在整個海岸線上這裡是最大的港口之一，但現在喧鬧繁華一下子銷聲匿跡。幾艘接受檢疫的船還泊在那裡，但在碼頭上，閑著的大吊車，車斗斜傾在一邊的翻斗車，孤零零的成堆的酒桶和袋子，這一切都說明貿易也被鼠疫奪走了生命。

儘管眼前有著這一幅幅不尋常的景色，可是看來我們城裡的人還弄不明白究竟是怎麼一回事。當然，大家都感到恐懼，或是感到別離之苦，但是各人仍然把自己的私事放在首位，沒有一個人真正承認疫病的來臨。對大部分人來說，他們主要感到的還是習慣遭到破壞，利益受到損害。他們感到惱火、生氣，但不能光用這樣的情緒來對抗鼠疫。他們首先的反應便是責怪當局。報刊反映了群眾的批評（《究竟能不能考慮放寬一些目前採取的措施呢？》），省長的答覆卻相當出人意料：迄今為止，報紙和朗斯多克情報資料局還沒有收到過官方送來的有關疫病的統計數字，現在省長卻逐日把數字送給該局，並要求它每週公布一次。

然而，公眾對此也不是立即就做出反應的。因為公布在發生鼠疫的第三週中共計有302人死亡，這樣的消息並未引起公眾的猜想。首先，這302個人可能並非都死於鼠疫；其次，城中沒有一個人知道在通常情況下每週死亡的人數是多少。本城居民總數是二十萬人，大家不知道上述死亡的比例是否正常。雖然這一類精確數字具有明顯的意義，然而平時從來也沒有人去過問。可以說，公眾缺乏比較的依據。要等日子久了，發現死亡人數有所增加，公眾方始意識到事實的真相。第五週的死亡人數是321人，而第六週已達345人。數字的增加至少已很具有說服力了，但力量還不夠強，仍不足以改變市民們的看法，他們在一片愁雲密布之下，依然認為這只是一次令人不快的事故，終究是不會拖得太長的。

他們照舊在街上來來往往，或在咖啡館的露天座上閑坐。一般說來，他們還稱不上懦夫，談笑風生的時刻多於唉聲嘆氣，對這顯然是暫時的不便仍能笑臉相迎。因此城市的體面算是保持住了。可是到了月底左右，幾乎就在祈禱週——下面還要談及的——，更為嚴重的新情況使城市的面貌起了變化。首先，省長對車輛往來和糧食供應採取了一些措施：糧食受到限制，汽油實行配給，甚至還規定節約用電。只有生活必需品可通過陸運和空運運入奧蘭。這一來市內交通車輛逐步減少，直至幾乎完全停止交通。賣奢侈品的商品很快便停止營業，另一些商店的櫥窗裡出現了「無貨」的告示牌，而購貨者則在店門口排著長隊。

奧蘭呈現出一派奇怪景象：行人增多了，即使不是高峰時刻也一樣，因為商店和某些辦事處關了門，閑著沒事幹的人群擠滿了街頭和咖啡館。暫時他們還不是失業者，只能說是放了假。下午三點，在明朗的天空之下的奧蘭簡直給人以一種節日中的城市的虛假形象：停止了交通，關上了店門，以便讓群眾性的慶祝活動得以開展，市民湧上街頭共享節日的歡樂。

不用說，電影院是不會放過這種公共假日的，它們趁機大做其生意。但是省裡影片的正常輪流放映已經中斷，因此經過兩週的放映後，各電影院不得不相互交換影片，又過了一段時期，電影院終於只得將同樣的幾部片子放了又放。可是它們的收入卻也不見減少。

最後，再來談一談咖啡館的情況。在一座葡萄酒和燒酒貿易居於首位的城市中，這類商品的庫存總是可觀的。因為咖啡館倒是能滿足顧客的需求的。說實在的，酒喝得可真是不少。有一家咖啡館貼出了「醇酒具有殺菌效能」的廣告，群眾本來就自然而然地相信酒精有防止傳染病的作用，這一來輿論就表示對此堅信不疑。每逢到了半夜兩點，街頭上到處可見相當數量被逐出酒店的醉漢，樂觀的言論也到處可聞。

但所有這些變化，從某種意義上說來，顯得異乎尋常，又出現得突如其來，因此很難說這是正常和會持久的現象。最後，個人情緒還是在大家的頭腦中占據了主要的位置。

在封城後的第三天，里厄醫生從醫院出來遇見科塔爾，他得意地迎向里厄。里厄說他的面色很不錯。

那矮子高興地說：「不錯，我身體完全好了。醫生，請告訴我，這該死的鼠疫，嗯！嚴重起來了吧？」

醫生承認情況確是如此，而科塔爾卻以一種異常輕鬆的口吻發表意見：「現在它沒有理由停止蔓延，一切都將被它搞得亂七八糟。」

他們兩人一起走了一段路。科塔爾講到他區裡的一個食品雜貨店大老板囤積居奇，以圖厚利。當人家來送他去醫院時，發現床底下藏著罐頭食品。「他死在醫院裡，鼠疫是不會給錢的。」科塔爾有著一肚子這種真真假假的有關鼠疫的傳聞。譬如有人說在市中心區，一天早上，一個帶有鼠疫症狀的男子在高燒中精神錯亂，奔出屋外，向遇到的第一個女人撲去，把她緊緊摟住，大喊他已得了鼠疫。

「好吧！」科塔爾用一種同他語氣不相容的和悅的語調說道：「我們大家都將發瘋，這是肯定的。」

同一天下午，約瑟夫．格朗終於向里厄醫生傾吐了他的秘密。他見到放在書桌上里厄夫人的相片，回過頭來向里厄望望。里厄回答他說他的妻子正在外地療養。「在某種意義上說，」格朗說道，「這還是運氣。」醫生回答說這的確是運氣，只要她的病能好起來。

「啊！我懂您的意思。」格朗說。

自從里厄第一次認識格朗以來，他還是第一次話說得那麼多。儘管他說話時依然咬文嚼字，但是幾乎總是能找到適當的字眼，好像他對當時要講的話，早已思考過了似的。

格朗很早就結婚，對象是鄰居家的一個貧窮的年輕女孩。他就是為了結婚才輟學就業的。尚娜和他都從未到他們那個區以外的地方去過。他是到她家去看她的，尚娜的父母看見那位沉默寡言、舉止笨拙的追求者感到有點好笑。她父親是個鐵路工人，休息時間常常見他坐在靠窗的角落裡，一雙粗大的手平放在腿上，沉思地注視著街景。她母親則終日忙於家務。尚娜幫著她。她身材長得那麼纖細，使格朗每次見她過馬路時，總是要為她擔上幾分心：所有車輛一到她面前都成了龐然大物。有一天兩人在賣聖誕節禮物的店鋪面前走過，她朝著櫥窗裡陳列的東西看得出了神，把身子往後一仰靠住他說：「太美了！」他緊握著她的手腕。就這樣他們訂了終身。

往後的事，照格朗說，十分平凡，正如一般人一樣：他們結了婚，還有點相愛，兩人都有工作，工作一忙，愛情也就淡了。由於辦公室主任食言，尚娜也只得工作了。讀者讀到這裡，應該用些想像力才能了解格朗的話。勞累的工作助長他隨波逐流、得過且過的思想，他越來越少說話，他也沒有能夠繼續滿足他妻子的希望：仍得到他的愛。一個忙於工作的人，生活在貧窮中，前途逐漸渺茫，每晚在晚餐桌上默默無言，在這樣的環境中哪裡還談得上愛情？尚娜也許已感到痛苦了，但當時她忍著沒離開他；人們長期飲著苦酒而不自知的情況也是有的。這樣一年一年地過去，到後來，她走了。當然她不是一個人走的。

「我愛過你，但現在我已厭倦了……

我並不會因為這次出走，而感到幸福，

但是，並不一定為了幸福才去尋找新的開端。」

這就是她信中的大意。

現在輪到約瑟夫・格朗開始難受了。他也可以有新的開端，正像里厄提醒他的話那樣，但他卻失去了信心。

他就是經常地想著她。他本來想寫一封信給她為自己辯解。「但是，」他說，「這有困難。對此我已想了好久了。在我們相愛時，我們無需說什麼話就彼此了解。然而雙方的愛情不是永久不變的，有一個時期，我本來可以找些話來留住她，但我沒有做到。」格朗用一塊方格子的手絹擤鼻涕，再擦擦他的鬍髭。里厄瞧著他。

「醫生，」格朗老頭說：「請原諒，但是我怎麼說呢……我信任您。在您面前，我能說話，說了使我感到激動。」顯然，格朗離關心鼠疫還有十萬八千里。

晚上，里厄發了一份電報給他的妻子，告訴她說，城已封了，他的身體健康，要她繼續當心自己的身體，他惦念著她。

封城後過了三個星期，里厄從醫院裡出來的時候，看到一個年輕人在等他。

那人說：「我想您認識我吧！」

里厄覺得好像曾見到過他，但思索著不敢肯定。

「我曾在事件發生之前，為了了解阿拉伯人的生活情況而來討教過你，」那人說，「我叫雷蒙．朗貝爾。」

「啊，對了！現在您大有文章可做了。」里厄說。

對方顯得有些煩躁，他說他來不是為了這件事，他是來請里厄醫生幫忙的。他接著說：「原諒我的冒昧，但是在這城中我沒有熟識的人，我們報館的通訊員不幸是個笨蛋。」

里厄邀他陪自己步行到中心區的一家診所去一次，因為他有事要吩咐。他們就順著黑人居住區的小街走去。天色逐漸朦朧，但是過去一到這個時刻就很吵鬧的城市，現在卻變得出奇的安靜，從餘暉未盡的天際傳來的幾聲軍號聲，只能說明軍人們還做出像在執行任務的樣子。他倆沿著坡度很大的街道往下走，兩旁都是阿拉伯式房屋的藍色、赭石色和紫色的牆頭。朗貝爾談著，情緒十分激動。他把妻子丟在巴黎，說真的，這也不是他的妻子，但同妻子也沒有多大區別。封城開始後他曾給她打過一份電報。起初他認為事情長不了，他只想設法同她通信聯繫。他在奧蘭的同行們告訴他，他們對此無能為力；郵局把他拒之門外；省府一位女秘書對他的要求則嗤之以鼻。他最後只好去排了兩個鐘頭的長隊，獲准打了一份僅僅只有「一切均好，不久再會——」幾個字的電報。

但是今天早晨起床時，他忽然想到畢竟他不能預計事態會持續多久，決定離開奧蘭。由於他是經人介紹過的（他的職業有這種便利），所以他能夠見到省府辦公室主任，他向主任說明原委：他與奧蘭市無關，沒有必要留在這裡，他是偶然來此的，因此按理應讓他離去，即使出去後要接受檢疫隔離也在所不惜。主任對他說他對此十分理解，但就是不能做例外處理，主任又說他將再研究一下，但總的說來情況是嚴重的，不能做出任何決定。

朗貝爾說：「畢竟我是外地人。」

「這沒有疑問，總而言之，還是希望這次疫病不要拖得太久。」

為了結束談話，他試圖安慰朗貝爾，提醒他能在奧蘭找到很好的報導資料，如果仔細考慮一下，任何事件都有可取的一面。朗貝爾只能聳聳肩膀。這時他們已走到市區的中心。

「真是糊塗話，醫生，您是明白的。我不是生來就是為著寫報導的。也許我是生來為著同一個女人一起過活的，這難道不是天經地義的事嗎？」

里厄說，這種說法不管怎樣，看來還是合情合理的。

在中心區的大街上，見到的已不是平時的人群了。幾個行人急急忙忙地向遠處住所走去，沒有一個人面帶笑容。里厄想，這是那天朗斯多克情報資料局的通報造成的。一般情況下，市民們本來在事後二十四小時就會恢復信心。但是在當天，人們對數字仍然記憶猶新。

朗貝爾突然說道：「這是因為她和我，我們相識不久，但十分投機。」

里厄沒有回答。

朗貝爾又說：「我打擾您了。我只想要求您能否為我出一張證明，說明我沒有患上這個倒楣的疾病。我想這也許對我有用。」

里厄點頭答應。這時一個小男孩撞在他的腿上跌倒在地，他輕輕地把他扶起，然後兩人再起步走到閱兵場。蒙著一層灰色塵土的無花果樹和棕櫚樹的樹枝一動不動地下垂著，樹叢中有一座滿是塵土的、骯髒的象徵共和國的雕像。他們在像前停步，里厄把兩隻滿是白灰的腳先後在地上蹬一蹬。他朝朗貝爾看看，這位記者的呢帽戴在後腦勺上，繫著領帶的襯衫領子的鈕釦解開著，鬍髭也沒有好好剃過，臉上一副負氣不服的神情。

里厄最後說：「我理解您的心情，這點您不用懷疑，但是您的想法是有問題的。我不能為您出證明，因為事實上我並不知道您是否患有這種病，即使您現在沒有病，我也不能證明您在離開我直到走進省政府的一段時間內不會傳染上。況且，即使……」

「況且，即使什麼？」朗貝爾問。

「況且，即使我給了您證明，對您也無濟於事。」

「那，為什麼？」

「因為城中像您這種情況的人有好幾千個，然而並沒有放走過一個。」

「但假使他們本人都沒有染上鼠疫呢？」

「這個理由還不夠。我也明白這是笑話，但事關大家安全，也只有這樣做。」

「但我不是這裡的人嘛！」

「從現在起，唉，您同大家一樣，也算是這裡的人了。」

朗貝爾激動起來，他說：「這是個人道問題，我向您發誓。也許您不體會一對情投意合的人兩相分開的滋味。」

里厄並不立即回答。過了一會兒，他說他認為自己是能體會這一點的。他衷心希望朗貝爾同他的愛人重逢，希望所有相愛的人們再度相會，但是礙於法令，礙於鼠疫，他的任務是該怎麼做就怎麼做。

「不，」朗貝爾痛苦地說，「您不會體會，您是在講大道理，您生活在抽象觀念中。」

醫生抬頭望著象徵共和國的雕像說，他不知道他是否在講大道理，不過他講的是明擺著的事實，這兩者不一定是一回事。記者整了整領帶說：「那麼照您說，我只好想別法了？但是，」他接著以不服氣的口吻說，「我會離開這個城市的。」

醫生說他是理解他的想法的，但是這事情與他無關。

朗貝爾突然發作了，大聲說：「不，這事與您有關。我來找您就是因為人家告訴過我，在這次決定中有您很大的份量。當時我想過，您這個參加繫鈴的人至少可以解一次鈴。但是您卻無動於衷，您根本不顧任何人。您沒有為分居兩地的人著想。」

里厄承認，在某種意義上，這話不錯，他的確是不想考慮這方面的情況。

「啊！我明白了，」朗貝爾說：「您就要講些為了公眾利益之類的話了，但是公眾利益也要以個人幸福為基礎的！」

里厄彷彿從分心的狀態中醒了過來。「得了，」他說，「不光是有這一面，還有另一面，不要就下斷語。但是您發火總是不對的。假使能解決您的問題，那我當然高興之至。但問題就是我的職責所在，不能徇私。」

朗貝爾忍不住大搖其頭。

「不錯，發火是我錯，而且我這樣也浪費掉您不少時間。」

里厄要求朗貝爾隨時把進行的結果告訴他，並且請這位記者不要對他耿耿於懷。他又表示以後肯定會有一項計畫讓他們走到一起來的。朗貝爾突然顯得困惑不安起來，他沉默了一陣之後說：「這我相信，不管我怎麼想法，也不管您方才和我說些什麼，我相信這點。」

接著，他又猶豫起來說：「但我不能贊同您的看法。」

他把呢帽往前額一壓，快步走開了，里厄目送他走進讓．塔魯住的旅館。

過了一會兒，醫生搖了搖頭，當然記者盼望重獲幸福的著急心情是有道理的，但責怪他「生活在抽象觀念中」是否正確呢？鼠疫蔓延得更快了，使醫院中每週的犧牲者高達五百來人，而他在醫院中過的這些日子難道也是抽象的嗎？的確，這場災禍中也有抽象或不現實之處，但當這種抽象觀念涉及到人的生死問題時，那就必須認真對待，不能掉以輕心了。里厄只知道這不是最容易辨的事。比如說，他所負責的那所輔助醫院（像這種醫院現在已有三所）就不很容易管。他叫人把那間面對門診室的房間修改了一下，供接受病人之用。那間房間的地上挖了一個水池，水中加了消毒藥水，池中央有一個磚砌的小平台。病人抬到平台上，迅速地脫去衣服，丟入池中。病人洗過身，擦乾後，披上醫院裡的粗布襯衫，送到里厄那裡，然後進入病房。現在不得已只好把學校的風雨操場用來收容病人，總共放了五百張病床，但幾乎全部都有病人了。早上里厄親自主持病人的入院、防疫、腹股溝腫塊切開等工作後，還要查核統計數字，午後回去看門診，最後到了晚上再去出診，直到深夜回家。前一天晚上，母親把他妻子的電報遞給他的時候，注意到他的雙手正在顫抖。

「是在抖，」他說：「但只要堅持下去，我就不會這樣緊張了。」

他體格健壯，能頂得住，而且事實上他並未感到疲勞。倒是這些出診中的情況使他感到受不了。一旦斷定是瘟疫，就得立刻把病人運走。於是又得開始講抽象的大道理，困難的場面也開始出現，因為病人家屬知道，只有這個病人痊癒了或是死了才能再見到。「可憐可憐吧！醫生！」洛雷太太說，她是在塔魯所住的旅館中工作的女傭的母親。但這有什麼用呢？當然他心裡是可憐她的。但是這對任何人都沒有一點好處，他必須打電話。一會兒傳來了救護車的呼嘯聲。起初，鄰居們推窗望望，後來就搶著把窗關上。接下來便是掙扎、啼哭、勸說，總之是些抽象的觀念。在這些被發燒和恐慌搞得亂哄哄的寓所裡，出現了一幕幕瘋狂的場面，但是病人還是被帶走了。最後里厄自己也可以走了。

開始幾次，里厄打了電話不等救護車來，就趕去看別的病人。但是後來病家卻關上了大門，寧願同鼠疫病人相聚在一起而不願與他作別，因為這一別，結局如何，他們心中明白。先是喊叫、命令，繼之以警察的干預，最後是出動軍隊，把病人強行搶走。頭幾個星期，里厄只好等到救護車來了才走。到後來，當每位醫生都在一個志願便依警察陪同下去出診時，里厄才能一家一家地趕。但在起初一段時間裡，每天晚上的情況都像那晚在洛雷太太那小公寓中的一樣：當他走進牆上裝飾著扇子和假花的屋子裡，病人的母親欲笑不笑地來迎接他說：

「我想這不會是大家所說的那種發燒吧？」

他掀開了毯子和襯衣，默默地觀察著病人腹部和大腿上的紅斑，腫脹的淋巴結。那母親看著女兒的腿間，再也控制不住自己，驚叫起來。每天晚上都是這樣，母親們在露出的腹部所顯示的致命的症狀前號哭，臉上帶著茫茫然不知所措的神情；每天晚上，里厄的胳膊被她們緊緊抓住，無濟於事的話、許諾、哭泣，一片混亂；每天晚上，救護車的呼嘯聲引起了無濟於事的、情緒激動和痛苦的場面，晚上出診時間長，而且遇到的情況千篇一律，最後里厄感到，除了這種相同的場面不斷地重複出現外，再也盼不到出現任何別的了。不錯，鼠疫跟抽象的道理一樣地一成不變，只有一樣東西也許是在起著變化，那就是里厄自己。那晚他在象徵共和國的雕像前深深感覺到了這點：他兩眼盯著朗貝爾的身影消失在那裡的那家旅館大門，覺察到那難忍的麻木不仁之感已侵襲到他整個心靈。

幾個星期的令人精疲力盡的生活過去了，每晚暮色降臨後全城的人照舊湧上街頭在原地轉圈，這時，里厄已懂得不必再花力氣去克制同情心。當人們覺得同情也無濟於事後，對它也就厭倦了。在那壓得他透不過氣來的日子裡，唯一能使里厄感到輕鬆的卻是心腸慢慢變硬起來的感覺。他明白這樣反而可以便於完成任務，因而藉以自慰。他的母親每當深夜兩點見到里厄回家時茫然的目光，感到難受，同時也因里厄將他唯一能得到的母愛的溫暖漠然置之而深為痛心。要同抽象觀念做鬥爭，就不得不像他一樣。但這又怎樣能使朗貝爾明白這點呢？對朗貝爾說來，抽象觀念就是一切和他的幸福背道而馳的東西。

說真的，里厄也知道這位記者在某種意義上是對的。但是他也知道有時候抽象觀念比幸福更要緊，而在這種情況下，也只是在這種情況下，就必須重視前者。這就是朗貝爾將要遇到的情況，里厄將在朗貝爾日後向他說的一番推心置腹的話中了解到詳情。這樣，每人的個人幸福和與鼠疫有關的那些抽象觀念之間的陰沉險惡的鬥爭，在新的局面下展開，構成本城在這一冗長時期中的整個活動，而里厄則自始至終參與了這場鬥爭。

11

然而，有的人看到的是抽象的觀念，有的人看到的卻是事實。鼠疫發生後一個月，情勢變得令人沮喪，首先是由於疫情再次猖獗，其次是因為帕納盧神父做了一次措辭激烈的講道。這位神父就是在米歇爾老頭兒初發病時幫助過他的那位耶穌會教士。帕納盧神父由於為奧蘭地理協會的雜誌經常寫文章而聲譽卓著，在碑銘的復原工作方面是個權威。他曾在現代個人主義問題上做過一系列的報告，擁有的聽眾比這方面的專家所擁有的還要眾多。他在講演時熱烈悍衛嚴格的天主教教義，對現代的放浪主義和過去幾世紀的愚昧主義同樣不妥協，毫無保留地向聽眾灌輸嚴酷的大道理，由此而享有盛譽。

在鼠疫流行將近一個月的時候，城內的教會當局決定採用他們自己的方法與鼠疫做鬥爭：組織一個星期的集體祈禱。這種群眾性的表示虔誠的宗教活動的結尾是星期日一次莊嚴的彌撒：向為照料疫病患者而獻身的聖人——聖洛克——祈禱。藉這一機會，人們要求帕納盧神父講話。這位神父為此在半個月前已從關於聖奧古斯坦和非洲教會的研究工作中抽身出來，在這方面他在所屬修會中具有特殊的聲望。這位天性激烈而熱情的神父接受了人們的要求，毅然擔當了這一任務。在這次講道之前，全市很早就已談開了。這次講道也可算是這一時期中的一件大事。

參加這一星期活動的群眾很多。這倒不是因為奧蘭的居民平時對宗教特別虔誠，比如說在星期日早上海水浴場就一向是同教堂中的彌撒唱對台戲的，這也不是因為他們的靈魂突然受到感召而皈依宗教，而是一方面由於封城，港口封鎖，不可能再去海濱游泳，另一方面，他們處於一種十分特殊的心境之中，他們的靈魂深處雖然尚未真正意識到那些使他們遭受打擊的意外事件的真實性，但是他們顯然感到事情是有點不同往常了。有不少人卻總在希望著瘟疫即將過去，他們和他們的家屬都能安然無恙。所以他們還不覺得有什麼非做不可的事。

對他們來講，鼠疫不過是一個討厭的不速之客，既來了，也總有一天會走的。他們雖然害怕，但並未絕望。把鼠疫看作他們生活方式，忘卻這場瘟疫前的生活，這樣的時刻尚未到來。

總而言之，他們處於期待中。

對待宗教的態度，也同對待許多其他問題一樣，鼠疫使他們的思想處於一種獨特的狀態，既不是無所謂，也不太熱情。用「客觀」一詞來形容是較為恰當的。參加祈禱週的大多數人的想法，就像一個忠實信徒對里厄醫生所說的那樣：「不管怎樣，反正這沒有壞處。」塔魯也在筆記中寫著：中國人在類似情況下將敲鑼打鼓趕瘟神。但他指出：事實上敲鑼打鼓究竟是否比防疫措施更有效，是根本無法知道的。接下來他只是加上了這麼兩句話：為了解決問題，首先應該弄清楚是否存在瘟神。這點不弄清楚，談論其他任何想法都是徒勞無益的。

不管怎麼說，城裡的教堂在整整一星期中幾乎擠滿了善男信女。頭幾天，不少居民還停留在門廊前栽著棕櫚樹和石榴樹的園子裡，傾聽著一直傳到街頭、波濤起伏的祈求和禱告聲。不久，這些旁聽者在別人的榜樣鼓舞下，也漸漸地進入教堂，他們膽怯的聲音混雜在教堂內的答禱聲中。到了星期日，大群的人湧進教堂正殿，連教堂大門前的廣場上和台階的最後幾級上也擠滿了人。前一天開始，天色陰沉，大雨傾盆，那些站在外面的人撐著雨傘，教堂裡飄浮著一股爐香和濕衣服的氣味，這時，帕納盧神父登上了講道台。

他中等身材，相當粗壯，當他靠著講道台的欄杆，兩隻粗大的手緊握木欄的時候，人們只見一個厚實的烏黑身形，上面是兩塊紅得發亮的面頰和一副鋼絲般眼鏡。他的聲音宏亮，激動，傳送得很遠。他面對望彌撒的信徒，開始講了一句激烈的、一字一頓的話：「我的弟兄們，你們在受苦，我的弟兄們，你們是罪有應得。」從教堂內直到廣場上，信徒們立即一陣騷動。

神父接下來講的話，在邏輯上，似乎和這個扣人心弦的開場白不相銜接。然而，正是聽了這段話市民們方才明白，神父像猛擊了一棍似的，用巧妙的演講技巧一下子就突出了他整個講道的主題思想。帕納盧緊接著他的第一句話，誦讀《聖經》的《出埃及記》中關於埃及發生瘟疫的原文，接下去說：「在歷史上第一次出現這種災難是為了打擊天主的敵人。法老違反天意而瘟疫就使他屈膝。天主降災，使狂妄自大和盲目無知的人不得不屈服於他的腳下，有史以來一直如此，這點你們要細想一番。跪下吧！」

外面的雨越下越大，這最後一句話講出口時，全場鴉雀無聲，暴雨打在玻璃窗上的聲音更增加了教堂內肅靜的氣氛，話音顯得分外嘹亮，有幾個聽道的人，經過片刻的猶豫，從他們的座位上滑下，跪倒在跪凳上。其他人認為也應該效法，漸漸地在一片椅子的嘎嘎聲中，全體聽道的人都跪了下來。

這時帕納盧重新直起身來，深深地吸了一口氣，以越來越重的語氣接著說：「如果說今天鼠疫降到了你們頭上，那是因為你們考慮問題的時刻到了。好人不用怕它，壞人則應該發抖。在人間這座巨大無邊的糧倉裡，毫不容情的災難打著人類的麥子直到麥粒從麥桿脫下為止。麥桿總是比麥粒多，受上天召喚的人總是多於得教者，這種不幸並不是天主的意志。很久以來，這個世界已經成為罪惡的淵藪，很久以來，它一直依靠天主的寬容而存在。人們以為只要能懺悔，什麼罪過都可以犯。有了懺悔，每個人都有恃無恐，到時候，肯定曾起懺悔心，那就行了。從現在起到那時的一段時間裡，最容易做的就是因循下去，得過且過，餘下的事，仁慈的天主自會安排。好吧，這種狀態不能再繼續下去了。天主在這樣長的時間裡以慈悲的目光俯視著這城市裡的人們，已不耐煩再等了，在他永久的期待中已失去了信心，他已掉轉臉去了。失去了天主的靈光，我們只落得長期陷在鼠疫的黑暗中。」

教堂裡有一個人像一匹不耐煩的馬似地長吁了一口氣。神父略一停頓，繼續說下去，語氣比較低沉了：「在《金色的傳說》❺中說，在翁伯托國王時期，義大利北部倫巴第地區受到一場鼠疫的浩劫，活著的人幾乎不夠埋葬死者。這次鼠疫在羅馬和帕維亞地區尤其猖獗。當時有一位善神顯聖，命令一個手拿打獵用長矛的惡神對著房屋揮打，他在一所房屋上打多少下，這所屋子裡就得死多少人。」

帕納盧朝著教堂前廣場的方向伸開兩條短短的胳臂，好像指著飄搖的雨幕後的什麼東西似的，他有力地說：「弟兄們，現在就是那場致人死命的追獵在我們的街道上進行著。請看，這位像魔王一樣神氣、凶神一樣威武的瘟神，站在你們屋頂的上空，右手舉著紅色打獵用長矛，左手指著你們的一所房屋。也許就在此刻，他正指向你們的門口，那長矛敲在房屋的木板上砰然作響。就在此刻，鼠疫走進你們的家，坐在你們的房間裡等著你們回家。它在那裡，不慌不忙，全神貫注，不怕你們跑掉，就像世間的因果報應一樣萬無一失。它只要向你們一伸手，那麼世界上

❺義大利聖徒傳記作家雅克．德沃拉季內於公元一二六〇年左右所著的聖徒傳。

任何力量，你們明白，甚至徒勞無功的人類科學，也不能使你們免受其難。結果你們在那痛苦的血淋淋的打穀場上受到了敲打，和麥桿一起被扔掉。」講到這裡，神父更進一步詳述這場災難的悲哀景象。他描繪那根巨大的長矛在城市上空揮舞，隨心所欲地打擊一下，重又鮮血淋漓地舉起，然後把鮮血和人類的痛苦一起散播下去，「做為來日收穫真理的種子。」

帕納盧神父講完了這一長段話，停頓了一下，他的頭髮披在額前，渾身顫抖著，扶著講道台的雙手使講道台也抖動起來。接著他用低啞的嗓子帶著譴責的語氣說：「不錯，思考的時候到了。你們以為每星期日來朝拜一次天主就夠了，其餘日子可以自由自在了。你們想，做些跪拜動作就可以抵消你們罪惡的無所謂態度了。但是天主是需要熱情對待的，這種一曝十寒的態度是不足以報答他無邊的深情的。他要更經常地見到你們，這是他愛你們的方式，說真的，這是愛的唯一方式。現在他已等得失去耐心，而讓災難降臨在你們的頭上，像降在有史以來一切有罪的城市頭上那樣。現在你們領略到什麼是罪惡，正像該隱[6]父子、大洪水前的人們、所多瑪和蛾摩拉[7]、法老和約伯[8]以及一切受詛咒的人們所經歷過的那樣。自從這個城市把你們和災難一起團

---

❻《聖經》中的人物，亞當之子，曾殺死他的兄弟。

❼巴勒斯坦古城。據《聖經》傳說，因人民犯罪而焚於天火。

❽《聖經》中受上帝考驗的人。

團團困起來那天起，你們像上述所有的人一樣對生靈和事物有了新的看法。你們現在明白了，終於要回到根本問題上來了。」

一股潮濕的風刮進教堂正殿，大蠟燭的火焰被吹歪，發出劈劈啪啪的聲音。帕納盧在濃烈的蠟燭味、咳嗽聲和打噴嚏聲中用一種非常高明而巧妙的技巧繼續他的高論。他以平靜的音調說：

「我知道你們當中有不少人正在揣測我的講話究竟是什麼用意。我要把你們引向真理，儘管我說了剛才那一番話，我卻要告訴你們應當感到欣慰。現在已不再是用一些勸告，用一隻友愛的手來勸人為善的時候。今天真理就是命令，而得救的道路就是紅色長矛向你們指出的和把你們向那邊推過去的那條路。弟兄們，上天的仁慈就在這裡顯示無遺，他在一切事物上都安排好兩個方面，既有善，也有惡，既有憤怒，也有憐憫，既有鼠疫，也有得救。這場鼠疫，它既能把你們置於死地，也能超度你們，向你們指明道路。

「很久以前，阿比西尼亞（編按．即衣索比亞）的教友們把鼠疫看做一種上天所賜的獲得永生的有效方法。那些沒有得病的人用鼠疫病人用過的被單裹在身上以求必死。當然，這種要求得救的過激做法並不值得推薦。這是一種令人遺憾的操之過急的行為，非常近乎傲慢。我們不應當比天主更性急，一切企圖加速天主早已安排好、不可動搖的命令的行為都會導致走向異端。但是這一事例至少也有它的教育意義：它使我們更有遠見，能察覺到隱藏在痛苦深處的這道美妙的永生之光。這道光照亮了通向解脫的昏暗的道路。它顯示了萬無一失、能變惡為善的上天意志。今天這道光又一次通過這條充滿著死亡、恐慌、號叫的道路把我們引向真正的寧靜和一切生命的本源。弟兄們，我今天給你們帶來了無限的安慰，希望你們從這裡得到的不僅是譴責你們的話，而且還有使你們心境平靜的福音。」

講到這裡，人們聽出帕納盧的話已結束。外面的雨也停了，從露出太陽但尚有雨意的天空，一道淡淡的陽光瀉到了廣場上。街上傳來了嘈雜的人聲，轆轆的車輪聲，城市已甦醒過來，各種喧鬧聲又傳入耳中。聽道者們在一片悄悄的騷動聲中輕輕地收起他們的用品。這時神父重又發言，他說，在闡明了鼠疫的天意根源和這一災難的懲罰性質後，他的話已經講完。他不想在這麼悲慘的問題上不合時宜地用漂亮的詞句來修飾他的結論。他認為一切問題都已對大家講得一清二楚。他只提醒人們說，在馬賽發生大鼠疫時，歷史學者馬蒂厄・馬雷曾抱怨當時陷身於既無助又無望的地獄之中。然而馬蒂厄・馬雷是瞎了眼！恰恰相反，帕納盧神父認為他在任何時候都沒有比今天更體會到天主賜予大家的幫助和希望。他唯一的希望是，這個城市的人不要管這些日子的景象多麼可怖，垂死者的悲號多麼淒慘，都向上天發出虔誠教徒的心聲，傾訴愛慕之情。其餘的事，天主自會做出安排。

12

這次布道對我們這裡的人是否有作用，還很難說。預審法官奧東對里厄醫生宣稱，帕納盧神父的演講是「絕對駁不倒的」。但大家的意見並不都是如此肯定的。而這次布道使某些人在至今還是模糊的概念上稍為清楚了一些，使他們感覺到他們是因犯了不知什麼罪惡而被判處一種無法想像的監禁。有些人仍繼續他們平凡的生活，設法適應這種禁閉生涯；另一些人則截然不同，一心只想逃出這個災難的牢獄。

開始時，人們對同外界隔絕一事還能忍受，就像他們忍受任何暫時性的麻煩一樣，反正只是打亂了他們某些生活習慣而已。但是突然間他們發覺這是一種非法監禁的生活：置身於蒼穹之下，開始承受夏日的鬱熱。這時，他們模糊地感到這種囚禁的生活已威脅到他們的生命。有時一到傍晚，涼爽的空氣使他們精力恢復，這時，他們往往會幹出絕望的事來。

最初，不知是否由於巧合，就是從這個星期日起，城中的恐懼心理的普遍和深刻的程度，足以使人能猜想到這個城裡的人開始真正意識到了他們的處境。從這一角度看來，我們城市的氣氛有點變了。但是說真的，究竟是氣氛變了，還是心理變了，這倒是個問題。

布道後沒幾天，里厄同格朗在一起走向市郊的路上談論著這一事件。里厄在黑夜中撞到一個在路上搖搖擺擺、不往前走的漢子身上。這時，城中亮得越來越遲的路燈突然大放光明。他們身後的路燈一下子照亮了這個人，他閉著眼睛，無聲地笑著，因此而繃得緊緊的蒼白臉龐上流著大滴的汗珠。他們繞了過去。

「這是個瘋子。」格朗說。

里厄剛挽住他的手臂，發覺這位職員神經緊張，渾身打著哆嗦。

「要不了多久，這座城中就會只剩下一些瘋子了。」里厄說。

他已累得嗓子冒煙了。

「喝點東西吧！」

他們走進了一家小咖啡館，那裡只有櫃台上的一盞燈亮著，人們在昏暗的淡紅色光線下輕聲地交談著，這個樣子講話，也不知是什麼原因。里厄驚異地看到格朗向櫃台上要了一杯酒，一飲而盡，並且說這杯酒很凶。過後他就想走了。到了外面，里厄好像聽到黑夜中到處都是呻吟聲。在路燈上面，從黑暗的夜空某處傳來了一陣低沉的呼嘯聲，使他聯想起那無形的瘟神正在一刻不停地攪動著炎熱的空氣。

「還好，還好，」格朗說。

里厄想知道他要說什麼。

「還好，」他說：「我有我的工作。」

「不錯，」里厄說：「這是您的一個有利條件。」

里厄決定不去聽那呼嘯聲，問格朗對他的工作是否滿意。

「反正我認為我搞得很順當。」

「還要搞很長時間嗎？」

格朗顯得很興奮，酒意已出現在他的話音裡。

「我也不知道。但問題不在這兒，醫生，這不是問題，不是問題。」

里厄在黑暗裡猜到他正在揮舞著手臂，好像他準備好的什麼話突然來到了嘴邊，滔滔不絕地講了出來：「您知道，醫生，我希望的是有朝一日當我的手稿送到出版者手中的時候，他看後站起身來向他的助手們說：『先生們，脫帽致敬！』」

這突如其來的說明使里厄感到意外，他好像看到他這位朋友把手舉到頭上，接著又把手臂一揮，做出脫帽的動作。上空傳來的奇怪的呼嘯聲似乎越來越響了。

「對，」格朗說道：「應該做到十全十美為止。」

里厄雖然對文學界的習慣知道得不多，但根據他的印象，事情做起來不會那麼簡單——而且出版者在辦公室裡大概是不會戴帽的。但是，事情也很難說，里厄認為還是不說為妙。他不由自主地又傾聽起鼠疫的神秘呼嘯聲來。這時他們已走近格朗所住的區裡，因那裡的地勢比較高，一陣微風吹來，身上感到涼快，同時也吹走了城中所有的喧鬧聲。

格朗還在不斷地講，但里厄並沒有完全聽見這位老好人在說些什麼，只明白他所說的那本書頁數已寫了不少，然而這位作者為了使作品達到完善的地步，真是絞盡了腦汁。「為了一個字，往往整晚整晚，整個星期整個星期的時間花上去……有時只是為了一個連接詞。」講到這裡，格朗停下來抓住醫生大衣上的一顆鈕釦，一連串的話音從他那張缺了牙的嘴中含糊不清地吐了出來。「醫生，您總知道，必要的話，要在『然而』和『而且』之間做出選擇，這還不算太難。要在『而且』和『接著』之間進行挑選，這已比較不谷易了。如果要從『接著』和『隨後』之間決定用哪一個，那就更難了。但是確實還有比這更難的，就是『而且』該用不該用的問題。」

「不錯，」里厄說：「我明白。」

他說罷又往前走。另一個顯得不好意思，又追了上來。

「請您原諒，」他囁嚅著說：「今晚我也不知怎麼搞的。」

里厄輕輕地拍拍格朗的肩膀，說願意幫助他，並說對他所講的很感興趣。對方的情緒略略平靜了一些，在走到他家門前時，他猶豫了一下後就邀請里厄上他家去坐一坐。里厄接受了邀請。

格朗請里厄坐在餐室的一張桌子前，桌上擺滿著稿紙，稿紙上字體寫得很小，還劃著一道道塗改的槓子。

「對，就是這個，」格朗對著里厄探詢的目光說，「你要喝些東西嗎？我有點酒。」

里厄謝絕了。他看看稿紙。

「請別看了，」格朗說：「這是我的初稿，它使我頭痛，頭痛得要命。」

他自己也在注視所有這些稿紙。他的手似乎無法抗拒地被其中一張所吸引住，把它拿了起來，隔著沒有罩子的燈泡照著。紙在他手中顫動著。里厄注意到職員的額上濕漉漉的。

「坐下吧，」里厄說：「請唸給我聽。」

那職員向里厄看了一眼，微笑著，顯出非常領情的樣子。

「好，」他說：「我也確實很想這樣做。」

他一直看著稿紙，略等一會兒，然後坐下。同時，里厄在注意聆聽城中傳來的模糊的嗡嗡聲，好像是在回答鼠疫的呼嘯。就在這個時候，里厄對展現在他腳下的城市、對被這個城市禁閉的人們以及黑夜裡壓抑住的恐怖的嚎叫聲都有一種特別敏銳的感覺。格朗提高了他低沉的嗓門唸道：「在五月份的一個美麗的清晨，一位英姿颯爽的女騎士騎著一匹富麗的棗騮❾牝馬，馳騁在布洛涅樹林的花徑上。」格朗唸完這一句後，兩人都不做聲，這時他們又聽到了這苦難城市的模

❾原文為「栗色」。下文中，格朗因未解「栗色」的詞義，誤以為「栗色牝馬」係馬的一種品種，因而在修改句子時，將「富麗」改為「黑色」，鬧了笑話。故此處模擬作者的用詞，改譯為「棗騮」，使譯文與下文配合。

糊不清的嘈雜聲。格朗放下稿紙，繼續對它凝視著。之後，他抬頭問里厄：「您覺得怎麼樣？」

里厄說這個開頭使他渴望知道下文，而對方卻興奮地說這個觀點不對頭。

他用手掌拍拍他的稿紙說：「這裡只能寫出個大概。如果我能把我所想像的情景完美無缺的描繪出來，如果我的句子能和這個騎馬小跑的節奏『一、二、三，一、二、三』合拍，那麼，其餘部分就更順利了，特別是一開始想像力就要非常豐富，這樣就有可能使他們說：『脫帽致敬。』」

但是要做到這點，他的工作還著實不少。他絕不同意就這樣去付印，因為儘管這個句子有時令他感到滿意，他也明白它還不能完全同實際情況相吻合，在某種程度上，這個句子流利的筆調使它或多或少近於陳詞濫調。這至少是格朗所要表達的意思。講到這裡，窗外傳來人們奔跑的腳步聲。里厄離座站起身來。

「您將會看到我搞出些名堂來，」格朗說著，把臉掉過來望著窗口，又加上一句：「當這一切完工的時候。」

急促的奔跑聲又傳來了，里厄已下樓走到街上，有兩個人從他面前跑過。看來，他們是在向城門口奔去。我們這個城裡有些人被炎熱的天氣和鼠疫搞得暈頭轉向，失去理智，打算硬來，試圖蒙混過關，逃出城去。

13

還有像朗貝爾那樣的一些人也想逃離這個新出現的恐慌的氣氛，不過他們比較固執、比較巧妙，但也無法得心應手。朗貝爾先是不斷通過官方渠道進行活動。據他所說，他一直認為堅持到底就是勝利，而從某種觀點看來，他的職業要求他會周旋，善應付。他走訪過很多官員和其他的人，這些人的聲望向來是人所公認的。但是這一次，情況特殊，這種聲望卻毫無用處。這些人中大部分對銀行、出口、柑桔，還有酒類生意等方面有精闢而專門的見解，他們在訴訟或保險問題上擁有毋庸置疑的知識，更不必說他們有經得起考驗的文憑和顯而易見的樂於助人的態度。在所有這些人身上最突出的一點，也就是樂於助人。但在鼠疫問題上，他們的知識幾乎等於零。

朗貝爾在他們每個人面前，一有機會就申訴了自己的理由。他的基本論據不外是：他是外鄉人，因此他的情況應該得到特殊對待。一般地說，這位記者的對話者們都非常同意他的觀點，但是他們總是向他指出，這也是好多別的人的遭遇。所以他的情況並不像他所想像的那樣特殊。朗貝爾回答說這對他的論據絲毫無損。對方則說這對行政當局卻會帶來困難，他們極不願給予例外照顧，怕的是造成一種非常令人厭惡的情況：開了先例。這樣講話的人，根據朗貝爾向里厄醫生所講的分類方法，可歸入形式主義者這一類。此外，還有些會說話的人，告訴來訪者局面是長不了的，並不惜以大量好話勸說求助者，他們安慰朗貝爾說，目前的情況不過是一種暫時性的麻煩而已。也有一些「要人」要求來訪者留一張條子，簡要說明情況，並告訴他，以後會做出決定；那些輕浮的人趁機向他推銷住房證券或推薦便宜的膳宿公寓；那些照章辦事的人讓他填寫卡片，然後分類歸檔了事；忙得不可開交的人，就不耐煩地把兩臂高高舉起；嫌麻煩的索性掉過臉去不理不睬；更多得多的是一批沾有舊習氣的辦事者，他們叫朗貝爾到另一個機關去聯繫，或指點他另行接洽的方法。

這位記者就這樣一處接著一處地走訪，搞得精疲力盡。由於他經常在漆布長凳上坐等，面對著勸人購買免稅國庫債券和動員人們參加殖民地遠征軍的大幅招貼，又由於他經常走進辦公室，裡面有哪幾張面孔，有些什麼文件夾和檔案架，不用看，一猜就著，因此什麼是市政府，什麼是省政府，他已一清二楚。正像朗貝爾帶些辛酸味告訴里厄的那樣，這一切也有好處，那就是使他看不到真實的情況，感覺不到鼠疫的蔓延。何況這樣還可以使日子打發得快些，而對今日全城每個人來說，只要不死，過一天就是朝這場考驗的終點走近一天。里厄沒法否認這一事實，但覺得這未免過於概括了一點。

有過這麼一次，朗貝爾曾產生過希望。他接到過省府發下的一份情況調查表，要求他據實填寫，內容有身分、家庭情況、過去和現在的生活來源以及個人經歷之類。這給他的印象是對一些可能被送回原地的人們的一次調查。從某個辦公室得到的一些含糊的消息證實了這種印象。但是經過幾次明確的探詢後，終於找到了寄報表的單位，他們這才對他說，收集這些資料的目的是「以備不時之需」。

「以備什麼需要？」朗貝爾問。

他們就向他明確指出，這是準備在他得了鼠疫而死亡時，一方面便於通知他的家屬，另一方面可研究是否應由市府負擔醫療費用，還是等待死者親屬來付清帳目。當然，這證明他與期待著與他重逢的人並沒有完全隔離，社會還在關心他們。不過，這並不帶來任何安慰。更值得注意的事——朗貝爾當然也注意到了——倒是一個單位在災情最嚴重的情況下能以什麼方式繼續服務，並且不是出於最高當局的指示，而是主動為了未來的工作才這樣做，其唯一的理由就是這是它的職責所在。

接下來的一個時期，對朗貝爾來說，既是最容易過的，又是最難過的。這是一個麻木不仁的時期。他跑過所有機關，進行過各種方式的交涉，到處碰壁。他從這個咖啡館溜達到那個咖啡館。早上他坐在咖啡館前的露天座上，面前放著一杯沒有冰凍過的啤酒，拿起報紙希望看到一些有關疫病即將結束的跡象；他注意過路人的表情，看到了幾張愁眉苦臉，就不快地掉過頭去；他朝著對面店家的招牌和已經過時的一些著名開胃酒的廣告，看了第一百次後，便起身在城中黃色的馬路上漫無目的地走去。就這樣，從僻靜的散步場所走到咖啡館，又從咖啡館走到飯館，直到晚上為止。有一個晚上，里厄正好看見記者在一家咖啡館的門口想進去又不想進去。結果他似乎決定了，走進去坐在屋子的深處。就是在這個時間裡，上級命令咖啡館儘量推遲開燈的時間。暮色像一股灰沉沉的流水漫入室內，玫瑰色的夕陽餘暉反射在玻璃窗上，大理石的桌面在薄暮中映出微弱的反光。在這沒有別的顧客的大廳中，朗貝爾宛若一個被遺棄的幽靈，獨坐一隅。里厄暗忖：這該是他體驗遺棄之感的時刻。不過，這也是本城所有的被禁閉的人們體驗流放之感的時刻，應該做些工作使他們早點得到解放了。於是，里厄就掉頭走開了。

朗貝爾有時還在火車站裡待上很長的時間。車站的月台是不准進去的，但與外邊相通的候車室則敞開著，逢到大熱天，乞丐有時就會到這裡來，因為這兒陰涼。朗貝爾到這裡來看看原先的行車時刻表、禁止吐痰的標語牌和鐵路警局的條例，然後坐在一個角落裡，周圍地上滿是過去灑成8字形的水漬。牆上有幾張宣傳到波多爾或坎城去度自由幸福的假期生活的廣告。朗貝爾在那裡體驗到了處於絕境中的人在看到了外面的自由時所產生的憎惡之感。

他曾告訴過里厄，使他看了最難忍受的是巴黎的景色：造景石頭和流水，羅浮宮的鴿子，北火車站，萬神殿（先賢祠）附近人煙稀少的地區，以及一個過去他還沒有意識到這樣使他欣賞的這座城市中的一些其他去處。這些景象這時都在他腦海中逐一出現，使他什麼事也不想做。里厄認為這不過是他把這些景象同他的愛情聯繫起來的緣故。後來有一天，朗貝爾告訴醫生，說他喜歡一早四點鐘醒來思念他的家鄉，醫生不難從他本身的經驗理解為他那時是在思念他那留在外邊的女人，因為這是在思想上真正占有她的最好的時刻。凌晨四點的時候，通常人們什麼都不做，在睡大覺，即使度過了一個不忠實於愛情的夜晚後也是這樣。不錯，這個時候人們在睡覺，這時的思念能令人心安，因為一顆不落實的心渴望永遠占有他心愛的人兒，而在心上人不在的時候，就渴望能使她進入無夢的酣睡中，直到團圓之日才醒來。

14

布道後不久，天氣轉熱，已是六月底了。在布道的星期日下了那場遲來的大雨後，第二天，炎夏天氣突然出現在天際和屋舍上空。先是熱風吹了一整天，把牆壁都吹乾了。烈日當空，城市整天在持續的熱浪和驕陽之下烤炙。除了拱廊馬路和屋子裡邊，全城似乎沒有一處不受刺目的陽光的烤炙。太陽到處盯住城裡的人不放，他們一停下，就曬得更厲害。由於這幾天的暴熱正好和直線上升到每週近七百人的死亡數字同時出現，沮喪的情緒席捲全城。

在郊區的平坦馬路和帶有平台的房屋之間，熱鬧的市聲逐漸減少。在這一地區，原來人們習慣在門口活動，現在所有的門戶都關上了，百葉窗也緊閉著，誰也說不上來這究竟是為了躲避鼠疫，還是抵擋熱氣。但是，從一些屋子裡則傳來陣陣呻吟聲。

過去遇到這種情況，就會有好事者聚在街中傾聽，如今經過長時期的驚恐，心腸好像變硬了，大家雖然聽到了呻吟聲，卻照常行走或生活，把它當作人的自然語言而等閒視之。

在關卡附近時常發生衝突，警察不得不使用武器，引起暗中發生的騷動。肯定有人受傷，城中還傳說有人死亡，反正在這酷熱和恐怖影響下的城市中，任何事情都會被誇大。不管怎樣，不滿情緒的確在不斷增強，而當局已準備應付更嚴重的情況發生，正在認真地考慮萬一這些受到災難驅使的居民造起反來，應當採取什麼措施。

報紙公布重申不准出城的禁令，並且威脅說違令者要受監禁處分。巡邏隊在市內巡迴。往往在寂靜無人和曬得發燙的路上，先聽到踩在路面上的馬蹄聲，然後見到一些馬隊在一排排緊閉著的窗戶之間行進。巡邏隊過去了，一種不安的寂靜重又籠罩著這座受威脅的城市。時而也能聽到幾下槍聲：一些特地組織起來的小隊，最近奉命殺死可能傳播跳蚤的狗和貓，這種短促的槍聲，也為城市增添了警戒氣氛。

周圍一片寂靜，熱氣蒸騰。在已經是驚弓之鳥的市民的眼裡，任何事情都變得格外引人注意。季節變換時出現的天空的顏色和土地的氣味，也第一次受到大家關注。人人帶著恐懼的心情，因為大家理解暑氣會助長瘟疫，同時人人又都感到夏天確實已經來臨。晚上城市上空傳來的雨燕的啁啾聲變得清越起來。蒼茫的暮色使六月的天空變得異常開闊，雨燕的鳴聲已顯得和這種景色不大協調。市場上的鮮花，含苞未放的已看不到，都是盛開的。早市以後，花瓣散落在塵埃遍地的人行道上，人們清楚地看到春意遲暮。曾幾何時，春之神花枝招展地巡遊在萬紫千紅之中，而現在已在鼠疫和炎熱雙重壓力下慢慢地香消玉殞了。

在全城的人看來，這夏日的長空，這在塵埃和沮喪情緒之下變得灰白色的街道，同每天使全城的人感到心情沉重的成百的死亡者具有同樣的威脅性。烈日不停地逞威，正是引人思睡和度假的時刻，但卻不再像從前那樣誘人入水嬉戲或是恣情縱慾，相反，這時刻在城門緊閉、一片沉寂的環境裡只能給人以空虛之感。過去在這個季節裡，人們古銅色的膚色在歡樂的氣氛中閃爍發光，現在這種景象已看不到了。烈日和鼠疫撲滅了一切色彩，趕走了一切歡樂。

這是由疫病引起的一種重大變化。平時這個城裡的人總是以歡欣鼓舞的心情來迎接夏天的到來。那時全城向大海打開了大門，年輕人紛紛湧向海灘。今夏完全不同了，離城較近的海濱劃為禁區，肉體不再有享樂的權利。在這種情況下幹什麼好呢？還是塔魯對我們當時的生活做了最忠實的描述。當然，他經常注意鼠疫蔓延的總的情況，而且記下了疫情的一個轉折點：無線電台報告的不再是什麼每星期死幾百人，而是有時每天死亡92人，有時107人，有時高達120人。「報紙和當局在報告鼠疫情況時已極盡其婉轉之能事。他們認為這樣可以把鼠疫的可怕形象減輕些，因為每天130人的數字比每週910個人要小一些。」他還描述了瘟疫的一些悲慘動人和驚心動魄的場面。有一次當他經過一個冷冷清清、家家百葉窗緊閉的居住區，他抬頭看見一個女人突然打開一扇窗，發出兩聲尖厲的叫聲，然後放下葉板，重又遮閉住她那昏暗的房間，而另一方面他還記下這種情況：藥房裡的薄荷藥糖被搶購一空，因為許多人嘴裡都含著這種糖來預防傳染。

他還繼續對他特別看中的那些人物進行觀察。他告訴我們，那個玩貓的矮老頭兒也活得夠淒涼的。原來一天早晨，正像塔魯所寫的那樣，幾下槍聲，發出幾顆鉛彈，就打死了大部分的貓，其餘的驚惶地逃離了街道。同一天，矮老頭兒在慣常的時刻來到陽台上，他顯得有些驚訝，俯身向街道的盡頭張望，耐心地等待著，他的手輕輕地一下一下敲打著陽台的鐵欄杆。他又等待了一會兒，撕了一些小紙片，回進去了又出來，過了些時候，他怒氣沖沖地關上落地窗，突然不見了影子。此後幾天中，同樣的場面重複出現了幾次，但是從矮老頭兒的神色上可以看出他越來越愁悶和越來越失望的情緒。一個星期以後，塔魯白白地等待這個每天都應該出現的人，窗戶關得牢牢的，裡面的人的苦悶可想而知。「鼠疫期間，禁止向貓兒吐唾沫」，這是筆記本的結束語。

另一方面，當塔魯晚上回去的時候，他總是肯定能見到那位巡夜者沉著臉，在大廳裡踱來踱去。這位老人不斷地向每個遇到的人提醒一句：他曾經預見到現在發生的事情。塔魯承認曾經聽到過他預言要發生一場災難，但提醒他當初說的是要發生一次地震。

這位巡夜老人則說：「啊！要是這是一次地震倒好了！一場劇烈的震動後，人們也就不談了……點一下，多少人死了，多少人活著，事情就完了。但是這個該死的瘟疫，就是還沒有得病的人，心裡頭也擺脫不了它！」

旅館經理也不比別人好過。起初，旅客們因封城不能離去，只好留在旅館裡。但是慢慢地，由於瘟疫持續不斷，許多旅客寧可搬到朋友家去住了。過去，因有瘟疫而使旅館房間客滿，後來又因同樣理由使房間從此空關著，因為再也沒有新的旅客到城裡來了。塔魯是餘下的僅有幾個房客之一，經理從不放過機會向他表示，如果他不是出於想討好最後一些顧客這樣的動機，他的旅館早已關門大吉了。他還常常要塔魯估計瘟疫大概還要拖延多久，塔魯說：「據說寒冷會止住這種疫病的。」經理跳了起來：「此地沒有真正的冷天的，先生，即使有也還得要好幾個月……」他還肯定地說，瘟疫結束後，也還得過很長的時間，旅客才會光顧這個城市。這次鼠疫摧毀了旅遊業。

在飯館裡暫時不見的貓頭鷹奧東先生再次露面了。但只跟著他那兩條訓練有素的小狗。據了解，他的妻子曾照料過她自己的母親，接著又參加了她的葬禮，她本人目前正處於檢疫隔離期中。

「這種做法，我不贊成，」經理說：「隔離也罷，不隔離也罷，她當然是可疑的，可是這一家的人也免不了。」

塔魯告訴他，要是從這觀點來看，誰都值得懷疑。但是經理卻是斬釘截鐵，在這問題上毫不動搖：「不，先生，您和我都不可疑，而他們卻是的。」

但是，奧東先生一點也沒有因此而改變，這一次，瘟神在他身上算是白費了力氣。他以同樣的方式走進餐廳，比他的孩子先一步坐下，還是以高雅而又帶有惡意的老一套對他們說話。只是那男孩變了樣子，像姊姊一樣穿了一身黑衣服，有些佝僂著身子，活像她父親的縮小了的影子。巡夜的老頭不喜歡奧東先生，他對塔魯說：「啊！那個人，他可以穿得整整齊齊地送命去，像這個樣子，也用不著殯儀館化妝，直接去就好了。」

帕納盧的布道，塔魯也寫到了，但附有如下的評論：「我理解這種給人好感的熱情。在災難開始和結束的時候，人們總要講些漂亮話。在第一種情況下，這種習氣尚未消失。在第二種情況下，這種習氣又已恢復了。只是在災難真正臨頭的時刻，人們才習慣於現實。也就是說，習慣於沉默。等著瞧吧！」

塔魯最後寫到他曾與里厄醫生有過一次長談，他只提到這次談話很投機，還順便說起里厄老太太一雙明亮的栗色的眼睛。他奇怪地斷言，對他來說，飽含善意的眼光總是要比鼠疫有力量得多。他最後花了相當長的篇幅敘述那位受到里厄治療的老氣喘病患者。

他同醫生晤談後就一起去看這個病人。老頭兒以嘲弄的口吻搓著手接待塔魯。他坐在床上，背靠著枕頭，面前放著兩個盛著鷹嘴豆的鍋子，他看到了塔魯就說：「啊，又來一個。現在是顛倒的世界，醫生比病人多。人死得太快些了，對嗎？神父的話沒錯，這是罪有應得哪！」第二天，塔魯事先不通知就又走來了。

根據他筆記的敘述，老氣喘病人本是開針線鋪的，到了五十歲時，他認為這行業幹得差不多了，從此一躺下就沒有再起來過，儘管站著對他的氣喘病更合適。他有一筆數目微小的年金使他能活到七十五歲，而且活得相當輕鬆。他看到錶就覺得討厭，整個屋子裡確實連一隻錶也沒有。他說：「搞一隻錶，既花錢又愚蠢。」他的時間，特別是他所唯一關心的吃飯時間，是用他那兩個鍋子來計算的，其中一個在他睡醒的時候盛滿了鷹嘴豆，他以小心翼翼的和時間均稱的動作把它們一粒粒裝入另一個鍋子，就這樣通過一天要裝滿多少鍋的方法，找到了計時的標準。「每十五鍋，」他說：「就得吃飯了，這很簡單。」

據他妻子說，他在年紀很輕的時候，就已表現出他將來一生命運的某些徵兆。他從不對任何東西發生興趣：工作、朋友、咖啡館、音樂、女人、逛馬路，他都不感興趣。他從不出城，只有一次為了家庭事務，不得不到阿爾及爾去，但他在離奧蘭最近的一個車站就停了下來，不可能再走得更遠了，於是他搭上第一列開來的火車又回家了。

塔魯對他那離群索居的生活表示驚訝，老頭兒的解釋大致是：根據宗教的說法，人的上半生是走上坡路，下半生是走下坡路，在走下坡路時，日子已不是出他主宰的了，它們隨時可以被奪走，而他在這些日子裡根本無事可做，因此最好的辦法，就是根本不去管它。再說，他也不怕矛盾百出，因為他後來又告訴塔魯說，天主肯定不存在，因為天主存在的話，神父們就沒有用處了。接下去，又聽了他一番議論後，塔魯懂得了，這種哲理原來同教堂頻繁地向他募捐引起他的不滿是有緊密聯繫的。有關這位老人的形象的最後一點卻似乎意義深長：他一再向他的對話者表示他的一個願望，那就是他希望死得越晚越好。

「這是個聖人嗎？」塔魯問自己。接著，他又回答自己說：「不錯，假如聖德是全部習慣的總和。」塔魯同時把疫城中度過的一天做了一番詳細的描述，藉此可以使人對這個城裡的人今夏的工作和生活有一個正確的概念。他說：「除了醉漢外沒有一個人在笑，而這些醉漢也笑得太過分了。」接著他開始寫道——

「清早，陣陣微風輕拂著行人稀少的城市。這個時刻正是死神肆虐的黑夜和垂死呻吟的白晝這二者的間隙，此時鼠疫好像暫時歇息，喘上一口氣。所有店家都關著門，但有幾家門口掛著『鼠疫期間暫停營業』的牌子，說明等一會兒，它們不會跟其他店家一起開門。賣報的睡眼朦朧，還沒有開始叫喊當天消息，身子靠在路角上，活像個夢遊病患者，他們的姿態好像是在向路燈兜售報紙。再過一會兒，他們將被頭一班出場的電車吵醒，然後伸開拿著報紙的手臂，奔向全城各處。報紙上印著醒目的字樣——『鼠疫』。『是否會有一個鼠疫橫行的秋天？……教授的回答：『不會的。』『一百二十四人死亡，這就是鼠疫第九十四天的總結。』

「儘管紙張供應日益緊張，使有些期刊被迫減少篇幅，但仍有一種新的報紙《瘟疫通訊》問世，自稱它的任務是：『以充分客觀的精神向市民報導疫情的發展或減退；向他們提供對瘟疫未來情況最有權威的證據；開闢專欄以支持決心與災難進行搏鬥的一切知名或不知名的人士；振作人民的精神狀態，傳達當局的指示，簡言之，聚集一切有良好意願的人有效地同侵襲我們的病害做鬥爭。』事實上，這家報紙很快地轉變為專門登載一些對預防鼠疫效果良好的新產品的廣告。

「早上六點鐘左右，所有報紙在離商店開門還有一個多小時以前，便在店門口排長隊的人群中銷售，而後在到達郊區的擠滿著人的電車上叫賣。電車已成為唯一的交通工具，行駛十分艱難，踏腳板和欄杆處都擠滿了乘客。但是有件怪事，所有乘客都儘量背向著人，以免互相傳染。到站時，電車中的男女乘客一擁而下，他們急急忙忙地互相遠離，各自獨處。常常因為心情不好而發生一些吵鬧；情緒惡劣，這已是人們的慢性病了。

「頭幾班電車開過後，城市漸漸蘇醒了，幾家啤酒店首先開門，櫃台上放著『咖啡缺貨』、『請自備白糖』等牌子。接著商店也開門了，街上熱鬧起來。與此同時，太陽也逐漸升起，一陣陣的熱氣慢慢在七月的天空蒙上一層鉛灰色。這正是那些無所事事的人在街頭閒蕩的時候。大多數的人似乎想藉助擺闊氣的方式來制止住鼠疫，但幾條主要街道上，每天十一點左右，有一些年輕男女招搖過市，在他們身上可以感覺到在大難之中生活的慾望越來越強烈。假如瘟疫蔓延的話，道德觀念也會逐漸淡薄。我們將又會看到像古羅馬時代米蘭人在墳墓邊上恣意狂歡那樣的情景。

「中午，飯館裡一瞬間就客滿了。很快地，在飯館門口三五成群聚集著沒找到座位的顧客。天空的光線由於天氣太熱而減弱了亮度，等空位子吃飯的人們待在被烈日曬得火燙的街道旁大遮陽布底下。飯館之所以這樣擁擠，是由於它們可以大大簡化人們的食品供應緊張問題，但是卻絲毫不能減少人們對疾病傳染的恐懼：顧客們不厭其煩地花許多時間把餐具擦了又擦。不久前某些飯館張貼出這樣的通告：『本館餐已經沸水消毒』。但是它們逐漸地也不再做什麼廣告了，反正顧客不得不來。再說顧客也不在乎花錢。上等酒或號稱上等酒的飲料、價錢最貴的加菜，大家拚命地搶著飲用。在一家飯館裡，似乎也出現過驚慌失措的場面，原因是有一個顧客覺得不舒服，面色發白，起身離座，踉踉蹌蹌地急速走出門去。

「兩點左右，城中逐漸變得空蕩蕩的，這是寧靜、塵埃、陽光和鼠疫在街上會集的時刻。沿著一幢幢灰色大房子的整條街上，熱浪還是不斷地湧來，漫長的囚禁時間要到火熱的夜晚壓到了這座人群熙攘、聲音嘈雜的城上時才告結束。天氣開始轉熱的頭幾天，不知道為什麼緣故，晚間有時見不到人群。但是現在涼意初返，給人們帶來了不說是一種希望，也是一種輕鬆的感覺。大家走上街頭，忘乎所以地互訴衷腸，互相爭吵，彼此羨慕。在七月的漫天晚霞的映照下，充滿一對對的情侶和熱鬧的喧囂聲的城市，投入微風陣陣的夏夜的懷抱。每晚在林蔭道上有一個戴著氈帽、打著大領結的悟道的老人穿過人群空費唇舌地反覆喊道：『天主是偉大的，皈依他吧！』而大家卻相反地投向他們搞不清楚的事物或者比天主更緊要的東西。開始時大家認為這場疫病不過是一般的疾病，因此宗教仍不失其原有的地位；如今他們看到這事的嚴重性，他們就想到尋歡作樂上來了。白晝刻劃在他們臉上的苦悶，一到熱氣騰騰、塵土飛揚的黃昏，就變為瘋狂的興奮和笨拙的放蕩，使全體市民頭腦發熱起來。

「我也同他們一樣。對我這樣的人來說，死又算得了什麼？反正要死，人們這樣做也沒有什麼錯。」

15

那次同里厄的會面是塔魯要求的，他的筆記本中有這段記載。那天晚上，里厄在飯廳裡等著他，兩眼注視著他的母親，她安靜地坐在飯廳角落裡的一張椅子裡。每當家務完畢，她便在這裡消磨時間。

她現在雙手合在膝上等待著。里厄甚至不能肯定她是否在等他。但是當他一出現，母親的臉上就起了變化。平時勤勞的生活給她面部帶來的默默然的表情這時好像活躍起來。過一會兒，她重又靜默下來。那晚，她眺望著那時已經冷清清的街道，路燈已減少了三分之二，相隔很遠的地方，一盞光線很弱的路燈略微衝破一些城市的黑暗。

「在整個鼠疫期間，路燈照明一直要這樣減少嗎？」里厄老太太問。

「大概是這樣。」

「但願這不要拖到冬天，要不然未免太淒涼了。」

「是呀！」里厄說。

他看到他母親的眼光注視著他的前額。他明白這是由於這些日子來的擔憂和過度疲勞，使他面容消瘦了不少。

「今天情況不太好吧？」里厄老太太問。

「噢，跟平時一樣。」

跟平時一樣！就是說從巴黎運來的新血清，看來效力比第一批還差，統計數字又在上升。除了患者家屬以外不可能在其他人身上進行預防接種；要普遍進行接種必須大量生產才行。大多數腹股溝腫塊似乎已到了硬化季節，始終不見潰破，在這種情況下，病人痛苦異常。自前一天起，又發現了兩例新類型的瘟疫，鼠疫桿菌感染了肺部。當天，在一次會議上，精疲力盡的醫生們向不知所措的省長提出採取新的措施來防止肺鼠疫的口對口的傳染。要求得到了批准，但跟平時一樣，人們對結果還是一無所知。

他端詳了一下他的母親，她那栗色美麗的眼睛使他想起了多年的溫柔深情。

「母親，妳怕嗎？」

「像我這般年紀已沒有什麼可怕的了。」

「白天的時間是夠長的了，而我以後又經常不在這裡。」

「只要我知道你是要回來的，等著你也無所謂。你不在的時候，我就想你在幹些什麼。她有什麼消息嗎？」

「有，一切都好，如果我相信最近的一份電報所講的話。但我看她是為了使我放心。」

門鈴響了，醫生向母親微笑一下，走過去開門。塔魯在陰暗的樓梯平台上樣子好像一隻穿著灰衣的大狗熊。里厄請客人在他的書桌前面坐下，自己站在他的安樂椅後面。他們之間隔著書桌上的一盞室內唯一亮著的電燈。

「我想，」塔魯開門見山地說：「我可以直截了當地同您談話。」

里厄一言不發表示同意。

「在十五天或一個月後，您在這裡將無能為力，事態的發展將使您無法應付。」

「說得對！」里厄說。

「衛生防疫工作組織得不好，你們缺少人手和時間。」

里厄又承認這是事實。

「據我了解，省府在考慮一種群眾服務組織，所有健康的男子都必須參加救護工作。」

「您的消息倒很靈通，但是這件事已引起人們強烈不滿，省長還在猶豫。」

「為什麼不徵求志願人員？」

「徵求過了，但結果很差。」

「這是通過官方途徑搞的，而且缺乏信心。他們的想像力不夠，他們從來沒有跟上災情發展的步伐，他們所設想的辦法對付感冒還差不多。假使我們聽任他們去搞，他們就會完蛋，我們也跟著他們一起完蛋。」

「可能是這樣，」里厄說：「我該告訴您，他們甚至考慮用犯人來做所謂的粗活。」

「我認為還是用有自由的人比較好。」

「我也這麼想，但是為什麼呢？」

「我看見那些判死刑的覺得受不了。」

里厄看了一下塔魯說：「那麼，怎麼辦呢？」

「我有一個組織志願防疫隊的計畫。請准許我去搞，且把政府擱在一邊。再說他們也忙不過來。我幾乎到處都有朋友，他們可以組成第一批骨幹，當然我本人也參加。」

「當然，」里厄說：「您一定猜到我是樂於接受的。我們需要助手，特別是幹這一行。我負責去使省府接受這個主意。再說他們也沒有選擇餘地。但是……」

里厄思考了一下說：「但是這項工作可能有生命危險的，這點您很清楚。不管怎樣，我還是得向您講明白。您好好考慮過沒有？」

塔魯用他灰色的眼睛望著他說：「您對帕納盧的布道有什麼想法，醫生？」

問題提得自然，里厄也回答得自然：「我在醫院裡生活的時間太長了，實在難以接受集體懲罰的說法。但是，您要知道，天主教徒有時就是這麼說，但從來也不真的這樣想。他們的為人實際上比他們給人們的印象來得好。」

「那您也同帕納盧一樣認為鼠疫也有它好的一面，它能叫人看清事實，能讓人思考！」

醫生不耐煩地搖搖頭。

「鼠疫像世界上別的疾病一樣，適用於這世界上的一切疾病的道理也適用於鼠疫。它也許可以使有些人思想得到提高，然而，看到它給我們帶來的苦難，只有瘋子、瞎子或懦夫才會向鼠疫屈膝。」

里厄剛一提高嗓門，塔魯就打了一個手勢，好像是要他平靜下來。他還微微地笑了一笑。

「對，」里厄聳聳肩膀說道：「不過您還未回答我的問題，您想過了沒有？」

塔魯在安樂椅裡挪動了一下身子，使自己坐得舒服些，並讓腦袋顯露在燈光下。

「您想信天主嗎，醫生？」

問題仍舊提得自然，但這一次，里厄倒猶豫起來。

「不相信，但是這說明什麼呢？我是處在黑夜裡，我試圖在黑暗中看得清楚些。好久以來我就已不再覺得這有什麼與眾不同了。」

「這不就是您同帕納盧分歧的地方嗎？」

「我不這麼想。帕納盧是個研究學問的人，他對別人的死亡見得不多，所以他是代表一種真理在講話。但是，任何一個地位低微的鄉村教士，只要他為他管轄的教區裡的教徒施行聖事，聽見過垂死者的呼吸聲，那他就會和我有相同的想法。他首先會去照顧受苦的人，然後才會想證明苦難是一件好事。」

里厄站了起來，這時他的臉處於陰暗中。他說：「這且不談吧，既然您不願回答。」

塔魯微微地笑笑，仍坐在椅中不動。

「我能以問題來回答嗎？」

這次輪到醫生微微地笑了，他說：「您喜歡神秘，那麼請吧！」

「好！」塔魯說：「既然您不相信天主，您自己又為什麼表現得這麼富有犧牲精神？您的回答恐怕也可以幫助我回答您的問題。」

醫生仍留在暗影裡沒動，他說已經回答過了。

假如他相信天主是萬能的，他將不再去看病，讓天主去管好了。

但是世界上沒有一個人會相信這樣的一種天主，

是的，沒有一個人會相信，

就是自以為有這種信仰的帕納盧也不會相信，

因為沒有一個人肯如此死心塌地地委身於天主。

至少在這點上，里厄認為他是走在真理的道路上：同客觀事物做鬥爭。

「啊！」塔魯說：「這就是您對自己的職業的看法嗎？」

「差不多是這樣。」里厄說著，又回到燈光下。

塔魯輕輕地吹出了一聲口哨，醫生看看他。

「不錯，」里厄說：「您一定會想這未免太自大了吧！請相信我，我只有這應有的驕傲，我並不知道會有什麼結果，也不知道在這些事情過去後將來會怎樣。眼前擺著的是病人，應該治癒他們的病。過後再讓他們去思考問題，我自己也要考慮。但是當前最要緊的是把他們治癒。我盡我所能保護他們，再沒有別的了。」

「對付誰呢？」

里厄轉身向著窗口，推測著遠處墨黑的天空之下的大海。他感到的只是疲乏，同時又在抗拒一個突如其來而又無法理解的念頭：想跟這個古怪而又給他親切之感的人一訴肺腑。

「我完全不知道，塔魯，我可以發誓，我完全不知道。當我開始行醫時，我幹這一行有點迷迷糊糊，因為我需要幹它，也因為這同其他行業一樣，是年輕人所企求的行業之一。或許也因為，對像我這樣一個工人的兒子來說，這是一個特別困難的行業。還有，得經常看著人死去。您知道有人就是不肯死嗎？您聽見過一個女人臨死時喊叫『我不要死』嗎？而我卻見到聽到了。對著這種情景，我發覺自己無法習慣。那時我還年輕，我甚至對自然規律抱有厭惡的情緒。從此，我變得比較謙遜了，理由不過是我總不習慣於看人死去，此外我一無所知。但畢竟……」

里厄中斷了他的話，重新坐下，他覺得舌敝唇焦。

「畢竟什麼？」塔魯慢騰騰地問。

「畢竟……」醫生繼續說，但又猶豫起來，一邊注視著塔魯：「這是一件像你這樣的人能夠理解的事情，對嗎？既然自然規律規定最終是死亡，天主也許寧願人們不去相信他，寧可讓人們盡力與死亡做鬥爭，而不必雙眼望著聽不到天主聲音的青空。」

「對，」塔魯表示贊同：「我能理解。不過您的勝利總不過是暫時的罷了。」

里厄的面色陰沉下來，說道：「總是暫時的，我也明白。但這不是停止鬥爭的理由。」

「對，這不是一個理由。不過，我在想，這次鼠疫對您來說意味著什麼！」

「不錯，」里厄說：「是一連串沒完沒了的失敗。」

塔魯對醫生凝視了一會兒，而後起身以沉重的腳步走向門口。里厄也隨後跟著走去。當他走近塔魯時，後者好像低著頭注視著自己的腳，一面說：「這一切是誰教您的，醫生？」

他立刻得到的回答是：「貧困。」

里厄把書房的門打開，在過道上向塔魯說他也要下樓，去看望在郊區的一個病人。塔魯建議陪他一同前去，醫生答應了。在過道的盡頭，他們遇見了里厄老太太。里厄把塔魯介紹給她。

「一位朋友。」他說。

「噢！」里厄老太太說，「我很高興認識您。」

當她走開時，塔魯還轉身看著她。在樓梯平台上，醫生想按亮定時開關的照明燈，但燈不亮，樓梯一片漆黑。醫生想這是否又是新的節約措施的結果，然而他又無從證實。若干時間以來，房屋裡的情況和城市裡的一切都亂糟糟。這也許是由於看門的和我們一般市民什麼事都不再關心的緣故。但是醫生沒有時間做進一步的思索，因為身後的塔魯又說話了：「還有一句話，醫生，即使您聽了感到可笑也罷：您完全正確。」

里厄在黑暗裡對自己聳了聳肩膀說：「老實說，我一無所知。您呢，您有什麼想法？」

「噢！」另一個平靜地說：「我要懂得的東西不多。」

醫生站住腳，塔魯在他後面的梯級上，腳滑了一下。他一把抓住了里厄的肩膀站穩了。

「您認為對生活都懂了嗎？」里厄問道。

黑暗中傳來了回答，聲音同剛才一樣平靜：「是的。」

當他們走到街上時，發覺時間已經很晚。恐怕已十一點了。城中靜悄悄的，只聽到一些輕微的窸窣聲，遙遠的地方傳來救護車的叮噹聲。他們跨進汽車，里厄發動了引擎。

他說：「明天您得上醫院來打防疫針。在著手幹這個活兒之前，最後一句話是：您得考慮一下，您只有三分之一的生還機會。」

「這種估計是沒有意義的，醫生，這您也同我一樣明白。一百年以前，波斯的一座城市裡的所有居民全部死於鼠疫，恰恰只有一個洗死屍的人活了下來，而他自始至終沒有停止過他的工作。」

「這不過是他保住了他那三分之一的機會而已，」里厄以一種突然低沉下來的聲音說：「但是對於這一問題，我們的確還要全部從頭學起。」

這時他們已到了郊區，路燈照亮了冷清清的街道，他們停了車。站在汽車前，里厄問塔魯是否願意進去，對方說好。天空的反光照亮了他們的臉龐。里厄突然發出一陣友好的笑聲，說：

「您說說看，塔魯，什麼東西驅使您想幹這事的？」

「我不清楚，也許是我的道德觀念。」

「什麼道德觀念？」

「理解。」

塔魯轉身向房子走去，直到他們走進老氣喘病患者家裡為止，里厄沒有再看到塔魯的臉。

16

第二天，塔魯就著手動了起來，他組織起第一支隊伍。以後又有許多小隊紛紛成立。作者無意過分強調這些衛生防疫組織的重要性。的確，我們城裡的許多人如果處在作者的地位，今天免不了要傾向於誇大它們的作用。

但作者則趨向於這樣的看法：

如果對高尚的行為過於誇張，

最後也會變成對罪惡間接有力的歌頌。

因為這樣做會使人設想，高尚的行為之所以可貴，只是因為它們是罕見的，而實際上，惡毒和冷漠卻是人們行動中常見得最多的動力！

這就是作者不能同意的地方。

世上的罪惡差不多總是由愚昧無知造成的。沒有見識的美好願望，會帶來同罪惡一樣多的傷害。人總是好的比壞的多，實際問題並不在這裡。但人的無知程度卻有高低的差別，這就是所謂美德和邪惡的分野，而最無可救藥的邪惡，是這樣的一種愚昧無知：自認為什麼都知道，於是乎就認為有權殺人。殺人兇手的靈魂是盲目的，如果沒有真知灼見，也就沒有真正的善良和崇高的仁愛。

正因為如此，對塔魯所建立的衛生防疫組織應該給予一個充分符合客觀的評價。也正因為如此，作者不願大事歌頌良好意願，而對英雄主義也僅僅給予恰當的重視。但他仍願充當歷史見證人的角色，記載下當時由於鼠疫造成的全體市民的痛苦和迫切的心情。

那些獻身於衛生防疫組織的人們並不見得有什麼了不起的功勛，因為他們明白這是唯一非做不可的事，而在這種時候不做出這樣的決定是不可想像的。這些組織有助於我們城裡的人對鼠疫有更深刻的認識，並在一定範圍內使他們確信，鼠疫既已發生，那就應該進行必要的鬥爭。由於抗疫已成為某幾個人的任務，它的實質上就擺在大家的面前，也就是說，這是大家的事。

這當然很好。但是教師該受到讚揚的不是因為他教人二加二等於四，而也許是因為他選擇了這個高尚的職業。我們說，塔魯和其他一些人選擇了證明二加二等於四的道路，而不是與此相反，這當然值得讚許，但我們也要說，就這個良好願望而言，他們跟教師一樣，跟一切與教師同有此心的人們一樣。這是人類的光榮，因為這些人的數量要比人們想像的還要多，至少作者是這樣相信。作者也十分清楚地看到有人要提出不同的意見，說這些人冒有生命的危險。然而在歷史上總會出現這樣的時刻：如果有人敢說二加二等於四就會被處死。教師也明白這一點。但問題不是要知道堅持這一道理的後果是得到獎勵還是懲罰，而是要知道二加二是否等於四。對於那時我們城中那些冒生命危險的人來說，他們要確定的是：他們是否已被捲入鼠疫，以及應不應該同鼠疫做鬥爭。

我們城中許多新的倫理學家當時說，做任何事都不會有什麼用，還是屈膝投降為佳。而塔魯和里厄以及他們的朋友們可能做過這樣或那樣的回答，但是結論總是他們所看清楚的東西：必須做這樣或那樣的戰鬥而不該屈膝投降。整個問題是設法使盡可能大部分的人不死，盡可能大部分的人不致永遠訣別。對此，只有一個辦法：與鼠疫作戰。這個真理並不值得大書特書，它只不過是理所當然而已。

正因為這樣，老卡斯特爾滿懷信心，使出全部力量，就地取材製造血清，這是很自然的事。里厄同他都希望搞一種能夠從橫行全城的細菌中培養出來的血清，它可能比外地運來的血清具有更直接的療效，因為當地的細菌同通常確定的鼠疫桿菌的形態略有不同。卡斯特爾期望很快獲得他的第一批血清。

正因為這樣，那個絲毫稱不上英雄的格朗現在擔當起衛生防疫組織的秘書工作也是很自然的事。塔魯所組織的一部分衛生防疫隊專門在居民稠密地區從事預防保健工作。他們試圖在那裡採取必要的衛生措施，統計那些未經消毒的大樓和地窖。另一部分衛生防疫隊跟隨醫生出診，負責鼠疫患者的運輸工作，甚至有時由於缺少專職人員，他們就充當運送病人和屍體的汽車駕駛員。這一切都必須做登記和統計工作，格朗已接下了這項任務。

從這一點看來，筆者認為格朗比里厄或塔魯更具有代表性，他埋著頭默默地工作的美德推動整個衛生防疫組織的工作。他懷著他那特有的善良願望不加猶豫地用「我來做」來回答一切。他只要求做些小事情出點力，其他的事，對他說來，年事太大，勝任不了。他每晚能把六到八點兩個小時的時間貢獻出來。當里厄向他熱烈致謝時，他感到驚異：「這又不是最困難的事。有鼠疫嘛，應該自衛，這是明擺著的。啊！要是一切都像這麼簡單就好了。」一說罷他又彈起他的老調來了。有些晚上，登記卡工作完畢後，里厄就同格朗聊起來，最後塔魯也參加進來了。格朗以越來越明顯的喜悅心情向他們兩人傾訴自己的心事，而他們兩人也興緻勃勃地注意著格朗在鼠疫中還不斷幹著的耐心細緻的工作，他們自己也終於在其中找到一種精神放鬆的感覺。

塔魯常常會問：「女騎士怎麼啦？」格朗則老是這樣回答：「她騎著馬在小跑、在小跑。」他說時露出勉強的微笑。一天晚上，格朗說他已決定不用「英姿颯爽」這個形容詞而從此改用「苗條」這個詞來形容他的女騎士。他又加上一句：「這比較具體些。」又有一次，他向他的兩位聽眾宣讀經過如下修改的第一句：「在五月的一個美麗的清晨，一位苗條的女騎士，跨著一匹富麗的棗騮牝馬，馳騁在布洛涅樹林的花徑上。」

「這樣是不是更好一些？」格朗說：「我覺得改為『在五月的一個清晨』比較好，因為『五月份』中的這個『份』字把小跑的節奏拉得太長了些。」

其次他表示他正在為「富麗」這一形容詞動腦筋。在他看來，這個詞沒有表現力，他正在尋找能夠一下子就形象地描繪出他所想像的那匹豪華的牝馬的詞。「肥壯」不行，雖然具體，但有些貶義。「輝煌」這個詞他曾考慮採用，但音韻不夠諧和。一天晚上，他隆重地宣布找到了：「一匹黑色的棗騮牝馬。」照他的說法，黑色含蓄地表示漂亮。

「這不行。」里厄說。

「為什麼？」

「棗騮這個詞不是說明馬的品種而是指毛色。」

「什麼顏色？」

「嗯……反正不是黑色。」

格朗顯得十分尷尬。他說：「謝謝，幸虧有您在這裡，但您瞧，這是多麼困難。」

「『華麗的』，您覺得怎樣？」塔魯說。

格朗注視著他，一邊沉思著說：「對，對！」

他漸漸露出了笑容。

過了些時候，他又承認「花」這個字使他傷腦筋。由於他除了奧蘭和蒙特利馬爾之外，別處都沒到過，所以有時向他的朋友了解關於布洛涅樹林小徑上的花草情況。老實說，這些小徑在里厄或塔魯的印象中不像有過什麼花，但是職員堅信不疑的態度倒使他們動搖起來了。他對他們的疑惑感到奇怪。「只有藝術家才懂得觀察。」但是醫生有一次看到他十分興奮，他把「花徑」二字改為「開滿了花的狹窄的道路」⑩。他搓著手說：「這樣一來啊，既看得到，又聞得著了。脫帽致敬，先生們！」他眉飛色舞地唸著：「在五月的一個美麗的清晨，一位苗條的女騎士，跨著一匹華麗的棗騮牝馬，馳騁在布洛涅樹林的開滿了花的狹窄的道路上。」但是，由於朗讀的緣

⑩此處由於格朗推敲字眼，更換用詞，因而在他所寫的句子中，語法結構發生變化，譯成中文，不易理解，故將譯文略作改動。下文還有類似情況，不再另注。

故，句子末了一連三個「的」字聽起來很不順耳，格朗囁嚅著坐了下來，神情沮喪。接著他向醫生告別，他需要再去考慮考慮。

事後人們獲悉，就在那一時期裡，他在辦公室裡表現得有些心不在焉，而那時正是市政府人手短缺、事務繁忙的當兒，因此這種態度引起了人們的非議，他的工作受到了影響，為此，辦公室的負責人對他進行嚴厲的指責，提醒他說，他拿了工資就要完成他的工作，而他恰恰沒有盡力完成。

負責人說：「聽說您業餘時間在衛生防疫組織裡幹義務勞動，這我不管，但我所要管的是您的工作。而在這困難的時刻，您要貢獻您自己的一份力量，首先就應該做好您的本位工作。要不然的話，其餘的工作都毫無用處。」

「他說得對。」格朗對里厄說。

「不錯，他說得對。」醫生表示贊同。

「不過，我真的是心不在焉，我不知道怎麼解決那句子結尾的問題。」

他想把結尾改為「在開滿了花的樹林中的小徑上」，將「布洛涅」幾個字刪掉，認為反正這是大家都知道的。但是這樣一來，「開滿了花」的不一定是「小徑」，也可能是「樹林」了。他又考慮有沒有改為「開滿了花的樹林小徑」的可能性。然而他任意地把「樹林」這個詞夾在「開滿了花的」和「小徑」的中間，也不妥帖，這對他真是個肉中之刺，不勝其苦。有幾個晚上，他的確好像比里厄還疲勞。

不錯，這種推敲耗費了他全部精力，使他疲勞不堪，但是衛生防疫組織所需要的累計數據和統計數據的工作，他還是繼續完成。每晚他耐心地把卡片整理清楚，並加上曲線，慢慢地設法把情況說明得儘量精確。他經常到醫院去找里厄，請醫生為他在一個辦公室或醫務室裡找一張桌子，他擺好文件，就好像在市政府的辦公桌上一樣地工作起來。在醫院裡飄浮著的濃烈的消毒劑氣味和由疾病本身產生的氣味中，他揮動著紙張使墨跡乾燥。他那時一本正經地再不去想他的女騎士，專心致志地做他應該做的事情。

當然，假如人們真的堅持要樹立一些他們所稱的英雄的榜樣或模範，假如一定要在這篇故事中樹立一個英雄形象的話，那麼作者就得推薦這位無足輕重和甘居人後的人物。此人有的只是一點好心和一個看來有點可笑的理想。這將使真理恢復其本來面目，使二加二等於四，把英雄主義正好置於追求幸福的高尚要求之後，而絕不是之前的次要地位，這還將賦予這篇故事以特點，這個特點就是用真實的感情進行敘述，而真實的感情既不是赤裸裸的邪惡，也不是像戲劇裡矯揉造作的慷慨激昂。

這至少就是里厄醫生在報上看到或廣播裡聽到關於外界對這座疫城所發出的呼籲和鼓勵時的感想。外界通過空運和陸運送來了支援物資，同時，每晚通過廣播和報紙大量表示同情和讚揚的評論擁到了我們的孤城中來。但是每當聽到這種歌功頌德的語調或詞句高雅的演講時，醫生就覺得不耐煩。當然他知道這種關懷不是裝出來的，但表示這種關心時用的只是人們試圖表達不與人之間休戚相關的套語，而這種言語就不能適用於例如格朗每日所貢獻的一份小小力量，也不能說明在鼠疫環境中格朗的表現。

有時到了深夜，人蹤稀少，萬籟俱寂，當醫生要上床開始他非常短暫的睡眠時，他打開了收音機。從千萬里外的天涯海角傳來陌生而友好的聲音，笨拙地試圖說出他們四海之內皆兄弟的感情。說是說了，但同時又證實任何人都不能真正分擔他所看不見的痛苦，處於這種無能為力的境地確是可怕的。「奧蘭！奧蘭！」聲音陡然從海外傳來。里厄也陡然聚精會神地聽著。一會兒，高談闊論開始了，這使格朗同講話者漠不相干的鴻溝越來越深。「奧蘭嗎？奧蘭！」「別喊啦！」醫生想，「愛在一起或死在一起，捨此別無他途。他們太遠了。」

17

瘟神此時正蓄足全力，準備撲向孤城，使其落入自己的掌握之中。在這鼠疫即將到達高峰的前夕，餘下尚待敘述的就是那些像朗貝爾那樣的最後幾個人了。他們為了重新找到失去的幸福，從瘟神口邊奪回他們嚴加保衛，不使受損的身家性命的一部分，長期來，不顧形式單調，拼命地進行活動，他們就是用這種方式來拒絕接受威脅著自己的奴役。雖然表面上這種方式不見得比其他方式有效，但依筆者看來，確也有它的意義，而且，雖然懷有自炫的心情，甚至自相矛盾，它確能顯示當時我們每個人心中的自豪感。

朗貝爾為了不讓鼠疫的魔爪攫住自己，正在進行著鬥爭。當事實證明通過合法手段出城已無希望，他就告訴里厄，決定另找出路。記者首先從咖啡館的服務生身上打主意，因為一個咖啡館的服務生對什麼都熟悉。但是他最初問訊的幾個對象告訴他的，只是這類舉動將會受到極其嚴厲的刑事處分。有一次他甚至差點被人當成煽動出城者。後來還是在里厄家碰到了科塔爾，事情才算有了一些眉目。那一天，里厄同他談到了記者在行政部門碰壁的事情。幾天後，科塔爾在路上遇到朗貝爾，前者以自己近來在社交活動中所採取的無拘無束的態度來接待朗貝爾。他說：「一直毫無進展嗎？」

「對，毫無進展。」

「不能指望有關當局，他們是不會理解人的。」

「的確如此，我在另找門路，但這並不容易。」

「啊！」科塔爾說：「我懂。」

他知道一整套辦法，向朗貝爾介紹了一番，使後者聽了感到驚奇。他告訴朗貝爾，很久以來，奧蘭所有的咖啡館他都經常去。那裡有他的朋友，他了解到有一個組織專幹這一行。原來科塔爾近來花費很大，入不敷出，於是也從事配給商品的走私活動。他正在販賣香菸和劣酒。這些商品價格不斷上漲，使他發了點小財。

「這種事您有把握嗎？」朗貝爾問。

「有，因為有人已向我建議過。」

「那麼您自己為什麼不利用？」

「您用不著不放心！」科塔爾露出一副老實人的神情說：「我沒利用，是因為我不想走。我有我的道理。」

沉默一會兒後，他接著說：「您不想知道我的道理嗎？」

朗貝爾說：「我認為這跟我無關。」

「在某種意義上，這的確跟您無關，然而在另一種……只有一樁事是明確無誤的，這就是自從發生鼠疫以來，我在這兒感到好過了許多。」

朗貝爾打斷了他的話，問：「怎麼能同這個組織取得聯繫呢？」

「啊！」科塔爾說：「這可不容易。跟我來。」

這時是下午四點光景，天氣沉悶，全城越來越變得熱辣辣的，所有的店鋪都放下了遮陽布，路上已沒有行人往來了。科塔爾和朗貝爾走在有拱廊的馬路上，走了好久，大家都一言不發。這是鼠疫隱形遁跡的時刻：天地靜止，萬物失色，周圍一片沉寂；可以說是盛夏特色，也可以說是發生鼠疫的情景。這使人昏昏然的空氣，說不上來是由於災情的威脅，還是由於灰塵和燠熱所致。必須留心觀察和思索一番才能聯繫到鼠疫上去，因為它只有通過反面的跡象才顯露出來。譬如說，那位同鼠疫密切相關的科塔爾，提醒朗貝爾注意狗已絕跡了；在平時，牠們此時該側臥在過道的出口處，喘著氣，想涼快涼快而辦不到。

他們走上棕櫚大街，穿過閱兵場，向海軍區走去。靠左首出現一家漆成綠色的咖啡館，外面斜張著黃色粗帆布遮陽。科塔爾和朗貝爾一邊揩著前額，一邊走了進去。他們在一張綠色鉛皮桌子前的輕便折椅上坐下。店堂裡空無一人，蒼蠅嗡嗡地到處亂飛，擺不穩的櫃台上放著一個黃色的鳥籠，裡面有一隻鸚鵡，全身羽毛下垂，垂頭喪氣地停在架子上。牆上掛著幾幅陳舊的戰爭畫，上面布滿積垢和厚厚的蜘蛛網。所有鉛皮桌子上，全都有不知從哪裡來的已有點兒乾的雞糞，在朗貝爾面前的桌子也不例外。直到從黑暗的角落裡發生一陣小小的騷動，跳出一隻美麗的公雞，這時他們才明白究竟。

這時氣溫好像還在上升。科塔爾脫去上衣，在鉛皮上敲敲。一個縮在藍色工作長圍裙裡的矮個兒從屋子深處走了出來，遠遠地一看見科塔爾就向他打招呼，一邊走過來，一邊向公雞猛踢一腳，把它趕跑，在咯咯的雞叫聲中問兩位顧客要些什麼。科塔爾要了白葡萄酒，並打聽一個叫加西亞的人。據矮子說，已有好幾天沒見他來咖啡館了。

「您看他今天晚上會來嗎？」

「嘿！」那人說：「我又不是他肚裡的蛔蟲。您不是知道他的時間的嗎？」

「是的！但沒有什麼要緊的事，我不過有個朋友要介紹給他。」

服務生在他的圍裙上揩揩潮濕的手。

「啊！這位先生也想幹一票嗎？」

「是。」科塔爾說。

矮子使勁兒吸了一下鼻子說：「那麼，今晚再來，我派孩子找他去。」

出去時，朗貝爾問這是什麼名堂。

「當然是走私的事。他們把東西從城門口搞進來，高價出賣。」

「原來是這樣！」朗貝爾說：「他們有同黨？」

「對。」

晚上，遮陽布已捲起，鸚鵡在籠中學舌，鉛皮桌前坐滿了只穿襯衫的人們。其中有一個，草帽戴在後腦勺上，穿著一件白襯衣，露出焦土色的胸脯。他見到科塔爾進來就站了起來。被陽光曬黑的臉上五官勻稱，一雙黑色的小眼睛，一口潔白的牙齒，手上戴著兩三枚戒指，看樣子有三十來歲。

「你們好！」他說：「咱們到櫃台上喝酒去。」

三杯下了肚，還沒人吭聲。

於是，加西亞開腔了：「出去走走好嗎？」

他們朝港口方向走去，加西亞問他們找他有什麼事。科塔爾對他說，他把朗貝爾介紹給他不完全是為了買賣，而是為了他所謂的「出去一趟」。加西亞在科塔爾的前面，筆直向前走著，一邊吸著菸。

他提了些問題，談到朗貝爾時稱「他」，做出一副好像沒有看見他在場的樣子。

「為什麼要這樣做？」他說。

「他的老婆在法國。」

「噢！」

過了一會兒，又問：「他幹的是哪一行？」

「記者。」

「幹這一行的人，話很多。」

朗貝爾默不作聲。

科塔爾說：「這是一位朋友。」

他們默默地向前走著，走到了碼頭。入口處有大柵欄擋著。他們向一家供應油炸沙丁魚的小酒店走去，炸魚的氣味已撲鼻而來。

「總之，」加西亞總結說：「這事不歸我管，而是拉烏爾的事，我得去找到他。這事還不太好辦呢！」

「啊！」科塔爾激動地問道：「他藏起來了？」

加西亞沒有回答。走近小酒店時，他停下來第一次轉向朗貝爾說道：「後天，十一點鐘，城內高地，海關營房的邊上。」

他擺出一副要走的架勢，然後又轉向他們兩人說：「這是要花錢的。」

這是一種徵求對方同意的表示。

朗貝爾答應說：「那當然。」

過一會兒，記者向科塔爾致謝。後者輕鬆地說：「噢！不必，為您服務我覺得挺高興。況且您是個記者，有朝一日，您會還我的情的嘛！」

過了兩天，朗貝爾和科塔爾登上通向城內高地的沒有樹蔭的街道。海關營房的一部分房屋已改成了診療所，大門前聚著一些人。他們抱著探望一次病人的希望，當然這是不會獲准的；他們或者想打聽一些消息，而這些消息一個鐘頭以後就會過時了。這一群人在那裡熙熙攘攘的，很熱鬧。加西亞和朗貝爾所以會約好在這兒見面，看來和這種環境不無關係。

「真奇怪！」科塔爾說：「您執意要走。總而言之，這裡發生的事情還是相當有意思的。」

「對我來說並不是這樣。」朗貝爾答道。

「噢！那當然，在這裡要擔些風險。不過，就是在鼠疫發生前，要通過熱鬧的十字路口不是也要冒同樣大的風險嗎？」

正在這時，里厄的汽車在他們的近旁停了下來。塔魯在開車，里厄處於半睡眠狀態。他醒後，就為他們做介紹。

「我們認識的！」塔魯說：「我們住在同一家旅館裡。」

他請朗貝爾搭他們的車到市區去。

「不必了，我們在這裡有約會。」

里厄看看朗貝爾。

「對！」後者說。

「啊！」科塔爾吃驚地說：「醫生也知情嗎？」

「預審法官來了。」塔魯看著科塔爾，一面關照他說。

科塔爾的臉色變了。果然，奧東先生順著街，以有力而規則的步伐向他們走來。走到這一小堆人面前時，脫帽招呼。

「您好，法官先生！」塔魯說。

法官也向這兩位坐車來的人問好，又朝站在他們後面的科塔爾和朗貝爾看看，莊嚴地向他們點頭示意。塔魯把領取年金的人和記者向他介紹了一下。法官仰頭朝天看了一看，嘆了一口氣說，這真是一個苦悶的時期。

「有人對我說，塔魯先生，您在搞預防措施的實施工作。我不敢完全贊同。醫生，您看這病還會蔓延嗎？」

里厄回答說，應該希望它不會如此；法官也重複說，必須永遠抱有希望，因為上天的意圖是無法窺測的。塔魯問他當前的事件是否為他帶來了額外的工作。

「正相反，我們稱為普通法的這方面的案件減少了，我幹的只是嚴重違反新規定的案件的預審工作。人們從來沒有像現在那樣遵守老的法律。」

「這是由於相比之下，這些老法律顯得好一些。這是必然的事。」塔魯說。

法官一變原先雙眼凝望著天空好像在尋思的樣子，而以一種冷漠的神色看著塔魯說：

「這又有什麼關係？法律是無所謂的，重要的是判決（編按・指上帝的審判）。我們對此也無能為力。」

法官走了。科塔爾說：「那個傢伙啊！他是頭號敵人！」

汽車起動了。

過了一會兒，朗貝爾和科塔爾看見加西亞來了。他走過來並不向他們做出任何表示，只說了一句「還得等一等」來代替打招呼。

在他們周圍有一大群人，其中大多數是婦女，鴉雀無聲地等待著。她們手中幾乎都拎著籃子，妄想著這些東西能送到她們生病的親人手中，更荒唐地希望她們的親人能享用這些食品。門口由武裝哨兵把守著。從大門和營房之間的院子裡不時傳出一聲怪叫，這時在場的一些人都轉過神色不安的臉向診療所觀望。

正當三個人觀看著這一情景時，身後一聲清楚而低沉的「你們好」的聲音使他們回過頭去。雖然天候很熱，拉烏爾仍穿得規規矩矩的。他身材高大而健壯，穿著一身深色雙排鈕子的服裝，頭戴一頂捲邊的呢帽，面色相當蒼白，一雙棕色的眼睛，嘴巴經常緊閉著。拉烏爾說話急速而明確：「我們到城裡去吧！加西亞，你可以離開我們了。」

加西亞點了支香菸，讓他們三人離去了。他們隨著夾在中間的拉烏爾的步伐快速走去。

「加西亞對我說明白了。這件事情是可以辦得到。不管怎樣，這件事要花您一萬法郎。」拉烏爾說。

朗貝爾回答說他可以答應。

「明天到海軍區的西班牙飯店裡同我一起吃午飯。」

朗貝爾說一言為定，拉烏爾同他握手，第一次露出笑容。他走開後，科塔爾請朗貝爾原諒他第二天不能來，因為有事，反正朗貝爾也用不著他了。

第二天，當朗貝爾走進西班牙飯店時，裡面的人都掉過頭來瞧著他。這個陰暗的地下室處在一條已被太陽曬乾的黃色小街低處。去那裡吃飯的全是男人，大多數外表像西班牙人。坐在店堂盡頭一張桌旁的拉烏爾對記者打了一個手勢，朗貝爾朝他走去。這時，瞧著朗貝爾的這些人面上好奇的神色頓時消失，重新各自進餐。

與拉烏爾同桌的有一個瘦瘦的高個兒，鬍髭沒有剃淨，肩膀寬得異乎尋常，頭髮稀少，臉長得像馬面，從捲起的襯衫袖口中，露出一雙長著黑毛的細長手臂。當朗貝爾被介紹給他的時候，他點了三下頭。拉烏爾沒有提到他的名字，講到他時只是說：「我們的朋友。」

「我們的朋友相信能夠幫助您，他將讓您……」

這時女服務生走過來問朗貝爾要吃什麼，打斷了拉烏爾的話。

「他將讓您同我們的兩個朋友取得聯繫，再由他們把您介紹給和我們合伙的幾個守衛人員。但到那時事情還未全部解決，還要等到那些守衛人員認為有機可乘時才行。最簡單的辦法是在他們中的一個人家裡住上幾夜，他家離關卡不遠。但事先必須由我們的朋友替您做必要的聯繫；當一切安排妥當，也由他同您結算費用。」

這位朋友再一次點點他的馬頭，一邊不斷地把甜椒和番茄做成的拌涼菜搗碎，然後大口大口地往裡吞。過一會兒他開腔了，稍微帶一點西班牙口音。他建議朗貝爾第三天早上八點在教堂的門廊底下碰頭。

「還要等兩天！」朗貝爾著重地提了一下。

「這是由於這事不容易辦。」拉烏爾說：「要找人嘛！」

這匹馬再次點一下頭。朗貝爾不太熱情地表示同意。在餘下的午餐時間裡，大家尋找別的話題。等朗貝爾發現這匹馬是個足球運動員後，時間就很容易打發了。他自己在這項運動中也有不少經驗。他們談到法國全國錦標賽，英國職業球隊的才能以及W形的戰術。午餐結束時，這匹馬變得活躍非凡。他不用「您」而用「你」來稱呼朗貝爾，並要他相信足球隊的最佳位置是踢中衛。他說：「你知道，中衛是支配全局的；而支配全局，這才叫踢足球。」朗貝爾同意這種說法，雖然他是踢中鋒的。不過他們的談論被電台的廣播打斷了。收音機輕聲地反覆播放情意纏綿的樂曲後，開始報導說前一天死於鼠疫的人數為137人。在場的人全無反應。馬面人聳聳肩膀站了起來，拉烏爾和朗貝爾也跟著起身。

分手時，這位中衛有力地同朗貝爾握手說：「我叫貢扎萊斯。」

這兩天時間在朗貝爾的感覺中簡直長得沒完沒了。他到里厄那裡把全部行動詳情告訴了他，然後陪著醫生到一家病人家去出診。走到一個等待著里厄、病情可疑的病人家門口，朗貝爾向醫生告別。這時在過道裡，傳來一陣奔跑聲和人聲：他們在奔告家人醫生來了。

「希望塔魯不要耽擱。」里厄低聲說道。

他樣子看來很疲倦。

「疫情發展太快了嗎？」朗貝爾問。

里厄說倒不是這點。統計表上的曲線甚至上升得慢了點，只是對付鼠疫的辦法還不夠多。

「我們缺少物力！」他說：「在世界上所有軍隊中，一般都用人力來補救物力的不足。但是我們連人力也不夠。」

「外地不是來了醫生和衛生人員嗎？」

「是的！」里厄說：「十位醫生和一百來個人。看起來不算少了。按照目前疫情，還勉強能對付。如疫情再發展，就不夠了。」

里厄注意聽著屋內的聲音，然後向朗貝爾笑笑，說道：「對，您應該快點把您的事辦成。」

朗貝爾的臉上掠過一片陰影，低沉地說：「您知道，我不是為了這個才走的。」

里厄回答說他知道這一點。但朗貝爾繼續往下說：「我相信我不是個懦夫。至少大多數情況下是如此，這方面我經受過考驗。只是當我想到某些情況時，我就感到受不了。」

醫生直望著他的臉：「您會和她見面的。」

「也許會，但是我一想到這種情況還要持續下去，她在這段時間內會老了起來，就不能忍受。三十歲的人要開始老了，必須抓緊一切機會。我不知道您是否能理解。」

里厄低聲說他相信能理解。這時，塔魯來了，很興奮的樣子。

「我剛才去請帕納盧來參加我們的工作。」

「結果怎樣？」醫生問道。

「他思考過後，答應了。」

「我感到高興！」醫生說：「我高興的是了解到他本人比他的布道要好。」

「大家都一樣。」塔魯說：「就是要給他們機會。」

他微笑著，向里厄眨眨眼睛。

「給人創造機會，這是我一輩子要做的工作。」

「請你們原諒！」朗貝爾說：「我要走了。」

朗貝爾在約好的星期四那天來到教堂的門廊下。離開八點還有五分鐘，空氣還相當清新，在天空中飄浮著即將被上升的熱氣流一下子就吞沒的圓圓的小朵白雲。草坪雖然乾燥，仍舊可以聞到從那裡散發出來的一陣淡淡的潮氣。東面屋後的太陽只曬熱了裝飾著廣場的聖女貞德全身鍍金塑像的帽盔。一個大鐘敲了八下。

朗貝爾在無人的門廊下走了幾步。從教堂內傳來一陣模糊不清的誦讀聖詩聲，同時又湧來一股地窖和焚香混合的氣味。突然，誦詩聲停了，十來個矮小的黑色人影從教堂中出來，跨著急促的步子向城中走去。朗貝爾開始不耐煩了。又有一些黑色人影登上大石級向門廊走來。他點了一支菸，接著忽然想起這地方恐怕是不准抽菸的。

到八點一刻，教堂裡的管風琴低沉地奏了起來。朗貝爾走到了陰暗的拱頂底下。過了一會兒，在正殿中，他看到那些在他面前經過的黑色身影。他們都聚在一個角落裡，前面有一座臨時祭台，上面有剛剛布置好的一個由城內一家工廠趕製出來的聖洛克像（編按・基督任命聖洛克為瘟疫守護神）。這些身影跪在那裡，似乎已蜷縮成一團，隱沒在煙霧繚繞之中，就像一些凝固不動的影子，這裡一堆，那裡一堆，其顏色不比那灰濛濛的霧氣深多少。在他們上面，管風琴無休止地變換著曲調。

當朗貝爾出來時，貢扎萊斯已從石級上走下來向城市方向走去。

「我以為您已經走掉了！」他對記者說：「這不足為怪。」

他解釋說，他在離此不遠的地方等待約好在七點五十分會面的幾個朋友。但是他卻白白等了二十分鐘。

「這肯定遇到了什麼問題，幹我們這一行總不會一帆風順的。」

於是，他另訂約會，定於第二天同一時間在陣亡將士紀念碑前會面。朗貝爾嘆了口氣，把呢帽向後一推。

「沒關係！」貢扎萊斯笑著說：「你要想一想：在球賽中需要有各種配合，進入對方陣地，傳球。這一大套搞完後才能射入一球。」

「不錯！」朗貝爾說：「但一場足球賽只要一個半小時。」

奧蘭的陣亡將士紀念碑所在地是唯一能看到大海的地方。這是個不太長的散步場所，一邊靠著俯瞰港口的峭壁。第二天，朗貝爾先一步到達約會地點，仔細地讀著陣亡將士的名單。幾分鐘後，有兩個人走過來，向他不動聲色地望了一眼，然後走到散步處的欄杆邊憑欄眺望，好像全神貫注地俯視著空無一人的港口。他們兩人一樣身材，都穿著一樣的藍褲子，一樣的短袖子海軍藍色毛線衣。記者稍稍走遠一些，去坐在一張長凳上，以便從容地打量他們。他看出他們肯定不會超過二十歲。那時，他看到貢扎萊斯走了過來，並向他道歉。

他說：「那就是我們的朋友。」說罷帶他到兩個青年那邊，介紹兩人的名字：一個叫馬賽爾，一個叫路易。從正面看去，他們兩人非常相像，朗貝爾估計他們是兄弟倆。

「好吧！」貢扎萊斯說：「現在你們認識了，應該言歸正傳了。」

不知是馬塞爾還是路易說，還要等兩天才輪到他們值班守崗，為期一週，必須看準一個最方便的日子行事。把守西門的共有四個人，另外兩個是職業軍人。談不到把他們也拉進來。他們是靠不住的，何況這樣還要增加費用，但是有些晚上他們這兩個同事會到一家熟識的酒吧間後間裡去消磨一部分時間。馬塞爾——也可能是路易——建議朗貝爾上他們在關卡附近的家裡去住，等待通知。這樣，出城的事將毫無困難。但是必須抓緊時間，因為近來有人傳說在城市的外圍要設立雙重崗哨了。

朗貝爾表示同意，並從他剩下的香菸中拿了幾支請他們抽。兩人中那個還沒有開過腔的就問貢扎萊斯費用有沒有談妥，是否可以預支一些錢。

「不！」貢扎萊斯說：「用不著這樣做，這是自己人。費用到走時再結算。」

他們又訂了一個約會。貢扎萊斯建議再過兩天到西班牙飯店吃晚飯，然後他們從那裡到這兩位守衛的家裡去。

他告訴朗貝爾：「第一夜我陪你。」

又過了一天，朗貝爾上樓回到他房間裡去的時候，在旅館的樓梯上同塔魯對面遇上了。

「我去找里厄。」後者說：「您願意一起去嗎？」

「我總怕打擾他。」朗貝爾猶豫了一下子說。

「我想不會，他跟我談起您的許多事。」

記者想了一會兒說：「我說，假如你們晚飯後有空的話，就是晚一點也不妨，你們倆都到旅館酒吧間來。」

「那得看他和疫情而定。」塔魯說。

里厄和塔魯還是在晚上十一點來到了這又小又狹窄的酒吧間。三十來個人擠在那裡高聲交談。這兩位剛脫離疫城的寂靜環境的來客停了下來，有些不知所措。當他們看到這裡還可以買酒來喝時，就明白人們興奮的原因了。朗貝爾在櫃台的盡頭，他坐在高凳上向他們打招呼。他們就走到他的身邊。塔魯不動聲色地把旁邊一個在喧嚷的人推遠一些。

「你忌酒嗎？」

「不！」塔魯說：「正相反。」

里厄嗅一嗅他玻璃杯中酒的苦草味兒。在這種喧鬧聲中講話是困難的，而朗貝爾好像除了喝酒之外無暇他顧。醫生還無法斷定他是否已喝醉了。這狹小的屋子裡除了他們喝酒的櫃台外，剩下的地方只有兩張桌子，其中一張座位上有一個海軍軍官，左右膀子各挽著一個女人，他正在對一個紅臉的胖子講述在開羅發生的一次斑疹傷寒的情況。他說：「有著集中營哪！這些集中營是為當地人設立的，搭了些帳棚來收容病人，但周圍布滿崗哨，如果病人家屬企圖把土方藥偷偷送進去的話，就會遭到槍殺。這是毫不講人情的，但這樣做是對的。」另一張桌子被幾個裝束入時的年輕人占著，談話內容聽不懂，聲音湮沒在放在高處的電唱機播放出來的《聖詹姆斯醫院》的旋律之中。

「還順利嗎？」里厄提高了嗓門說。

「這事快了！」朗貝爾說：「也許就在這星期裡。」

「可惜！」塔魯叫道。

「為什麼？」

塔魯瞧著里厄。

「噢！」里厄說：「塔魯說這句話，是因為他想您如果能待在這裡，您可以幫我們忙。而我倒非常了解您為什麼要走。」

塔魯又請大家飲了一杯酒。

朗貝爾從他那張高凳上下來，第一次正面看著他：「我能幫你們什麼忙？」

「這個——」塔魯說，一邊不慌不忙地把手伸向他的杯子，「可以到我們的衛生防疫組織裡來。」

朗貝爾又顯出他那經常出現、帶著一副倔強神情思考問題的樣子，重新坐到高凳上。

「難道您認為這些組織沒有用處嗎？」塔魯喝了一口酒說，他留神地看著朗貝爾。

「十分有用。」記者說著，喝了一口酒。

里厄注意到朗貝爾的手在發抖。他想，不錯，這位記者肯定完全醉了。

第二天，朗貝爾第二次走進西班牙飯店。他從一小夥人中間穿過。這些人把椅子搬到了門口，正在領略熱氣已稍退、綠樹成蔭、晚霞滿天的黃昏景色。他們抽著一種味道辛辣的菸草。飯店內部幾乎沒什麼人。朗貝爾走到擺在屋子深處的桌子前坐下，他同貢扎萊斯第一次相遇就在這個地方。他告訴女服務生他要等人。那時是七點半，人們漸漸回到店堂裡就座。開始上菜了，在低拱頂的餐廳裡充滿著餐具碰撞聲和低低的談話聲。八點了，朗貝爾一直等待著。燈亮了，後來的顧客坐到了他的桌邊。他點了菜。到八點半，晚餐吃完還不見貢扎萊斯和那兩個年輕人前來。他抽了幾支菸。店堂裡的人漸漸少了。外面夜幕降下得非常快，從海面吹過來的一陣暖風微微拂動落地窗的窗帘。到了九點，朗貝爾發覺店堂裡的人已走光了，女服務生惶惑不解地注意著他。他付了帳走了。飯店對面的咖啡館開著，朗貝爾進去坐在櫃台邊，留心看著飯館的入口處。到九點半鐘，他起身回旅館，一路上白費心思地想著如何再找到不知住處的貢扎萊斯。一想到這一整套接洽步驟得從頭開始，便感到不知所措。

正像他後來告訴里厄的那樣，就是在這個時候，在救護車疾駛的夜裡，他覺得在整個這段時間裡可以說把他的妻子丟到了腦後，專心致志地思索如何在把他和她隔開的牆上打開一個缺口。但是也就是在這一切途徑再次被切斷的時刻，在他慾望的中心又出現了她的形象，一陣突然爆發的痛苦使他不禁拔腳向旅館奔去，想逃避這種難以忍受的內心煎熬。但它卻始終緊追著他不放，使他頭痛欲裂。

次日一清早，他就來找里厄，問他怎樣才能找到科塔爾，「我現在唯一能做的事，就是一步步地從頭做起。」

「您明晚來！」里厄說：「塔魯要我去邀請科塔爾。我不知道為什麼？他十點來這裡。您十點半來好了。」

第二天，當科塔爾來到里厄家時，塔魯和里厄正談論著在里厄那裡出現了一個意想不到的治癒病例。

「十個中間只有一個，那是這個人運氣好。」塔魯說。

「啊！有這回事！？」科塔爾說：「這不是鼠疫吧！」

他們告訴他，說這一點沒錯，確是鼠疫。

「既然這個人治好了，那就不可能是鼠疫。你們跟我都知道，鼠疫是不會放過一個人的。」

里厄說：「一般情況是這樣。但使上一股牛勁，有時也會出現意想不到的情況。」

科塔爾笑了。

「看來不像。你們聽到了今晚的數字沒有？」

塔魯善意地看著這位領年金者說他知道數字，情況是嚴重的。但這又說明什麼呢？這只是說明還要採取更為特殊的措施。

「呀！你們不是已在做了嗎？」

「不錯！但是必須做到每個人都把這當作自己的事。」

科塔爾瞧著塔魯，沒有聽懂他的意思。塔魯說沒有行動起來的人太多了；又說瘟疫是大家的事，人人有責。志願組織的大門是向每個人敞開著的。

「這個主意不錯。」科塔爾說：「但這一點用處也沒有！鼠疫太厲害了。」

塔魯耐心地說：「等到一切辦法全都試過以後，我們才能做出結論。」

在他們講話時，里厄在他的書桌上謄錄卡片。

塔魯則一直打量著在椅子裡焦躁不安的年金享受者。

「您為什麼不願過來同我們一起幹呢，科塔爾先生？」

科塔爾好像受到冒犯似地站了起來，拿起他的那頂圓帽，說：「這不是我幹的事。」然後，他以頂撞的口氣說道：「再說，我呀！我在鼠疫中間也過得不壞，我看不出我為什麼要參加進來去制止它。」

塔魯拍拍自己的前額，恍然大悟：「啊！對了，我倒忘了，沒有它，您已被捕了。」

科塔爾陡地跳了起來，急忙抓住椅子就像要跌倒似的。

里厄擱下了筆，既嚴肅又關切地注視著他。

「這是誰告訴您的？」靠年金吃飯的人叫道。

塔魯露出詫異的神色說道：「是您自己嘛！至少醫生和我是這樣理解的。」

科塔爾一下子變得怒不可遏，說話語無倫次起來。

於是，塔魯接下去說：「請您不要激動，醫生和我都不會揭發您的。您的事同我們毫不相干。再說，警察局，我們從未對它有過好感。好了，請坐下吧！」

科塔爾看看椅子，猶豫了一下才坐了下來。過了一會兒，他嘆了一口氣。

「這已是過去的事了！」他承認了，「而他們偏要舊事重提。我本來以為人們已忘記了，但是有一個人講了出來。他們把我叫去，並告訴我在調查未結束前要隨傳隨到。我知道他們總有一天會把我抓去。」

「事情嚴重嗎？」塔魯問。

「這要看您怎麼想了。反正這不是一件血案。」

「監禁還是苦役？」

科塔爾顯得十分沮喪。

「監禁！那算我運氣……」

但過了一會兒，他用激烈的語氣重又說道：「這是一個錯誤。任何人都難免犯錯。但我一想到因此要被帶走，與家庭隔離，與習慣斷絕，與所有友好分開，就覺得不能忍受。」

「啊！」塔魯問：「就是為了這個，您才想到尋短見的嗎？」

「對！這是一件荒唐的事，毫無疑問。」

里厄第一次開了口，他對科塔爾說他理解他的擔心，但這一切或許能解決的。

「噢！就眼前說，我知道一點也用不著擔心。」

「我明白了！」塔魯說：「您是不會參加到我們的組織裡來的。」

科塔爾手裡轉動著他的帽子，抬頭對塔魯投以疑慮的眼光，「請不要怪我。」

「當然不，但至少不要去故意散布病菌。」塔魯微笑著說。

科塔爾辯解說，並不是他要鼠疫來的，它要來就來了。目前鼠疫叫他財運亨通，這也並不是他的過錯。那時朗貝爾剛來到門口，聽到拿年金者正使勁地說：「何況，根據我的看法，你們不過是白費力氣罷了。」

朗貝爾獲悉科塔爾不知道貢扎萊斯的住址。但是再到小咖啡館去候他總是可行的。他們約定第二天去。由於里厄表示想知道經過情況，朗貝爾就請他和塔魯在週末晚上到他的房間裡來找他，任何時候都行。

早上，科塔爾和朗貝爾到了小咖啡館，叫人傳話給加西亞約好晚上見面；如有不便，順延至第二天相見。他們白等了一個晚上。第二天，加西亞到了，他靜聽著朗貝爾敘述經過。加西亞對情況不了解，不過他獲悉為了核查戶口，有些地區曾禁止通行二十四小時。可能貢扎萊斯和那兩個青年無法通過警戒線。至於他力所能及的，就是使他們重新同拉烏爾取得聯繫。當然這不可能在兩天以內辦妥。

「我明白了！」朗貝爾說：「就是說一切都得重起爐灶。」

兩天後，拉烏爾在路角上證實了加西亞的說法：城市外圍地區曾禁止通行。必須同貢扎萊斯再度取得聯繫。兩天後，朗貝爾同那個足球運動員一起進午餐。

「我們真笨！」貢扎萊斯說：「我們早就該考慮好碰頭的辦法。」

朗貝爾完全有同感。

「明天早晨，我們到那兩個小傢伙家裡去，把一切都安排好。」

次日，兩個年輕人不在家。他們只好留下一個約會的時間，定在第二天中午國立中學廣場見面。朗貝爾下午回家時遇到塔魯，他的面部表情引起了塔魯的注意。

「怎麼，事情不成嗎？」塔魯問他。

「要重起爐灶，真把人搞累了。」朗貝爾說。

他又再次提出邀請：「今晚請過來。」

當晚兩個人走進朗貝爾的房間時，他躺在床上。他起來在預先準備好的杯子裡斟了酒。里厄拿起了他的酒杯，問他事情是否正在順利地進行。記者說他把全部環節從頭至尾又幹了一遍，現在已到達前一次同樣的程度，他即將去赴最後一次約會。

他喝了一口酒又說：「當然囉！他們還是不會來的。」

「不要把這看成是一種規律嘛！」塔魯說。

「你們還沒搞懂。」朗貝爾聳聳肩膀說。

「沒懂什麼呢？」

「鼠疫。」

「啊！」里厄叫起來。

「不！你們沒有懂得，就是這個要叫人重起爐灶。」

朗貝爾走到他房間的一個角落裡，打開一台小型留聲機。

「這是什麼唱片？」塔魯問：「聽上去怪熟的。」

朗貝爾回答說是《聖詹姆斯醫院》。

在唱片放到一半的時候，遠處傳來兩聲槍響。

「不是一條狗、便是一個逃犯。」塔魯說。

過了一會，唱片放完了。可以聽到一陣救護車的呼嘯聲，聲音越來越大，在旅館房間窗口下面經過，漸漸微弱，直至最後完全消失。

「這張唱片聽了使人怪難過的！」朗貝爾說：「我今天已足足聽了十遍了。」

「您那麼喜歡它？」

「不，但我只有這一張。」

過了一會兒，朗貝爾又說：「我對你們說還得重起爐灶哪！」

他問里厄衛生防疫隊工作進行得怎樣。里厄回答說有五個隊在工作，希望再組織一些。記者坐在床邊，好像一心專注在他的指甲上。里厄打量著他蜷曲在床邊的粗矮壯健的身形。忽然他發現朗貝爾在注視著他。朗貝爾說：「您知道，醫生，我對你們的組織考慮得很多。我沒有和你們一起工作，有我的理由。還有，我認為自己並不是一個貪生怕死的人。我參加過西班牙戰爭。」

「是在哪一邊？」塔魯問道。

「失敗者的一邊。但從那時起，我思考了一些問題。」

「思考什麼？」塔魯問。

「勇氣。現在我明白人是能夠做出偉大的行動的。但是如果他不具有一種崇高的感情的話，那就引不起我的興趣。」

「我的印象是，人是任何事情都可以幹的。」塔魯說。

「不見得，他不能長期受苦或長期感到幸福，因此他做不出任何有價值的事來。」

他看了他們一眼又說：「您說說，塔魯，您能為愛情而死嗎？」

「我不知道，但目前看來不會。」

「對啦！但您能為理想而死，這是有目共睹的事。為理想而死的人我是看夠了。我並不相信英雄主義。我知道這並不難，而且我已懂得這是要死人的事。使我感興趣的是為所愛之物而生，為所愛之物而死。」

里厄一直留神傾聽著記者的話，始終望著他。這時，他和顏悅色地說：「人不是一種概念，朗貝爾。」

對方一下子從床上跳起來，激動得臉色通紅。

「人是一種概念：不過，一旦脫離了愛情，人就成為一種為時極短的概念。而現在正好我們不能再愛了。那麼，醫生，讓我們安心忍耐吧！讓我們等著能愛的時刻到來；如果真的沒有可能，那就等待大家都得到自由的時候。不必去裝什麼英雄。我嘛！只有這點想法。」

里厄站了起來，好像突然感到厭倦起來。

「您說得對，朗貝爾，說得完全對。我絲毫沒有叫您放棄您想幹的事情的意圖。您的事我認為是正確的，是好的。然而我又必須向您說明：這一切不是為了搞英雄主義，而是實事求是。這種想法可能令人發笑，但是同鼠疫做鬥爭的唯一辦法就是實事求是。」

「實事求是是指什麼？」朗貝爾突然嚴肅起來問道。

「我不知道它的普通意義。但是就我而言，我知道它的意思是做好我的本分工作。」

「啊！」朗貝爾怒氣沖沖地說：「我不知道我的本分工作是什麼。我選擇了愛情，也許這事兒做錯了？」

里厄面對著他，有力地說道：「不！您沒有做錯。」

朗貝爾若有所思地看著他們。

「你們二位，我看你們在這一切活動中，一點也不會失去什麼。在正路上走嘛，總是會比較容易的。」

里厄端起酒杯一飲而盡，說：「走吧，我們還有事呢！」

他走了出去。

塔魯跟在他後面；但剛走出去又改變了主意，回過頭來對記者說：「您知道嗎，里厄的妻子在離這裡幾百公里之外的一個療養院裡？」

朗貝爾做了一個表示驚異的動作，但塔魯已走開了。

第二天一大早，朗貝爾打了個電話給里厄：「在我找到離開這座城市的辦法之前，您能同意我跟你們一塊兒幹一陣子嗎？」

對方在電話裡沉默了一會兒，接下來說：「行，朗貝爾。謝謝您。」

18

由於鼠疫而受到囚禁的人們就這樣在整整一週中不斷地努力掙扎著。其中也有一些像朗貝爾之輩的人，顯然還存在著幻想，自以為仍是自由的人，可以自行做出抉擇。但事實上可以說，到了八月中旬，瘟神的黑影已籠罩住了一切。

個人命運已不存在了，有的只是集體的遭遇；一邊是鼠疫，一邊是眾人共同的感受。

各種感受中最嚴酷的是分處兩地和放逐之感，以及隨之而來的恐懼和反抗情緒。在這熱浪和疫潮雙雙達到頂峰時期，筆者認為有必要把總的情況敘述一下，並舉出一些具體例子，談談活人的激烈行動、死者的埋葬經過和情人們的兩地相思之苦。

那一年，六月剛過就刮起風來；一連幾天，疫城上空風勢不衰。奧蘭的居民向來特別怕風，因為城市建在高原上，毫無天然屏障，因此大風能長驅直入，橫掃街巷而威力不減。數月來，城裡沒下過一滴雨，到處罩上一層灰色外衣，被風一刮，紛紛脫落，塵土與廢紙齊飛，不斷打在越來越少的散步者的腿上。經常可以看到這些人用手帕或手捂住嘴，俯著身子在街上快步疾行。過去到了晚上，人們總是成群地聚在一起，盡力把日子拖得越長越好，因為大家都知道每一天都可能是自己的末日；現在則不然，人們遇到的是三三兩兩急急忙忙想趕回家或到咖啡館去的行人。

幾天來，黃昏來得更早，街上行人絕跡，只聽到不斷的淒厲風聲。從那白浪滔天而從城裡又見不到它的大海裡吹上來一股夾著鹽和海藻的氣味。這座荒無人蹤的城市塵埃遍地，海水的味兒撲鼻，狂風呼嘯之聲不絕，宛若一座孤零零的島嶼在低聲哀鳴。

迄今為止，鼠疫造成的死亡在居民擁擠、條件較差的外圍地區遠遠多於中心區。但它似乎驟然挨近市中心，侵入了商業區。居民們歸咎於大風把病菌吹了進來。「它把事情搞複雜了。」醫院院長說。不管怎樣，當中心區的居民聽到黑夜裡越來越頻繁的救護車呼嘯在他們的窗前經過，響起了瘟神陰沉無情的召喚時，就意識到輪到自己的時刻到了。

在城裡，人們又把某些鼠疫特別猖獗的區同其他各區隔離開來；除了工作上絕對需要以外，任何人不得離開。住在這些隔離區裡的居民當然要認為這項措施是專門要使他們難堪；不管怎樣，對比之下，他們倒把其他各區的人看成是自由的人了。反過來，後者一想到別人比他們更不自由時，在困難重重的時刻裡，便會感到某種安慰：「還有比自己關得更緊更嚴的人呢！」這句話總結了當時唯一可能存在的希望。

大約就在這一段時間裡，火災次數有所增加，特別在西城門那裡的娛樂中心地區。據調查，有些檢疫隔離完畢回家的人，由於遭到飛來橫禍，親人死亡，因而精神失常，縱火燒屋，幻想燒死瘟神。大家費了九牛二虎之力去制止這種行動，因為這種縱火事件不斷發生，加上狂風助威，使一些地區經常處於危險之中。

人們盡管提出證據，說明當局採取的房屋消毒措施已足夠消除感染的危險，但依舊無效，於是不得不頒布極為嚴厲的刑法來對付那些無意識的縱火犯。可是，毫無疑問，使這些不幸的人望而生畏的並不是徒刑本身，而是因為全體居民沒有一個不知道判處徒刑等於判處死刑；理由是根據統計，市監獄中的死亡率非常之高。這種想法當然不是沒有根據的；理由很明顯，瘟神打擊得最凶的對象似乎就是那些一向過著集體生活的人：士兵、修道士和囚犯。在監獄中，儘管其中有些在押犯是單獨監禁的，但仍不失為一個集體生活單位，明顯的證據就是在市監獄中無論看守人員或犯人都同樣有被瘟神攫走生命的。在瘟神傲慢的眼裡，任何人，上至典獄長，下至最卑微的在押犯，一概都被判了刑。全監上下絕對公平，這也許還是第一次。

在各種身分平等化的現象面前，當局試圖推行一種等級制度，設想出一套頒發勛章給執行任務期間死亡的看守人員的辦法，但仍解決不了問題。鑒於戒嚴令已經頒布，從某個角度看來，可以把監獄看守人員看作是動員入伍的軍人，因此對這些死去的人員追發軍功勛章。當然犯人對此不會提出任何抗議，但軍界卻不能同意，而且很有理由地指出，這種做法可能會遺憾地使公眾思想產生混亂。他們提出的要求得到了同意，大家認為最簡單的辦法就是給死去的看守人員改發抗疫勛章。可是對以前死去的看守人員已經錯授了軍功勛章，也就不能再要回來，而軍界方面對此卻仍保持他們原來的看法；另一方面，抗疫勛章有它的弱點，起不到軍功勛章能起的精神方面的作用，因為在疫病流行期間，取得一枚這種性質的勛章實在是沒什麼了不起、不足為奇的。結果反而是大家都不滿意。

另外，管理監獄不能像管理修道院那樣，更不能像管理軍隊那樣。城中僅有的兩處修道院裡的修道士已暫時分散居住到虔誠的教徒家中去了。與此相仿，每當情況許可，一連一連的士兵便離開書房，去駐在學校或公共建築裡。這樣，表面上疫病迫使市民處於一種被圍困著緊密團結的狀態中，但同時卻把傳統的團體搞得四分五裂，使其中的成員重又進入孤立狀態。這些都會造成大家的恐慌。

在這種情況下，再加上大風勁吹，可想而知，必然也在某些人心頭引起熊熊大火。深夜中，城門又數度遭到襲擊，但這次衝殺的是手持武器的小組。雙方相互射擊，傷了幾個，逃出城去幾個。守衛加強了，動亂很快平息，但已足夠在城裡引起一股暴動之風，出現了一些暴力的場面。一些出於防疫原因而被焚或被封的房屋遭到了搶劫。當然很難斷定這些行為是否出於預謀。在大部分情況下，往往是一種突然出現的機會促使一些素來令人尊敬的人做出一些應受譴責的舉動，而且旁人立即群起效尤。比如：一所房子起火了，一些發狂的傢伙會當著痛苦得發呆的房主之面，衝進那熊熊烈火還在燃燒的房子中去。看到房主沒有反應，許多圍觀者也會學樣。於是在被火光映紅的陰暗街道上，只見許多黑影四處奔逃；這些影子在行將熄滅的火光映照下，肩上扛著各種物件和家具，一個個都變得奇形怪狀。

由於發生這類事故，當局被迫把出現鼠疫的狀態當作戒嚴狀態來處理，並採用一切與此有關的法律。兩個盜竊犯被槍決。但這在人們心中是否產生效果頗令人懷疑；死人的事已司空見慣，處決兩個人只是大海中的一滴水，根本不會被注意到。說實在的，此類趁火打劫的場面經常重複出現，而當局似乎視而不見。唯一能使全體居民感到震動的措施是宵禁。從十一點開始，全城一片漆黑，成了一座毫無生氣的石頭城。

月光下，它的灰白色的牆和筆直的街道排列得整整齊齊，看不到什麼樹影夾雜其間，聽不到行人的腳步聲和犬吠聲。在這種情景下，這座龐大而靜悄悄的城市只是一些死氣沉沉、厚實的方形建築物的聚合；在它的行列之間，豎立著一些默不作聲的人像，那是被遺忘的行善之人，或是過去的大人物，如今封閉在青銅之中。唯有這些石質或金屬雕像的模擬的人臉還在試圖使人想起這裡曾有過人類，雖然形象已暗淡了。在愁雲密布的天空下，在死一般沉寂的十字街口，這些平庸的偶像、粗野無情的雕塑，擺出一副不可一世的氣概，象徵著我們已進入那九泉之下的幽冥王國，至少是象徵這王國最後的命令，指示人們進入墓窟，那裡鼠疫之神、沉沉的石塊和漫漫的長夜將使一切聲音消失。

長夜同時也已籠罩了人們的心靈，市民們在聽到有關埋葬事宜的傳奇式報導後增加了不安。埋葬的情況不得不講述一下，筆者對此感到非常抱歉。他也知道免不了因此要受到人們的指責，他唯一能為自己辯解的理由就是在整個這段時期裡埋葬的事兒是不少的，而且從某個方面來看，筆者也和所有同城的人一樣不得不關心埋葬的事。這在任何情況下都不等於說他對此等儀式發生興趣；正相反，他更感興趣的是活人的社會，比如說，海濱浴場。但是海濱浴場已被封掉，活人的社會整天膽戰心驚地害怕不得不在死人的天地面前讓步，這是明擺著的事實。當然人們總可以想方設法不去看這個事實，把眼睛捂住，拒不承認。然而明擺著的事實卻具有雷霆萬鈞之勢，最終將席捲一切。有朝一日，當您的那些親人需要安葬時，試問您有什麼辦法拒絕讓他們入土？

一開始，葬禮就有一個特點：快速！一切手續悉行簡化，殯殮儀式一概取消。病人死時親屬都不在身邊，守屍禮節又被禁止，因此晚間死去的人只能獨自過夜，白晝死去的人則立即安葬。當然死者家屬是得到通知的。可是在絕大多數情況下，家屬是來不了的；因為如果他們曾在病人身旁待過，則現在正接受檢疫隔離，如果不是和死者住在一起的，那也只能按規定的時間前來。所謂規定時間，那就是出發前往公墓的時間；那時屍體早已擦洗乾淨，被放入棺木。

我們假定這項過程發生在里厄醫生領導的輔助醫院中吧！這所由學校改成的醫院的主樓後面有一個出口。通向過道的一間很大的平時堆放雜物的屋子裡，停放著許多棺木。在過道中，死者家屬可以看到一具靈柩，已蓋了棺。於是立即進行最重要的手續：請家長在文件上簽字。然後把棺木抬上汽車——可能是一輛真正的靈柩車，也可能是一輛經過改裝的大救護車。死者家屬上了一輛出租汽車——那時出租汽車還准許通行。車輛沿著外圍地區的馬路像風馳電掣一般開向公墓。到了城門口，守衛攔住了車隊，在官方通行證上蓋上一個戳子——沒有這個戳子，就無法獲得市民們稱之為「最後歸宿地」的墓穴——然後閃過一邊，讓出通路，車輛就開到一方墓地邊上，那裡有許多墓穴等著人去填滿。一位神父在那裡候著屍體，因為教堂裡的宗教追思儀式已被取消。棺材在祈禱聲中抬出車外，用繩子捆好，拖了過來，滑下穴去，碰到了穴底。神父才揮了幾下灑聖水器，第一鏟土就已投在棺蓋上，土屑亂迸。救護車已先一些時候開走，以便澆灑消毒水。當一鏟鏟土投在棺木上的聲音越來越低沉時，死者家屬已鑽進出租汽車，一刻鐘以後又回到了家裡。

這樣的全部過程確是以最快的速度來完成而且把危險性也減到了最低限度。毫無疑問，至少在最初階段，這種做法顯然使家屬心中感到難受；但在鼠疫期間，這也就無法考慮了；為了效率，一切都得犧牲。開始時，上述辦法使居民精神上受到一定打擊，因為希望葬禮舉行得隆重得體的願望是很普遍的，超過人們的想像。幸好不久食品供應問題變得棘手起來，於是居民的注意力就被轉移到更迫切的問題上來了。如要吃飯，就必須排隊，交涉，辦手續。忙於此事後，就無暇顧及周圍的人們是在什麼情況下死的，以及自己有朝一日又將怎麼樣離開世界。所以，這些物質上的困難本應是壞事，後來卻變成了好事。正如前面已看到的，如果鼠疫已停止蔓延，情況應該算不壞。

由於棺木漸漸少了，裹屍用的布和公墓中的穴位都不夠用了，必須開動腦筋。看來，最簡單的辦法，而且還是從效率出發，就是埋葬儀式一組一組地進行，必要時救護車在醫院和公墓之間多開上幾個來回。在里厄工作的醫院裡，現存棺木只有五具。等全部裝滿了，救護車就來運走。到了公墓，從棺中取出鐵青色的屍體，裝在擔架上，放在特設的棚中等著。棺材澆過滅菌溶劑後，又再運回醫院；同樣的操作重新開始，次數按照需要而定。這項工作組織得不錯，省長頗為得意；他甚至向里厄表示，總而言之，這比歷史上有關鼠疫的記載中所說的由黑人拉運屍車的情況要好些。

「不錯！」里厄說：「埋葬是同樣的，但我們現在還做登記卡，這個進步是抹殺不了的。」

儘管當局取得這點成就，可是目前履行的手續使人感到不快，因此省府不得不禁止死者的親友走近現場，只允許他們走到公墓門口，而且這還不是公開允准的，因為最後一項埋葬儀式已經有所變動。在公墓的盡頭，在一塊除了乳香黃連木，其他一無所有的空地上刨了兩個大坑，一個埋男屍，一個埋女屍。從這點看來，當局還是尊重禮儀的；只是過了很久以後，迫於形勢，方才連這最後一點廉恥之心也丟了：不分男女，亂七八糟地往裡堆，什麼體統也不顧了。幸而這種後來發生的混亂現象出現在瘟疫已近尾聲的時候。我們現在報導的還是男女分坑時期的情況，那時省府對這一點還很重視。在兩個坑的底部堆著厚厚的一層生石灰，沸騰著，熱氣直冒。坑邊上生石灰堆得像座小山，無數氣泡就在流通的空氣中噗噗破裂。救護車運輸完畢，擔架排成行列抬了過來，讓赤裸的、微微彎曲的屍體滑到坑底，大致上還是一具接著一具排整齊。這時先覆蓋上一層石灰，然後掩土。泥土只覆蓋到一定高度為止，以便留下地方接待「新客」。第二天，家屬被叫來在登記冊上簽字，這標誌著人和其他動物，例如狗，這兩者是不同的：憑此日後還可核查。

要完成所有這些工作，這是需要人手的，但是人手看來隨時可能不足。這些護士和埋屍人員開始是公家雇傭的，後來是臨時湊起來的；其中許多人也死於鼠疫：不管免疫措施多麼嚴密，總有一天會傳染上。可是仔細想一下，最使人感到奇怪的是在發生瘟疫的整個時期中，幹這一行的人始終沒有缺少過。最危急的時期是在疫情達到最高峰之前不久的那些日子，里厄醫生那時確實不能不擔憂了，因為無論是辦事人員或他稱之為幹粗活的人，都感缺乏人手。可是等到鼠疫真正席捲全城時，那過度的危害反而帶來了方便，因為疫病破壞了全部經濟活動，造成了大量的失業者。一般情況下，無法從這些人中招募到辦事人員，但對幹粗活的人手卻不必擔心。從那時開始，貧困的力量超過了恐懼心理，尤其因為勞動報酬與危險程度成正比的緣故。衛生機構手頭就有一連串申請工作者的名單，一等有了缺額，就馬上通知名單上排在前面的幾個人；這些人除非在等待期間本人也成了缺額，否則是絕不會不來的。許久以來，省長一直猶豫著是否要動用判過有期或無期徒刑的囚犯來執行這項工作。但現在這一來，就可不必採取這個極端的辦法；因此只要失業者一日不斷，他就同意繼續採用目前這種辦法，以後再說。

直到八月份為止，市民們總算能湊合著被帶到他們的最後歸宿地，雖然不一定諸事如儀，至少還不致亂不成章，而行政當局也因能盡到責任而心安理得。不過現在我們得把事件的後面一部分提前敘述一下，以便把最後所採取的步驟做一報導。從八月開始，疫情進入一個相對穩定時期，死者的數字大大超過那小小的公墓所能容納的數量。墓地的一部分圍牆被拆掉，為死者打開一個缺口，進入到鄰近的土地上去；但仍無濟於事，還得趕快另想別法。先是決定埋葬工作在夜間進行，可以一下子免去某些規矩儀式：在救護車裡的死屍可以越堆越多。有些越軌的夜行者在宵禁時間開始後還逗留在外圍地區（或是因工作關係而到那裡去的），他們往往會遇到那些長長的白色救護車，飛也似地疾馳，暗淡無光的呼嘯聲在深夜空蕩蕩的街上發出回響。屍體被急急忙忙地拋入坑中，晃動尚未停止，一鏟鏟石灰便已壓到他們的臉上，然後黃土一掩，便把他們連同姓名一起埋葬完畢，而那些坑兒也越挖越深了。

過不多久，人們不得不另作打算，擴充地盤。省府一紙公文徵用了永久出租墓地，將挖出的屍體全部送往火葬場焚化。不久，死於鼠疫者的屍體也不得不送去燒掉了事。為此，城外東郊的舊焚屍爐又得利用起來。站崗的守衛線又往外挪了些。有一位市府職員提了一個意見，建議使用過去沿著海灘峭壁旁的道路行駛的電車來運屍——這些電車當時已被擱置一旁，停止行駛。這一來大大方便了行政當局的工作。於是，便把電車的機車和拖車內的座位全部拆掉，把線路改道，通向焚屍爐；這樣焚屍爐便成了電車路線的終點站。

在夏季末尾以及連綿的秋雨時期，每天到了子夜，就能見到這些沒有乘客的奇怪電車沿著海灘峭壁搖搖晃晃地駛過。居民們終於弄清楚了這是怎麼回事。儘管巡邏隊禁止人們走近陡坡，還是時常有人三三兩兩地鑽進俯瞰海灘的岩石叢中，在電車經過時把鮮花扔進拖車車廂中去。夏日夜晚，一直可以聽到這些戴著鮮花和屍體的車輛顛簸行駛的聲音。

開始幾天，曙光初現時，一股奇臭的濃煙瀰漫在東區上空。根據所有醫生的判斷，這種散發出來的氣體雖不好聞，卻對任何人都無害處。但該區居民卻堅信這樣一來，鼠疫便會自天而降，紛紛揚言要離開居住地區，當局於是被迫設計出一套結構複雜的管道，使煙霧繞道改向，居民方始安定下來。只有在刮大風的日子裡，從東面吹來一陣難以形容的味道時，人們才想起周圍環境不同往常，鼠疫的火焰每晚都在不停地吞噬著它的祭品（屍體）。

這就是瘟疫帶來的最嚴重的後果。不過幸而疫情後來沒有變得更為嚴重，因為人們已開始懷疑機關的創造性、省府的手段，甚至焚屍爐的容量，是否已經應付不了形勢。里厄獲悉當局已考慮過一些絕望中的解決辦法，譬如說將死屍拋入大海。他的腦海中很自然地浮現出一幅藍色的海面上飄浮著可怕的殘骸的景象。他也明白如果統計數字繼續上升的話，將會出現什麼局面：那時效率再高的組織機構都將束手無策；屍體堆積如山，就在街上腐爛起來，而省府對此一籌莫展；在市裡的公共場所，可以看到垂死者懷著一種完全可以理解的仇恨和毫無意義的希望，死命地纏住活人。

總之，就是這些明顯的事實和擔心害怕的心情使我們的市民經常處於流放和分離的感覺之中。關於這方面，筆者深感遺憾，沒有什麼真正引人注目的事可報導，如某個鼓舞人心的英雄人物或某個驚天動地的壯舉，就像老故事中屢見不鮮的例子那樣。這是因為沒有比一場災難更缺乏戲劇性的東西了，而且大的災禍，由於時間拖得很久，往往是非常單調的。根據親身經歷過的人們回憶，鼠疫的可怖日子並不像燒個不盡的殘忍大火，而卻像一種永不停止的踐踏，其勢所至，一切都被踩得粉碎。

不！鼠疫和在剛開始時期久久盤據在里厄醫生頭腦中驚心動魄的形象毫無共同之處。一開始，鼠疫是通過一套謹慎小心、運行有效、無可指摘的行政措施表現出來的。順便加上一句：筆者為了不歪曲任何事實也不違背他個人的想法，盡力做到客觀，他不願通過藝術加工，使任何東西失去真實，除了不得已為了使故事有些連貫性時才這樣做。正是出於客觀的要求，他才說：這段時期中最普遍、最深重的痛苦固然是別離，而且完全有必要把鼠疫的這一階段情況實事求是地重新描繪一遍，可是也得承認這種痛苦本身已失去了它的悲愴性。

市民們，或是退一步說，那些被相思之苦糾纏得最深的人能否適應他們的處境呢？說他們能夠適應，那大概是不完全正確的。恐怕更確切的說法是，他們在精神和肉體兩方面正在嘗「魂銷形瘦」之苦。鼠疫開始發生時，他們清晰地回憶起失去的人兒，苦苦思念。然而儘管對對方的音容笑貌記憶猶新，儘管對心上人幸福高興的某一時日絲毫不忘，他們卻想像不出就在他們思念的此時此刻，遠方的人兒究竟在做什麼。總之，記憶有餘，想像力不足。到了鼠疫的第二階段，連記憶也已消失。並不是說他們忘了心上人的臉容，而是——其實結果也差不多——失去了心上人的肉體，他們在自己身體內部感覺不到心上人的存在。

在最初幾個星期中，令他們怨恨的是懷中與之溫存的人只是個影兒，接下來的感覺是這個影兒愈來愈沒有血肉了，連記憶中的一絲顏色也已褪個乾乾淨淨。待到分別時間長了以後，他們已無法想像過去親身體驗過的卿卿我我的生活，甚至連過去曾有過一個生活在一起、隨時可用手觸摸到的人兒這一回事，也感到不可思議起來。

從這一點上來說，他們已進入鼠疫的境界；這境界越是平淡無奇，對他們的影響也越大。沒有一個人還有什麼崇高的情感，大家的情感都同樣平凡單調。「該是收場的時候了！」市民們都這樣說。這樣說的原因，一方面是疫病橫行時盼望共同的苦難快點結束是很正常的事，另一方面是事實上他們也真是這樣盼望著的。但講這句話時，初期的衝動和怨氣已沒有了，只是腦筋還算清楚，但已脆弱無力。開始幾週內野性十足的衝動已為一種沮喪情緒所代替。這種狀態如果當作是逆來順受當然不對，但也不能說不是一種暫時的同意接受。

我們的市民大眾已不再違抗，他們像人們所說的，已適應環境；因為除此以外，別無他法。當然他們帶著一副痛苦不幸的姿態，但已感覺不到它的煎熬。

也有人，如里厄醫生，就認為這才是真正的不幸，習慣於絕望的處境，比絕望的處境本身還要糟。

以往這些別離者還不能算真正的不幸，他們的痛苦中還存在一線光明，現在連這一線光明也已消失。他們待在路角上、咖啡館中，或是朋友家裡，靜悄悄的，心不在焉，眼裡帶如此厭倦的神情，以至於整座城市有了這樣一群人在裡面就像一間候車室。有工作的人幹起活來也和鼠疫的步態一樣：小心翼翼而又不露聲色。每個人都變得不驕不躁。別離者談到不在眼前的人兒時，第一次不再怏怏不樂。他們用的是相同的語言，用對待有關疫情統計數字的態度來對待他們的別離情況。在這以前，他們絕不同意將他們的苦惱和全城人共同的不幸混為一談，現在也接受把他們摻在一起了。失去了對過去的回憶，失去了對未來的希望，他們已置身於當前的現實之中。說實在的，在他們看來，一切都成了眼前的事。

必須說上一句：鼠疫從大家身上帶走了愛情，甚至友誼。因為愛情總得有一些「未來」的含義；但這時對大家來說，除了當下此刻，其餘一無所有。

當然，這一切都不是絕對的。雖然所有的別離者確實都會走上這條路，但到底是有早有晚的；而且即使到了這種地步，還會有瞬間的舊夢、短暫的回憶、霎時的清醒，為這些患相思病的人帶來更痛苦、更敏感的舊創復發。有這麼一些時刻，為了消閒解悶，他們會計畫一番鼠疫結束後的生活。有時他們觸景生情，會料想不到地受到一種莫名的嫉妒心理所刺傷。另一些人在一星期的某些日子裡會突然振奮起來，擺脫了麻木不仁的狀態，像是星期天或星期六下午，因為當親人尚在身邊時，這兩天就是他們習慣地進行某些活動的日子。有時到了傍晚，一陣傷感攫住了心靈，向他們預示：往事又要在腦海裡重現——當然也不一定準會如此。這傍晚時分對宗教信徒來說是反省的時候；但對囚徒和流放者說來，卻是難受的當兒，因為他們除了空虛感之外別無可反省的內容。在這個時刻裡，他們只覺得心裡空蕩蕩的，但不一會兒，又回到精神麻痺的境地，重新置身於鼠疫的囹圄之中。

他們已懂得，在這種境界中，就得放棄更切身的私事。這和鼠疫剛出現時不同；那時，縈迴腦際的盡是個人瑣事，一點一滴也放不下，別人的生死則與己無關，他們的生活經驗僅限於個人；現在，他們也開始急人之所急，不分你我了，他們頭腦中出現的是大家　樣的想法，他們的愛情也成了最抽象的概念。他們已完全聽憑瘟神擺布，即使有時也希望些什麼，但這只是在睡夢之中，甚至當頭腦中出現這樣的想法：「這些腹股溝淋巴的事兒啊，快快過去吧！」這時，他們自己也會感到奇怪。事實上他們都已進入夢鄉，整整這一段時期不過是一場黃粱大夢。城中居民都是些白日做夢的人，只有很少這麼幾次，在深夜中，表面上已癒合的傷口突然開裂，這時他們才算真正清醒一下。驚醒過來後，迷迷糊糊地觸摸一下又癢又痛的傷口邊緣，舊創突然帶著一股新的力量復發，隨之而來的是愛人悲哀的面容。晨光一現，他們重又面臨災禍，也就是說返回機械的生活中去。

人們也許要問，這些別離者的模樣究竟像什麼？很簡單，他們什麼都不像，或者可以說，他們像所有的人，一副大家都具有的模樣。他們分擔著城市的沉寂和孩子氣的幼稚騷動。他們失去了議論是非的習慣，換上了泰然自若的神情。比如說，他們之中有一些最聰明的人也裝模作樣地像別人一樣看報聽廣播，尋找些根據以說明鼠疫即將過去，似乎抱有一些不切實際的希望；再不然讀了某個無聊到叫人直打呵欠的新聞記者信手拈來的一篇逃評，便毫無根據地恐慌一番。剩下的人中，不是喝喝啤酒，便是照料病人；不是沒精打采，便是精疲力盡；不是把卡片歸歸檔，便是聽聽唱片；大家都是彼此彼此。

換句話說，他們已不再挑這揀那了。鼠疫將辨別優劣的能力一掃而盡，這點可以清楚地看出來：沒有人在購買衣服和食物時再計較質量；來者不拒，一概接受。

最後，可以說那些與親人分處兩地的人也已失去了瘟疫發生時起到保護作用的奇怪之特權，愛情的自私心理已消逝，由此得到的好處也隨之化為烏有。至少現在看來，情況已明，疫病已成為與大家有關的事。城門口槍聲乒乒，一下下蓋的戳印有節奏地敲出了我們的生和死，一場場火災、一張張檔案卡片、一片恐怖的氣氛、一項項禮儀手續伴隨著經過登記的不體面的死亡、可怖的濃煙、冷酷無情的救護車呼嘯聲：我們就生活在這一片喧囂之中，啃著流放犯的囚糧，心中無數地等待著那將轟動全城的共同重逢和共同安心的日子。我們的愛情無疑還存在，但它發揮不了作用，變得沉重難忍，一無生氣，就像犯了罪、判了刑那樣的無所作為。愛情已變成無盡頭的忍耐、執拗的期待。就此看來，某些市民的態度使人聯想到各處食品店門口排著的長隊。同樣的堅韌不拔，同樣的逆來順受，出頭無期，不抱幻想。不過這樣的精神狀態應該加強一千倍才符合與親人分離之人的情況；這是另一種飢饉之感，它能把一切都吞噬下去。

不管什麼情況，如要對城中那些與親人分離之人的心緒有一個正確的概念，那就有必要再一次回顧那滿天殘照和遍地塵埃的永遠不變的傍晚；當暮色降臨到這座缺樹少蔭的小城中時，男男女女都走出戶外，擁上街頭。這時從沐浴在晚霞中的露天座上能聽到的，已不再是城市中通常都有的那種由車聲轔轔、機器隆隆組成的市聲，而是亂哄哄的、低沉的腳步聲和說話聲，在悶熱的天空中，瘟疫的呼嘯聲為那成千上萬的人痛苦移動著的腳步聲打著節拍，永無盡期、沉悶難忍的街頭躑躅聲逐漸充滿全城。一晚又一晚，這種聲音無比陰沉也無比忠實地體現了一種盲目的頑固情緒——它終於取代了我們心中的愛情。

19

到了九月和十月，鼠疫已經使奧蘭成了一座與世隔絕的孤城。由於疫病勢焰不滅，幾十萬居民也只得一個星期又一個星期沒完沒了地在城裡團團轉。在天空中，濃霧、熱潮和陣雨相繼而來。一群群來自南方的鶇鳥與椋鳥無聲無息地掠過蒼穹，繞城而過，好像帕納盧神父所描述的瘟神在屋頂上空正把那根古怪的長矛揮舞得呼呼作響，嚇得牠們不敢飛近。十月初，滂沱大雨把街道沖洗得一乾二淨。在這段時間裡，籠罩著一切的就是這種疫病勢焰不滅的嚴重局面。

里厄和他的朋友們都感到疲憊不堪。事實上，衛生防疫人員已經再也忍受不住這種勞累了。里厄醫生意識到這一點，是在覺察到自己和朋友們身上滋長著一種滿不在乎的奇怪心理時。比如，這些人在這以前，對一切有關鼠疫的消息一直都十分關切，然而現在他們卻置若罔聞。朗貝爾是主管一個隔離病房的臨時負責人。那個病房是不久前才設在他旅館裡的，他對在他那裡隔離觀察的人數瞭如指掌。他對自己制定的那套制度的細則十分熟悉：一旦發現瘟疫跡象，必須立即將病員轉移至醫院療治。另外，這些用在隔離病人身上的血清所產生的效驗數據，他都能歷歷如數家珍。但是，他說不出每週死於鼠疫的人數有多少。他確實不知道疫情是愈來愈猖獗還是在逐漸緩和。而且，不管情況如何，他仍然希望不久能逃出城外。

至於其他人員，由於日以繼夜、專心致志地忙於工作，他們既不看報，也不聽廣播。如果有人告訴他們一個醫療效果，他們會做出很感興趣的樣子，但實際上他們是漫不經心地姑妄聽之，使人感到，他們好像大戰時那些因構築工事累得精疲力竭的士兵一樣，只致力於使他們的日常工作不出差錯，而對決戰或者停戰再也不抱什麼指望。

格朗雖然在繼續進行有關鼠疫的必要計算，但是可以肯定，他們統計不出總的結果。他與塔魯、朗貝爾和里厄不一樣，不像他們看上去就是不容易累倒的人；他的身體一向不很好，但卻同時擔任幾件工作：市政府助理、里厄的秘書，還有他自己在夜間的工作。人們可以看到他經常處於一種精疲力竭的狀態。他常用這麼兩三個決定好的打算來振奮自己的精神，比如：在鼠疫撲滅以後，要徹底休息一段時間，至少一個星期，以便認認真真地把他目前正在著手進行的使人「脫帽致敬」的工作做完。有時，他也會突然變得情不自禁起來；遇到這種情況，他往往會自動地向里厄談到尚娜，思念她此時此刻可能在哪裡，以及她看到報上的消息會不會想到他。

有一天，里厄用十分平淡的語氣同他談起自己妻子的事，這使里厄自己都感到奇怪，因為在這以前，他從來沒有這樣談過。他妻子打來的電報總是說她很好，並請他安心，但他有點放心不下，於是就決定給他妻子住的那個療養院發了一個電報去問問主任醫師。結果，對方回電說他的妻子病勢加重，但院方保證採取一切必要措施來控制病情，不讓它惡化。他一直把這一消息壓在心裡。現在他自己也無法解釋，怎麼會把這件事告訴格朗的，除非是因為過分疲勞的緣故。原來這位公務員先是對他談到尚娜，然後問起他的妻子，於是里厄才回答的。「您知道的，」格朗說道：「現在這種毛病會很快治好的。」里厄表示同意，並且很坦率地說，他開始感到與妻子分離的時間太長了一點；並說，要不是在這種情況下，他或許早已幫助妻子戰勝病魔；可是現在看來，她準會感到十分孤獨。後來他就不說下去了，只是含含糊糊地回答了格朗的問題。

其他人的情況也一樣，塔魯比較能頂得住一些，不過從他的筆記本中可以看到他愛東探西問的習慣，如果按深度來說並沒有丟掉的話，那麼從廣度來看，已經沒有以前那麼多樣化了。其實，在整個這段時期中，看來他似乎只關心科塔爾。自從旅館改成隔離病房以來，他已搬到里厄家裡去住。他不大愛聽格朗或者里厄平時晚上談論抗疫的情況。他往往沒聽上幾句，就立刻把話題轉到他通常關心的奧蘭日常生活的瑣事上去。

至於卡斯特爾，他有一天跑來通知里厄醫生血清已準備就緒，兩人決定要在預審法官奧東先生的男孩——就是那個剛送進醫院，在里厄看來似乎已經沒有希望的孩子——身上做首次試驗。醫生在把最近的統計數字告訴他那老朋友時，發現對方已經在安樂椅上睡得很沉了。平時卡斯特爾的臉上總是露出一股溫文爾雅、而又帶有譏諷的神色，顯示出無限的青春活力，而這時映入他眼簾的卻是一張突然變得毫無生氣的臉，只見半開的嘴邊掛著一絲唾液，顯露出他的精力衰竭和年邁蒼老。面對著這張臉，里厄禁不住一陣心酸，喉嚨發哽。

每當感情脆弱時，里厄就意識到自己確是疲勞了。他控制不住，感情外露。平時，他大多能控制住自己，顯得心腸很硬，不動感情；但偶爾也會感情爆發，有時甚至一發而不可收拾。

他唯一的抵禦方法就是躲藏在這鐵石心腸的外表之下，把他心中用以控制感情的繩索上的結緊緊紮住。

他深知這是他能繼續幹下去的好辦法。至於其他方面，他沒有什麼更多的幻想了，即使他還保持了一些，但現在也都被疲勞所磨滅了；因為，他知道，在這看不到盡頭的時期裡，他的職責不再是給人治病，而是診斷。發現，觀察，描述，登記，然後就斷定病人患了不治之症，這就是他的任務。病人的妻子往往拉住他的手腕嚎叫：「醫生，救救他的命吧！」但是他在那兒並不是為了救人性命，而是為了下令隔離。他從那些人的臉上看出人們憎恨他。但憎恨又怎樣呢？

有一天，人家對他說：「您沒有心肝！」怎麼會沒有呢？他有。就是這顆心使他能堅持每天工作二十小時，目送那些本該活著的人離開塵世。就是這顆心使他能日復一日地工作下去。今後，他的心只夠使他做到這一步。這樣的心，怎麼能足以救人的命呢？

不！他整天給人的不是援救，而是提供情況。當然，幹那種事不能叫做是真正的職業。但是，在這群惶惶不可終日和面臨瘟疫浩劫的人們中間，究竟誰還有這閒心思從事真正的職業呢？疲勞還真有點好處。如果里厄頭腦清醒一點的話，這種到處都在散發出來的死人氣息一定會使他觸景生情，無限感慨。但是，每天忙得只有四小時睡眠的人是不會多愁善感的。對待事物就是公事公辦，就是說要按照公正的原則，一種醜惡的嘲弄人的公正原則辦事。至於別人，就是那些病入膏肓的人，他們也體會到這一點。在鼠疫發生以前，人們把這位醫生當作救星，三粒藥丸和一個針筒就解決問題，而且人們常常挽著他的胳膊，順著走廊一路送他出來。這樣雖然有傳染上疾病的危險，但畢竟是使人感到愉快的。現在是截然相反了，他到人家家裡去要帶上幾個士兵，必須用槍托砸門，人家才會出來開門，就好像他們是要把這一家人送上死亡的道路，把全人類送上死亡的道路。唉！這倒是真的，人不能離群索居，他也和這些不幸的人一樣感到空虛，他也同樣應該得到別人的憐憫，因為每當他離開這些不幸的人時，這種憐憫的心情就會在心裡油然而生。

在這些沒完沒了的日子裡，這至少是里厄醫生的一些想法，而且在這些想法裡還交織著與親人分離的孤獨情緒。這些想法也同樣在他朋友們的臉上反映出來。所有那些堅持不懈地進行抗疫鬥爭的人都漸漸感到支撐不住。可是這種疲乏所引起的最危險的後果，還不是他們對外界動態以及對別人的喜怒哀樂漠不關心，而是在於他們對自己那種放任自流、漫不經心的態度，因為他們有這麼一種傾向：凡是並非絕對必要的事，凡是在他們看來是自己力所不及的事，他們都懶得去做。因此，這些人就越來越忽視他們自己所制訂的衛生規則，對於他們自身應該進行消毒的許多規定，其中有一些，他們也忘了遵守，有時甚至顧不上採取預防傳染的措施，就趕到肺部受鼠疫侵襲的病人那裡去；因為他們都是臨時被叫到感染者家裡去的，他們感到已無此精力再到某處去為自己滴注必要的防疫藥物。這倒是真正的危險，因為正是這場同鼠疫進行的鬥爭使他們成了最易受感染的對象。總之，他們是在碰運氣，而運氣又不是人人都能碰得到的。

可是，城裡卻有一個人看上去既沒有疲勞不堪，也沒有灰心喪氣，仍然露出一副揚揚得意的神色。這就是科塔爾。他對別人繼續採取不即不離的態度，但卻選中了塔魯，只要後者有空，便去看他。一方面是因為塔魯對他的情況很了解；另一方面是因為塔魯總是誠心誠意地接待這位靠年金生活的小矮個兒，從不怠慢。這真是一個連續不斷的奇蹟：不管工作得多麼勞累，塔魯總是那麼和藹可親，關心備至。甚至有幾個晚上他累垮了。但第二天照舊精神抖擻。科塔爾曾經對朗貝爾說：「我跟塔魯很談得來，因為他很通人情。他總是很體諒別人。」

所以，在那段時期裡，塔魯的日記內容就逐漸集中到科塔爾的身上。塔魯曾試圖在日記中如實地、或者按照自己的理解反映出科塔爾告訴他的種種想法和對事物的看法。這篇題為「關於科塔爾和鼠疫之關係」的記錄占了筆記本好幾頁紙，筆者認為有必要在這裡介紹一下它的要點。塔魯對這位靠年金生活的小矮個兒的總印象可以歸納為：「這是一個形象正在高大起來的人物。」至少從表面上看來，他的心情顯得越來越愉快。他對事態的發展並無不滿，在塔魯面前，他有時會用這類話來表達他睿智的想法：「當然，情況仍不見好轉，不過至少大家是同舟共濟的。」

「當然！」塔魯補充著寫道：「他同別人一樣，受到鼠疫的威脅，但好就好在他是和大家共患難的。其次，我可以肯定，他並不真的相信他自己會染上鼠疫。他似乎是靠著這樣一種想法在過日子的；從另一個角度看，這倒是一種並不愚蠢的想法：當一個人遭到某種嚴重疾病或者某種深重的憂慮折磨時，他就不會再有任何其他的疾病或憂慮。他曾對我說過：『您可曾注意到，一個人是不會同時害上所有的病的？假設您患有重病或者某種不治之症：嚴重的癌症或肺結核，您就絕不會被鼠疫或斑疹傷寒所侵襲，絕不可能。而且這方面的效果比上述的還要大得多，因為您絕不會看到過一個癌症患者死於車禍。』這種想法，暫且不問正確與否，倒使得科塔爾感到心情舒暢。他唯一擔心的事，就是怕把他跟別人隔離開來。他寧可和大家一起圍困起來，而不願做單身囚徒。鼠疫一來，什麼秘密調查啊！檔案啊！卡片啊！密令啊！迫在眉睫的逮捕啊！全都談不上了。說得確切些，那就是警察局也罷，舊的或新的罪行也罷，罪犯也罷，全都化為烏有了，只有被鼠疫『判了刑』的人在等待著它的完全獨斷獨行的恩赦，而在這些人中間就有警務人員。」因此，根據塔魯的解釋，科塔爾有充分的理由可以用這種寬容、體貼又滿意的態度去看待市民的憂慮和驚慌失措。他那副神情彷彿在說：「你們儘管講吧，反正這種事我比你們領教得早。」

「我曾經告訴他——但也是白說——要使自己不脫離群眾的唯一途徑，歸根結底，就是要做到問心無愧。他帶著惡意看了我一眼，對我說：『照您這麼說，人與人就絕不能相處囉！』他接著又說：『您愛怎麼說就怎麼說，不過我跟您說，使人們團聚在一起的唯一途徑，仍然是把鼠疫帶到他們中間去。您還是看看您周圍的情況吧！』其實，我懂得他想講什麼，我也明白今天的生活對他來說是多麼舒適。旁人對事物的某些反應有時正好和他相同，他當然不會不看到：人人都企圖使大家跟自己在一起；有時候熱心地給迷途者指路，可是有時候卻顯得很不耐煩；人們爭先恐後地擁進豪華的飯店，樂滋滋地待在那裡久久不去；每天，鬧哄哄的人群站在電影院門口排隊，把所有的劇場和舞廳都擠得滿滿的，像奔騰而來的潮水一樣擁入公共場所；人們怕與別人進行任何接觸，但對人類的熱情的渴望卻又驅使男男女女相互接近，肩摩肘接。顯然，科塔爾對這一切早就領教過了。不過對女人除外，因為憑他的那副嘴臉……我猜想當他需要找妓女時，為了難免造成惡劣印象而害了自己，就自我克制。

「總之，鼠疫對他有好處。鼠疫使這個不甘孤獨的人成了它的同謀者。是的，很明顯，是一個同謀者，而且是一個樂此不疲的同謀者。他讚許他所看到的一切：那些惶惶不安的人的迷信、莫名其妙的恐懼、易於衝動的脾氣；他們力避談及鼠疫，卻又不停地談及鼠疫的怪癖；他們從得知這種病是以頭痛開始的這一天起，一發覺有點頭痛就心驚膽戰、面無人色的表現；還有他們一觸即發的脾氣和反覆無常的心理——這使他們會把別人的遺忘看作是冒犯，或者會因丟失一粒褲子鈕釦而傷心不已。」

塔魯經常和科塔爾在晚上一同出去。他後來就在筆記本裡記敘他們如何在傍晚或深夜走入人影幢幢的人群中去，摩肩接踵地夾雜在若隱若現的人堆裡，因為每隔相當距離才有一盞發著微弱亮光的路燈。他倆就這樣跟隨著人群去尋歡作樂以擺脫鼠疫的陰影。這就是科塔爾幾個月前在公共娛樂場所尋求的奢侈豪華的生活，也就是他一直夢寐以求而又無法得到滿足的放蕩不羈的享樂生活，而現在全城的人都趨之若鶩。各種東西的價格都在上漲，無法遏止，而人們卻從來也沒有像現在這樣揮金如土，儘管大部份人都缺乏生活必需品，但人們也從來沒有像今天這樣大量地消耗奢侈品。所有各種為有閒階級服務的遊戲賭博場所開辦得越來越多，而這種有閒生活卻只不過反映了失業現象。

塔魯和科塔爾有時花了不少時間跟在一對男女的後面。過去，這種成對的男女總是小心翼翼地避人耳目，而現在卻是相互緊緊偎依，肆無忌憚地在全城遊逛，火熱到忘乎所以，把周圍的人群完全置之度外。科塔爾情不自禁地說：「啊！真是好樣兒的！」面對著這種群眾性的狂熱，面對著明目張膽的調情，在周圍一片響亮的大手大腳丟小費的鬧聲中，他興高采烈，高聲喧嚷。

然而，塔魯認為，在科塔爾的這種態度中並沒有多少惡意。科塔爾說：「這些事我在他們之前早就領教過了。」這句話與其說是顯示了他的得意心情，毋寧說是表明了他的不幸遭遇。塔魯在筆記本裡寫道：「我覺得他開始疼愛這些飛不上天、出不了城的人了。比如，一有機會，他就向他們解釋鼠疫並不像大夥兒所想像的那麼可怕。他曾對我說：『您且聽聽他們說些什麼：鼠疫過後，我要做這，鼠疫過後，我要做那……他們不想安安逸逸地過日子，可偏偏要自尋煩惱。他們甚至看不到對自己有利的一面。難道我能說：在我被逮捕之後，我要做這做那嗎？被逮捕是事情的開始，而不是結束。可是遇到鼠疫……您要我談談我的看法嗎？他們很可憐，因為他們不能聽其自然。我這樣說並不是信口開河。』」

塔魯接著寫道：「確實，他並不是信口開河，他恰如其分地猜測出奧蘭居民的矛盾心理。他們一方面迫切需要使他們相互接近的熱情，一方面又由於存有戒心而彼此疏遠。人們都深深懂得不能輕信自己的鄰居，因為他會在您不知不覺的情況下，乘您對他毫無戒備之機，把鼠疫傳染給您。如果有人，像科塔爾那樣，花上許多工夫在他所找的同年中間去發現一些可能會告密的人，那麼，他就能理解這種心情，就會十分體諒有下述想法的那些人：他們認為，鼠疫會在旦夕之間降到他們身上，可能準備就在他們慶幸未被傳染上的時候，突然來臨。儘管有這種可能，但是在恐怖的氣氛中，科塔爾仍然泰然自若，因為他早在別人之前就領教過這一切了，所以我認為他不會完全像別人那樣受到這種忐忑不安的心情所折磨。總之，跟我們所有這些還沒有喪命於鼠疫的人一樣，他也感到他的自由和生命每天都瀕於毀滅。但是，由於他已親身體驗過恐怖的味道，他認為，現在輪到別人來嘗一下這種滋味，這也是完全正常的。說得更確切一些，在他看來，大家分擔恐怖，那比他一個人單獨忍受要好受得多。他錯也就錯在這一點上，而且就在這一點上，他比別人更難被人了解。但是，不管怎麼說，正因為這樣，他才比別人更值得我們去了解。」

最後，塔魯在筆記本裡敘述了這樣一件事，它證實在科塔爾和鼠疫患者身上同時存在著一種奇怪心理。這件事大致上可以說明一下當時難以忍受的氣氛，因此筆者認為它很重要。

那天，科塔爾邀請塔魯到市歌劇院去觀看歌劇《俄耳甫斯與歐律狄刻》⓫。演出該劇的劇團是在春天鼠疫剛發生時來到本城的。這個被鼠疫封鎖在城裡的劇團在與市歌劇院協商以後，迫不得已每週把這部歌劇重演一次。因此，幾個月來，每逢星期五，市歌劇院裡就響起了俄耳甫斯迴腸盪氣的悲歌和歐律狄刻微弱無力的呼籲。但是，這部歌劇卻繼續受到觀眾的歡迎，賣座率始終很高。科塔爾和塔魯坐在票價最高的正廳前座中，周圍坐滿了本城的上流人士。那些姍姍來遲的人總是竭力讓人注意到他們的進場。在耀眼的幕前燈光下，當樂師們在輕聲調音的時候，只見一個個人影清晰地從一排座位走到另一排座位，溫文爾雅地向座上的人鞠躬致意，在斯文的輕聲交談中，人們又恢復了幾小時前他們在城中陰暗的街道上行走時所失去的那種鎮定情緒，服飾打扮驅走了瘟神。

在整個第一幕中，俄耳甫斯引吭悲歌，如泣如訴，唱得十分出色自如。幾個穿長裙的婦女開始高雅地評論俄耳甫斯的不幸。接著他用小詠嘆調唱出了他的深情。全場以一種頗為適度的熱情

⓫這部歌劇是德國音樂家格盧克（一七一四～一七八七）譜寫的。根據古希臘神話，俄耳甫斯是個善彈豎琴的歌手，傳說他奏的音樂可感動鳥獸木石。他的妻子歐律狄刻在結婚那天被毒蛇咬死。他到陰間去，用樂曲感動了陰間的神靈，獲准放回他的愛妻，但規定在離開陰間之前，不能回顧。俄耳甫斯沒有能夠遵守諾言，最後還是回頭看了一下他身後的歐律狄刻，隨即被雷擊死。

做出了反應。人們幾乎沒有發覺俄耳甫斯在第二幕的唱腔中帶有一些不應有的顫音，以及他在向陽間的神靈哭訴，懇求憐憫時，悲哀的聲調稍為有點過分。他有些動作做得不穩，可是連行家也把這種失誤當作是別具風格，認為它使這位歌劇演員的表演增添了光彩。

演到第三幕，在俄耳甫斯和歐律狄刻唱二重唱時（即在歐律狄刻和她的愛人訣別的時候），場內才出現某種驚訝的反應。好像這位男演員就是在等待觀眾的這一波動，或者更肯定地說，好像來自正廳的嘈雜聲證實了他此刻內心的感情。他選定這個時刻穿著古裝，伸出雙臂，分開兩腿以滑稽的姿態向台前的腳燈走去，在一片牧歌聲中倒了下去。這些牧歌向來是不合時宜的，但觀眾們感到，此時此刻它是第一次變得真正不合時宜，非常不合時宜；因為就在這同一時刻，樂隊停止了演奏，正廳前座上的觀眾都站起身來，開始慢慢地退出場去。起先是肅靜無聲，就像人們剛做完禮拜離開教堂，又像瞻仰死者遺容之後走出殯儀館，婦女們整理了一下衣裙，垂頭喪氣地離去，男人們手挽女伴，領著他們退場，不讓她們碰撞那些擋道的加座。但是，這種波動逐漸加劇了竊竊私語，變成高聲驚叫，人群擁向出口，擠作一堆，相互衝撞，大聲叫嚷。

科塔爾和塔魯這時方才站起身來，親眼目睹了他們當時生活中的一幅畫面：從一個古怪地彎曲著四肢的蹩腳演員身上看到了降臨在舞台上的鼠疫，而這時劇場裡一切豪華的裝飾品，比如那些被遺忘的折扇和紅色椅子上的凌亂花邊織物都變成了一無用處的廢物。

20

在九月頭上的幾天裡，朗貝爾一直跟里厄一起非常認真地工作。他只請過一天假，因為他那天要在國立男子中學門口會見貢扎萊斯和那兩個年輕人。

那天中午，貢扎萊斯和記者看到那兩個小伙子笑嘻嘻地來到會面地點。他們說上次運氣不好，不過這也是可以預料得到的事。總之，這星期沒輪到他們值班，只好耐心等到下星期，一切再重新安排。朗貝爾說他也這麼想。貢扎萊斯建議下星期一再碰碰頭。不過，這次他們將把朗貝爾安置在馬塞爾和路易家裡。貢扎萊斯說：「咱倆再碰一下頭。要是我不在，你就直接到他們家去。有人會把他們倆的地址告訴你。」但這時，馬塞爾和路易兩人中有一個說，最簡單的辦法是立刻領這位朋友到他們那兒去。要是他不挑剔的話，他們那兒有夠四個人吃的。這樣，他就知道地址了。貢扎萊斯認為這個主意不錯，於是他們就向港口走去。

馬塞爾和路易住在海軍區的盡頭，靠近通往峭壁的關卡。這是一幢西班牙式小屋，牆很厚，有油漆過的木板窗，幾間空蕩蕩的陰暗房間。這兩個小伙子的母親是一位笑容可掬、滿臉皺紋的西班牙老大娘。她用大米飯來招待客人。貢扎萊斯表示驚訝，因為城裡已經很少有大米了。馬塞爾說：「住在城門口附近總可以想到一點辦法的。」朗貝爾又吃又喝。貢扎萊斯說他是個好伙伴，而這時候記者的腦子裡卻只是在想他在城裡還得待一個星期。

實際上，他還要等上兩個星期，因為為了減少值班班次，警衛值班已改為兩個星期換一次。於是在這兩週中間，朗貝爾持續不斷地拚命工作，幾乎不顧一切從黎明一直埋頭工作到夜晚。他總是到深夜才上床睡覺，而且睡得很沉。從以前的閒散生活突然轉入現在的令人疲乏不堪的工作，使他幾乎喪失了幻想和精力。他很少談及關於他即將潛逃出城的事。只有一件事值得注意：在一個星期以後，他私下告訴里厄醫生說，在頭天夜裡，他第一次喝醉了酒。他走出酒吧時，突然感到他的腹股溝脹得厲害，兩臂上下活動也感困難。他想，這下子傳染上鼠疫了。當時他唯一的反應——後來他與里厄一致認為這種反應是沒有道理的——就是奔到這個城的高處，在那兒，從一個狹小的地方可以看到比較開闊的天空，但是仍看不到大海，就在那兒，他大聲地呼喚他妻子的名字，吼聲迴盪在城牆的上空。後來回到家裡，他沒有發現自己身上有任何感染的徵兆，因此，他對自己這種突如其來的衝動感到有些難為情。里厄說他很理解在這種情況下是會做出這種事來的。

「不管怎麼樣，」他說道：「在這種情況下，人們很可能感到需要這樣做。」

當朗貝爾向里厄告辭的時候，里厄突然補充說：「今天早晨預審法官奧東先生對我談起了您。他問我是否認識您。並且他對我說：『勸勸他不要同走私販子們打交道。他已經引起別人注意了。』」

「他這是什麼意思？」

「他的意思是說要您趕緊辦。」

「謝謝！」朗貝爾握著醫生的手說。

他走到門口突然回過身來。自從鼠疫發生以來，這是里厄第一次看到朗貝爾笑。

「那您為什麼不阻止我離開這兒呢？您是有辦法這樣做的嘛！」

里厄習慣地搖搖頭說，這是朗貝爾自己的事，朗貝爾已做出了選擇，要的是幸福，那麼，他里厄就沒有什麼理由反對。在這件事情上，他感到沒有能力去判斷哪是好的，哪是壞的。

「在這種情況下，您為什麼催我快點辦？」

這下輪到里厄笑了。

「這可能是我自己也想為幸福出點力吧！」

第二天，他們倆什麼事也沒有再提，只是照常一起工作。第二個星期，朗貝爾終於在這幢西班牙小屋裡住了下來。房東給他在大家共用的房間裡搭了一張床。由於那兩個年輕人不回來吃飯，加上人家又要求他儘量少出門，因此，他大部分時間是一個人待在屋裡，或者和那位西班牙老大娘聊天。老大娘個子很瘦，但人倒挺精神，穿著一身黑色衣服，乾淨的白髮下面是一張布滿了皺紋的棕色臉龐。她不愛說話；當她瞧著朗貝爾時，只有她的一雙眼睛充滿笑意。

有時候，她問他怕不怕把鼠疫傳染給他的妻子。他認為傳染的風險是有的，但總的來說風險極小；可是如果他留在城裡，麼他倆就要冒永遠分離的風險。

「她人可愛嗎？」老大娘微笑著問道。

「很可愛。」

「漂亮嗎？」

「我認為是的。」

「啊！」她說道：「原來是為了這個原因。」

朗貝爾沉思了一下。他想或許是為了這個原因，但不可能只是為了這個原因。

這位天天早晨要望彌撒的老大娘問道：「您不信仁慈的天主嗎？」

朗貝爾承認他不信。於是，老大娘又說他是為了這個原因。

「應該去和她團聚，您是對的，要不然您還有什麼前途呢？」

在剩下的空閒時間裡，朗貝爾就順著四周光禿禿的塗著灰泥的牆壁來回轉，有時用手摸摸釘在板壁上的裝飾用扇子，或者數數台毯邊緣垂著的羊毛小球。晚上，小伙子們回來了，他們也談不上幾句話，至多說一下今天還是沒機會。晚飯後，馬塞爾彈吉他，大家喝茴香酒。朗貝爾顯得心事重重。

星期三那天，馬塞爾回來告訴他：「明天半夜可以走了。您準備好吧！」另外兩個與他們一起值班的人，其中有一個傳染上了鼠疫，另一個因為平時常跟前者待在一個房間裡已被隔離觀察。因此，在兩三天內，只有馬塞爾和路易在值班。當天夜裡，他們將安排一下最後的一些細節問題。第二天，就有可能走了。朗貝爾表示感謝。老大娘問：「您高興嗎？」他口裡回答高興，但是他心裡卻在想另一件事。

第二天，氣壓很低，天氣又潮濕又悶熱，使人十分難受。關於疫情的消息很不妙。然而，這位西班牙老大娘很鎮靜。她說：「這個世界造孽太多，非得這樣不可！」跟馬塞爾和路易一樣，朗貝爾光著膀子。但儘管如此，汗珠還是從他的肩胛和胸部冒出來。在百葉窗緊閉、光線暗淡的屋內，他們的上身看上去像塗了一層棕色的油漆一樣。朗貝爾一聲不響來回走著，下午四點鐘時，他突然穿好衣服，告訴他們他要出去。

馬塞爾對他說：「注意，半夜就要動身的。一切都準備妥當了。」

朗貝爾走到醫生家裡。里厄的母親告訴朗貝爾，他可以在城內高地的醫院裡找到他的兒子。在崗哨前面始終有這麼一群人在原地轉來轉去。一個長著金魚眼的中士嚷道：「走，走！」人群走動了，但還是在周圍徘徊。這位汗水濕透了上衣的中士對眾人說：「沒有什麼可等的了。」這也是大家的看法；但儘管烈日當頭，大家還是待在那兒不走。朗貝爾向中士出示了一下通行證。中士就向他指了一指塔魯的辦公室。辦公室的門面向院子。他迎面見到帕納盧神父剛從辦公室裡出來。

在一間散發著藥味和潮濕的被褥氣味的骯髒的白色小屋裡，塔魯坐在一張黑色的木製辦公桌後面，捲起了襯衣袖子，用一塊手帕在臂彎上擦汗。

「您還在這兒？」塔魯問道。

「是啊！我想找里厄談談。」

「他在大廳裡。不過，要是沒他也可以解決問題的話，最好就別找他。」

「為什麼？」

「他太累了。我自己能辦的事，就不去找他。」

朗貝爾看了看塔魯。他瘦了，疲勞得眼都花了，臉也落形了，寬厚的肩膀也塌下來了。有人敲門，進來了一個戴白口罩的男護士。他把一疊病歷卡放在塔魯的辦公桌上，隔著口罩，悶聲悶氣地只說了一聲「六個」，就走出去了。

塔魯看了看記者，並把這些病歷卡攤成扇形給朗貝爾看。

「這樣很好看，對嗎？嘿，這可並不好看，這是昨天夜裡剛死的病人的病歷卡。」

他皺著前額，重新把卡片疊好。

「現在剩下來要我們做的唯一事情，就是結帳了。」

塔魯站起來，將身子靠在桌邊，說道：「您不是就要動身了嗎？」

「今天半夜裡。」

塔魯說，他聽到這消息很高興，並叫朗貝爾多保重。

「您這是說真心話嗎？」

塔魯聳了聳肩膀答道：「到我這樣年歲的人，說話總是真誠的。撒謊太累人了。」

「塔魯！」記者說：「我想見見醫生。請原諒。」

「我知道。他比我更通人情。我們走吧！」

「不是這麼回事。」朗貝爾很尷尬地說。他停了下來。

塔魯看了看他，突然向他微笑起來。

他們穿過一條小走廊。走廊的牆漆成淺綠色，牆上反射出的光線使人聯想到水族館。在快要走到兩扇玻璃門前的時候，他們看到門後有幾個人影子在晃動著，動作很怪。塔魯讓朗貝爾走進一個四周全是壁櫥的小房間。他打開一個壁櫥，從消毒器裡取出兩片紗布口罩，遞了一片給朗貝爾，並請他立即戴上。記者問他這是否能起點作用。塔魯回答說這並不起什麼作用，只不過使別人放心點罷了。

他們推開了玻璃門。這是一間寬廣的大廳，儘管天氣炎熱，窗戶還是緊閉著。牆的上部有幾架調節空氣的裝置在嗡嗡作響，裝置裡彎曲的風葉攪動著飄浮在兩排灰色病床上空混濁而炎熱的空氣。大廳內四面八方只聽到一片單調的哀鳴聲，有人在低聲呻吟，也有人在高聲呼號。從裝有鐵柵欄的高高窗口中瀉進來一股強烈的光線，有幾個穿著白衣的男人在這光線下緩慢地走動。在這大廳裡，朗貝爾感到熱得十分難受。里厄彎著身子站在一個正在呻吟的病人面前，朗貝爾幾乎認不出是他了。醫生正在切開病人的腹股溝，有兩個女護士在床的兩旁幫著把病人的下肢分開。當里厄重新直起身子的時候，一位助手遞過一個盤子，他把手術器械往盤裡一扔，接著就一動不動地站了一會兒，凝視著這個正在包紮的病人。

當塔魯走近時，里厄問道：「有什麼消息嗎？」

「帕納盧同意代替朗貝爾在隔離病房工作。他已經做了不少事。剩下的就是在朗貝爾走後重新組織第三調查組。」

里厄點點頭。

塔魯接著說：「卡斯特爾做出了第一批制劑。他建議做一下試驗。」

「啊！這很好。」里厄說。

「還有，朗貝爾在這兒呢！」

里厄轉過身來。當他看到記者時，他那雙露在大口罩上面的眼睛就瞇了起來。他說：「您來幹什麼？這兒不是您來的地方。」

塔魯說他今天半夜裡走。

朗貝爾補充說：「原則上是這樣。」

每當他們中間有誰說話，誰的紗布口罩就隨著鼓起來，而且在靠近嘴的地方也變得潮濕了。

這似乎使人感到他們的談話不大像真的，好像是雕像在談話。

朗貝爾說：「我想跟您談談。」

「要是您願意，我們一起出去。您在塔魯的辦公室等我。」

不一會兒，朗貝爾和里厄坐在里厄汽車的後座上，塔魯坐在前面開車。在起動的時候，塔魯說：「汽油快沒了。明天我們得步行了。」

「醫生！」朗貝爾說：「我不走了，我想留下來跟你們在一起。」

塔魯不動聲色，繼續開車。里厄似乎還沒能從疲勞中恢復過來。

他聲音低沉地問道：「那麼她呢？」

朗貝爾說，他經過再三考慮，雖然他的想法沒變，但是，如果他走掉，他會感到羞恥，這會影響他對留在外邊的那個人兒的愛情。但是里厄振作了一下，用有力的聲音說，這是愚蠢的，並且說選擇幸福，談不上有什麼羞恥。

朗貝爾說：「是啊！不過要是只顧一個人自己的幸福，那就會感到羞恥。」

在這以前一直沒吭聲的塔魯頭也不回地說，要是朗貝爾想分擔別人的不幸，那麼他就不會再有時間去享受自己的幸福。這是要做出選擇的。

朗貝爾說：「問題不在這裡。我一直認為我是外地人，我跟你們毫無關係。但是現在我見到了我所見的事，我懂得，不管我願意或者不願意，我是這城裡的人了。這件事跟我們大家都有關係。」

沒有人回答他的話。於是，朗貝爾好像忍不住了。

「再說，你們也都很明白這一點，否則你們在這醫院裡幹什麼？你們自己做出了選擇沒有？你們是不是也放棄了幸福？」

塔魯和里厄仍然都沒有回答。大家沉默了很久，直到汽車駛近醫生家，朗貝爾才又重新提出他那最後一個問題，而且語氣更加堅定。

這時里厄獨自轉過身去看了一下朗貝爾，他費勁地挺直身子說：「朗貝爾，請原諒我，您講的這一點，我不清楚。既然您願意，那麼就跟我們一起留下。」

汽車突然往旁邊一偏，打斷了他的話。接著他凝視著前方，繼續說：

「世界上沒有任何事物是值得人們為了它而捨棄自己的所愛。然而，不知什麼原因，我自己就像您一樣，也捨棄了我的所愛。」

他又重新讓身子倒在靠墊上。

「這不過是一個既成事實罷了！」他疲乏地說：「讓我們把它記下來，承受由此而產生的種種後果吧！」

「什麼後果？」朗貝爾問。

「啊！」里厄說：「我們不可能一邊還在給人治病，一邊就知道結果。還是讓我們儘快地醫治病人吧！這是當務之急。」

當塔魯和里厄在給朗貝爾畫由他負責調查的那個區的地圖時，塔魯看了看自己的錶：已經是半夜了。塔魯抬起頭來，他的目光剛好跟朗貝爾的碰在一起。

「您已經通知他們了？」記者避開了他的目光，顯得有些吃力地說：「在我來看你們之前，我已寫了張條子叫人送去了。」

21

卡斯特爾研製的血清是在十月下旬試驗的。實際上，它是里厄最後的希望了。如果試驗再次失敗，那麼醫生就確信這座城市將聽任病魔擺布，這場瘟疫或者還要拖好幾個月，或者莫名其妙地自行收場。

在卡斯特爾去看望里厄的前一天，預審法官奧東先生的兒子病倒了，因而全家都得進隔離病房。剛從那兒出來不久的奧東夫人只得第二次過隔離生活。法官很遵守頒布的命令，他在孩子身上一發現病症，就立即派人請里厄醫生來。當里厄進屋的時候，奧東夫婦倆正站在孩子的床邊。他們的小女兒已經被隔開了。病孩正處於衰竭時期，因此他聽任人家給他檢查，沒有一絲呻吟。當醫生抬起頭來時，他的視線剛好與法官的相接，同時他也看到在法官的後面，奧東夫人那張蒼白的臉。她把手帕捂在嘴上，張大了兩隻眼睛注視著醫生的舉動。

法官冷靜地說：「是這病，對嗎？」

里厄再看了看孩子，回答說：「是的。」

孩子母親的眼睛睜得更大了，但她仍沒有吭聲。法官也默默無言；後來他用更低的聲調說：

「好吧，醫生，那我們應該照章辦事。」

里厄使自己的目光避開那位把手帕一直捂在嘴上的奧東夫人。

他猶豫不決地說：「如果我能去打個電話，這很快就能辦妥。」

奧東先生說他馬上領醫生去打。但是醫生轉身向奧東夫人說：「我很遺憾！您最好準備一些衣物。這您是知道的。」

奧東夫人好像愣住了。她看著地上，點點頭說：「是的，我會準備的。」

在與奧東夫婦告別之前，里厄禁不住問他們是否需要什麼。奧東夫人還是默默無言地看著醫生。但這次是輪到法官避開目光了。

「不需要什麼。」他說。然後他咽了一口唾沫，接著說：「不過請救救我的孩子。」

隔離原先只不過是一種簡單的形式而已，但後來里厄和朗貝爾將它組織得非常嚴格。尤其是，他們要求同一家庭的成員必須始終相互隔離。萬一家中有一個人員不知不覺地被鼠疫桿菌感染了，那就絕不應該讓這種病有擴散的機會。里厄把道理向法官解釋清楚，法官也認為十分正確。但是，奧東夫婦倆在分手時的那種相互凝視、難分難捨的樣子，使醫生感到這一分離弄得他們倆多麼狼狽。奧東夫人和她的小女兒可以住在朗貝爾管理的隔離病房裡，但對這位法官來說，他卻沒有地方可去，除非是住到省裡正在市體育場上搭起來的隔離營中去——隔離營的帳棚都是向公路局借來的。為此，里厄表示十分過意不去。但奧東先生說，規章制度對大家都一樣，他應該服從。

至於那孩子，他被送到輔助醫院的一間擺了十張床的病房中；那裡原來是間教室。過了約二十個小時，里厄斷定孩子的病已經沒有指望了。小小的軀體已經全部被瘟神的魔爪攫住，變得毫無反應。幾個範圍很小的腹股溝腫塊才出現，不過折磨著孩子，使他那瘦弱的四肢關節不能活動。他早已被病魔打垮了。因此，里厄想在子孩身上用卡斯特爾研製的血清進行一下試驗。當天晚上晚餐後，他們花了很大時間進行接種，但是孩子絲毫沒有反應。第二天黎明，大家都到了孩子的面前來觀察這一決定性試驗的效果。

孩子從麻木狀態中蘇醒過來，在裹著的床單裡翻來覆去地抽搐。自清晨四點鐘以來，里厄、卡斯特爾和塔魯一直守在他旁邊，一步一步地注視著病勢的起伏。在床頭那一端，是略微彎著魁梧身材的塔魯。在床腳這一端站著里厄；卡斯特爾坐在他旁邊，表面上看來似乎他在很平靜地閱讀著一本舊書。隨著天漸漸亮起來，其他人也陸續來到這個原先是學校教室的病房中。先是帕納盧來了，他走到床的另一頭，背靠牆，站在塔魯的對面。在他的臉上顯示出一種痛苦的表情；這幾天來他不辭辛勞，累得他那通紅的前額上也布滿了皺紋。然後是約瑟夫·格朗來了。那時是七點鐘。這位辦事員氣喘吁吁，他道了一下歉。他表示只能待一會兒時間，可能大家已經心中有數了。里厄沒說話，向他指了指小孩。這時只見那孩子的臉完全變了樣，閉著眼睛，死命地咬緊牙關，身體一動不動，而他的頭卻在沒有枕套的長枕上左右來回轉動。在病房的盡頭，那塊黑板仍掛在牆上，上面還留著沒有擦淨的方程式字跡。當晨光最後亮得足以使人看清那些字跡時，朗貝爾來了。他把身子靠在旁邊一張床的一端，接著他拿出一包香菸。但是在他向小孩看了一眼之後，他就把那包香菸放回口袋裡去了。

卡斯特爾仍舊坐著，他從眼鏡的上方看了看里厄：「您有沒有他父親的消息？」

里厄回答說：「沒有，他在隔離營裡。」

孩子在床上呻吟。里厄使勁地握住床架的橫檔，他目不轉睛地注視著這個病孩。孩子的身體突然變得僵直起來，接著又咬緊牙關，身體有點彎成弓形，四肢漸漸分開。從蓋著軍用毛毯的赤條條的小身體上散發出一股羊毛和汗臭混雜在一起的氣味。病孩的肌肉漸漸鬆弛下來了，他的兩臂和兩腿也向床中央收攏。他始終閉著眼，不聲不響，呼吸顯得更加急促。這時里厄的目光剛好與塔魯的相接，但後者卻把目光避開了。

他們已經看到過一些孩子的死亡，因為幾個月來，使人感到恐怖的鼠疫是根本不選擇對象的；但是他們還從來沒有像今天早晨那樣，一分鐘接著一分鐘地看著孩子痛苦地受折磨。當然，這些無辜的孩子受到痛苦的折磨，這在他們看來一直是件令人憤慨的事。但是至少在這以前，可以說，他們是在抽象地感到憤慨，因為他們從來沒有面對這樣長時間地看到過一個無辜者的垂死掙扎。

這時病孩的胃好像被咬了似的，他的身體又重新弓起來，口裡發出尖細的呻吟聲。有好幾秒鐘，他的身體就這樣地彎成弓形，一陣陣寒戰和痙攣使得他全身抖動，好像他那脆弱的骨架被鼠疫的狂風刮得直不起來，被連續不斷的高燒襲擊得斷裂開來。狂風一過，他又稍稍鬆弛了一點，熱度好像退了，他就像被遺棄在潮濕而又發臭的沙灘上，微微喘息，暫時的憩息已像進入了長眠。當灼熱的浪潮第三次向他撲來，使他有點顫動的時候，他就蜷縮成一團，在高燒的威脅下，他退縮到裡床，發狂似地搖晃著腦袋，掀掉被子。大顆大顆的眼淚從紅腫的眼皮底下湧出，開始沿著鉛灰色的臉往下流去。經過這陣發作之後，孩子已精疲力盡，他蜷縮著他那瘦骨嶙峋的兩腿和那隻在四十八小時內瘦得像劈柴的胳膊。在這張被弄得不成樣子的床上，他擺出了一個怪誕的、像釘在十字架上的姿勢。

塔魯彎下身去，用他那笨拙的手擦掉小臉上的眼淚和汗水。卡斯特爾早已合上書本，看著病孩。他開始說話，但是因為嗓音突然走樣，所以他不得不咳上幾聲才能把這句話講完。

「里厄，這孩子早晨的病勢沒有緩解過，是嗎？」

里厄說是，但是他說這孩子堅持的時間比通常人們所看到的還要長。帕納盧看上去好像有點歪倒在牆上，他低聲說：「如果這孩子最終還是要死掉的話，那麼這樣反而會使他受苦的時間拖得更長些。」

里厄突然轉向神父，張開口想說什麼，但是他沒出聲，明顯地是在極力克制自己。他又把目光轉移到孩子身上。

病房裡充滿了日光。在其他五張床上，病人在動，在呻吟，但是都有點拘謹，好像是大家商定了似的。只有一個病人在房間的另一端叫喚著，每隔一定時間就發出一聲又一聲輕微的嘆息，而這種嘆息聽上去倒像是驚叫而不太像痛苦的哀鳴。看來連病人也不像開始時那樣感到害怕了。現在，他們對染上這種疾病抱著一種心甘情願的態度。只有這孩子在拚命地頑抗掙扎。里厄不時地按小孩的脈搏，他這樣做並不是出於需要，而是為了擺脫他目前無能為力、靜止不動的狀態。他一閉上眼睛就感到孩子焦躁不安的表現和自己熱血沸騰的感覺已渾然一體。那時他覺得自己和這個受盡折磨的孩子已不分彼此，就試圖盡自己尚未消耗過的全部力量去扶持這個孩子。但他們兩顆心的跳動僅僅結合了一分鐘就不協調了，孩子沒領他的情，他的努力落空了。於是，他放下那隻纖細的手腕，又回到他原來站的地方去了。

沿著用石灰粉刷過的牆，陽光由粉紅色逐漸變成黃色。在玻璃窗外，一個炎熱的早晨開始了。格朗在離去時說他還要回來，但大家幾乎沒有聽見。大家都等待著。孩子一直閉著眼睛，現在好像平靜了一點。他的兩隻手變得像爪子似的，慢慢刨著床的兩側，然後，又舉起來，去抓靠近膝蓋的床單。突然，孩子蜷起兩腿，直到大腿碰到腹部才停止不動。這時，他第一次張開眼睛看看站在他面前的里厄。在他那張土灰色凹陷下去的臉上，嘴巴張開來了，幾乎立即就發出一聲拖長的、音調幾乎不因呼吸而發生變化的叫喊。整個病房裡突然充滿了一種單調的、刺耳的抗議聲，它簡直不像是一個人的聲音，而像是所有病人同時發出來的怪叫聲。里厄緊咬牙根，塔魯轉過身去。朗貝爾走到床前，站在卡斯特爾旁邊。這時，卡斯特爾合上了那本攤開在膝蓋上的書本。帕納盧看著那小孩因病而污垢滿布的小嘴，它在發出那種讓人辨別不出年齡的叫聲。神父跪了下來，在那連續不斷、不可名狀的哀叫聲中，大家自然而然地聽到他用一種有點兒壓低、但又很清晰的聲音說：「我的天主，救救這孩子吧！」

孩子還是在叫喊。他周圍的其他病人也騷動起來了。那個在病房另一頭不停嘆息的病人加速了呻吟的節奏，最後他也真正地叫喊起來；與此同時，其他人也呻吟得越來越厲害。一片痛苦的哀鳴聲像潮水一樣在病房裡泛濫，淹沒了帕納盧的禱告聲。里厄緊緊抓住床架的橫檔，閉上眼睛，感到極度疲勞和厭煩。

當他重新張開眼睛時，他發現塔魯在他身邊。

里厄說：「我必須走開，看到這些人，我已再也忍受不住。」

突然之間，別的病人都一聲不響了。這時醫生發現孩子的叫聲早已變得很弱，它越來越低，終於停止。在孩子周圍的病人又開始呻吟起來，但聲音很低，猶如從遙遠的地方傳來了這場剛剛結束的鬥爭之回聲，因為這場鬥爭已經結束。卡斯特爾已走到床的另一邊，他說，完了。孩子的嘴張開著，但是默默無聲。他躺在亂成一團的床單之中，他的身體一下子縮得很小了，臉上還殘留著淚痕。

帕納盧走近病床，做了個祝福的手勢。然後他拿起他的長袍，沿著中間過道走了出去。

塔魯問卡斯特爾：「一切都得重新開始嗎？」

老醫生搖了搖頭。

「說不定！」老醫生強帶笑容說：「他畢竟支持了很長時間。」

但是，里厄已經離開病房。他走得那樣快，神態那樣衝動，以至於當他走過帕納盧身邊時，神父伸手去拉住他。神父說：「算了，醫生。」

里厄仍像剛才那樣衝動地轉過身來粗暴地對神父說：「啊！這個孩子至少是純潔無罪的。這一點，您知道得很清楚！」

接著，他轉過身去，走在帕納盧前面，穿過病房的門，走到院子的盡頭。他在積滿塵土的小樹中間的一條長凳上坐下來，擦了擦已經流到眼睛裡的汗水。他想再高聲呼喊一下，好解開使他心碎腸裂的心頭死結。熱浪慢慢地在無花果樹的枝叉中間降臨。早晨的藍天很快就被一層微白色的雲彩遮住，使空氣變得更悶熱了。里厄灰心喪氣地坐在長凳上，看著樹枝和天空，呼吸慢慢地平定下來，疲勞也逐漸消除。

他聽到背後有人說：「為什麼跟我說話發那麼大火？這種情景，我也一樣受不了啊！」

里厄轉身向帕納盧說：「是啊！請原諒我。疲勞簡直是一種瘋狂。在這個城裡，我有時候按捺不住，忍受不下去。」

帕納盧喃喃地說：「我明白。因為這一切超過了我們的承受限度，這就令人惱火。不過，或許我們應該去愛我們不能理解的東西。」

里厄一下子站起來，激動地瞪著帕納盧，搖了搖頭說：「不！神父，我對愛有另一種觀念。我至死也不會去愛這個使孩子們慘遭折磨的上帝的創造物。」

在帕納盧臉上閃過了痛苦的陰影。

「啊！醫生，」他悲傷地說：「我剛懂得什麼叫天主的恩惠。」

可是，里厄又頹喪地在長凳上坐下。

他又感到十分疲倦，對神父的話，他用較緩和的語氣回答說：「我知道，這正是我所缺少的。不過我不想跟您討論這些事。現在我們在一起工作是為了某一個事業，而這個事業能使我們超越瀆神或敬神的問題而團結在一起。唯有這一點是重要的。」

帕納盧在里厄身旁坐下來。他顯得很激動。

他說：「對，對！您也是為了人類的得救而工作。」

里厄略帶笑容，「人類的得救，這個字眼對我說來太大了。我沒有這麼高的精神境界，我是對人的健康感興；首先是人的健康。」

帕納盧遲疑了一下說：「醫生……」

但是，他停下不說了。他的前額上也開始冒出汗來。他喃喃地說了聲「再見」，他站起身來，眼睛閃閃發光。在他要走的時候，正在沉思的里厄也站了起來，向神父走近了一步說：「再一次請您原諒。今後我絕不再這樣發火了。」
帕納盧向他伸出手，憂傷地說：「不過，我沒有把您說服！」
里厄說：「這有什麼關係呢？我所憎恨的是死亡和疾病。這一點您是很明白的。可是不管您願不願意，我們在一起是為了忍受它們和戰勝它們。」
里厄一邊握著帕納盧的手，目光不朝神父看，一邊說：「您瞧，現在就連天主也無法把我們分開了。」

22

自從帕納盧加入衛生防疫組織以來，他從沒有離開過醫院和鼠疫流行地區。他把自己置身於搶救人員的行列之中，置身於他認為是自己應該待著的行列之中，即參加第一線的搶救工作。他看到過不少死亡的場面。儘管原則上他注射過抗疫血清，是有免疫力的，但他對自己的生命也並不是毫不擔心的。表面上，他一直很鎮靜。不過，自從那天他長時間地親眼看到一個孩子死去之後，他變了樣，他的臉上表現出一種越來越嚴重的緊張不安的神情。有一天他微笑著對里厄說，現在他正在寫一篇題為：《一個神父能否請醫生看病？》的短論。當時在里厄的印象中，帕納盧實際上是在寫一篇題材更為嚴肅的文章，只是他沒有講明罷了。當里厄醫生表示很想拜讀一下他的作品時，帕納盧告訴里厄，說他在專為男教徒做彌撒的時候要做一次布道。藉此機會，他至少可以闡明自己的某些觀點。

「醫生，我希望您來聽聽。您會對這題目感興趣的。」

在一個刮大風的日子裡，神父做了第二次的布道。說實話，這次聽道者的座位要比第一次布道時空得多了。這是因為這種場面對本城的居民來說，已經不再具有那種新鮮事物的魅力。在這座城市目前所處的困難情況下，「新鮮事物」這個詞本身已經失去了它的意義。另外，對大多數人來說，當他們尚未完全放棄參加宗教儀式，或是說，尚未到達這樣的地步，即既參加宗教儀式又過著極端不道德的私生活，兩者並行不悖，這時，他們會用一些缺乏理性依據的迷信來代替平時的宗教活動，他們寧可佩帶一些具有保護作用的徽章或聖洛克的護身符，而不去望彌撒。

比如，本城居民迷信預言的習慣就是一個例子。在春天的時候，人們就已在期待鼠疫過不了多久就會結束；沒有一個人想過要問一下別人，這種疫病到底還要拖延多久，因為大家都深信它不會拖延下去。但是隨著時光的流逝，人們開始擔心這種災禍真的會沒完沒了；同時，鼠疫結束就成了人人的希望。於是，人們就互相傳遞占星術士的各種預言，或是天主教會的一些聖人的讖語。城裡的一些印刷商很快發現，他們可以從人們的這種著迷的心理中漁利，於是就把當時城裡流行的讖語和預言大量印刷出版。當他們覺察到公眾的這種好奇心漫無止境的時候，他們就立即派人到市圖書館去博覽群書，從野史軼聞中尋找這類東西，然後印出來在城裡推銷。當他們在圖書館資料中再也找不到諸如此類的東西時，他們就請一些新聞記者來杜撰，而這些人至少在這一點上具有能與他們的歷代優秀同行媲美的才華。

某些預言甚至在報上長篇連載。人們在讀這些文章時的貪婪程度，與正常時期閱讀報上那些言情小說沒什麼兩樣。有些預測是通過一些怪誕的計算編造出來的，它們的根據是：鼠疫發生的年代、死亡的人數、鼠疫持續的月數。另一些預測採用與歷史上所發生的大鼠疫進行比較的辦法，從而總結出歷次鼠疫的共同點（預言把它稱之為常數〈即定數〉）。通過同樣怪誕的計算，據說這樣就可以從中得出有關這次鼠疫的啟示。但最受公眾歡迎的，無疑是下述的這一類，它們用那種《啟示錄》⓬式的語言來預示將來要發生的一系列事件，而其中每一事件都可能是要在這個城市中應驗的，而且事件又很複雜，可以有各種各樣的解釋。因此，人們天天向諾斯特拉達姆斯⓭和聖女奧迪爾⓮求教，而且總是獲得滿意的結果。此外，所有一切預言都有個共同點：它們講到最後總是使人感到寬慰。但唯獨鼠疫始終難以使人感到寬慰。

市民們以這些迷信活動代替了宗教，所以當帕納盧講道的時候，教堂裡只有四分之三的座位上坐著人。講道的那天晚上，里厄在到達時，感到通過入口處的彈簧門灌進來的一股股風正在信徒們中間自由迴旋。就在這寒氣襲人、寂靜無聲的教堂裡，里厄在全部由男教徒組成的聽道者中間坐了下來。接著他看到神父登上講道台。神父用一種比第一次講道時更加柔和、更加深思熟慮的語調說話，而教徒們有好幾次發現他說話時有某種猶豫不決的現象。還有一件奇怪的事，他說

⓬《聖經·新約·啟示錄》係描繪「世界末日」和「基督重降」的景象。

⓭諾斯特拉達姆斯（一〇五三～一五六六）：法國大預言家、占星家、醫生，曾寫過一本預言集。

⓮聖女奧迪爾：阿爾薩斯公爵阿達爾里克的女兒。公元六六〇～七二〇年左右，她在孚日山區建造了一座修道院。

話中已不稱「你們」而稱「我們」。

可是，他的聲音漸漸變得堅定起來，他開始提醒大家說，好多月來，鼠疫一直存在於我們中間，現在我們對它了解得更清楚了。因為我們已經多次看到它坐在我們的桌邊或者坐在我們親人的床頭，看到它在我們身旁走動，看到它在工作場所等待我們上班；因此現在，我們或許能夠更好地接受它那不斷地對我們說的話，而這些話，由於當初心理沒有準備，我們很可能沒有好好地聽進去。帕納盧神父以前在這同一地點布道時所講的話仍然是正確的——至少他自己堅信不疑。但是也很可能，正像我們每個人都會遇到這種情況，他當時想的和講的都缺乏慈善之心，因而現在感到後悔。不過有一點卻始終是真實的，就是任何事情總有值得汲取的東西。最殘酷的考驗，對基督徒來說仍然是一種恩惠。而在這種特殊情況下，基督徒應尋求的東西，就是他應領受的這種恩惠；他還應該知道這恩惠是由什麼構成的，以及怎麼樣才能找到它。

這時候，在里厄周圍，人們都顯得十分自在地坐在長凳的靠手之間，並盡可能坐得舒適些。教堂進口處包著墊襯物的隔音門有一扇在輕輕地來回擺動著。有人跑去把它制住了。里厄由於被這些雜聲分了心，沒聽清楚帕納盧在他的布道中又講了些什麼。神父大概是說，不要試圖去給鼠疫發生的情況找出解釋，而是要設法從中取得能夠汲取的東西。里厄模糊地把神父的話理解為，沒有什麼好解釋的。後來他的注意力被帕納盧強有力的聲音吸引住了。神父說，有些事在天主看來，人們是可以解釋的，而另一些事，人們就沒法解釋。當然，世界上有善與惡，而且一般地說，人們很容易解釋清楚它們之間的區別。但是要深入到惡的內部，把它解釋清楚，那就困難了。比如，從表面上看，惡有必要的惡和不必要的惡。有被打發到陰間去的唐璜[15]，也有一個孩子的死亡；因為，如果說唐璜這種放蕩好色之徒被雷擊斃是應該的，那麼這孩子為什麼要吃苦就無法理解了。事實上，世界上是沒有什麼事物比一個孩子的痛苦和由這種痛苦所帶來的恐怖更重要的，是沒有什麼事物比尋找引起這種痛苦的原因更重要的。除此之外，上帝給了我們一切生活上的方便，因此可以說，在這以前，宗教是沒有什麼價值的。現在，恰恰相反，上帝把我們置於面臨絕壁、走投無路的境地，我們都成了鼠疫的階下囚，我們只得在死亡的陰影下去尋找賜予我們的恩惠。

帕納盧神父甚至不願利用一些唾手可得的現成話來越過這道囚牢的牆。本來他可以很容易地說，天國的永恆福樂等待著這孩子去享受，會補償他所受到的痛苦。但事實上是否如此，神父一無所知。誰能確實肯定永恆的福樂能補償人類一時所受的痛苦？如果誰這麼說，誰就算不上是一個基督徒。這是肯定的，因為我主耶穌的四肢和靈魂就曾嘗夠了痛苦。不！面對著一個孩子的痛苦問題，神父寧願處於絕壁之下不求逾越，因為他忠實地接受這種象徵著十子架的磔刑考驗。於是，他毫無畏懼地對那天來聽他布道的這些人說：「我的兄弟們，抉擇的時刻來臨了。要嘛全

---

[15] 西歐文學中的一個典型人物，代表蔑視神鬼、風流放浪、好色如命的貴族。

信，要嘛全不信。可是你們中間誰敢全不信？」

里厄剛開始想到神父是走到了異端思想的邊緣，但沒等他想完，神父已經接著大聲地講下去。神父指出，這個命令，這個純潔的要求，就是賜予基督徒的恩惠。這也是他的德行。神父知道，在他就要講的德行裡，有些過分的東西會使許多人聽起來不順耳，因為他們習慣於一種更寬容、更符合傳統的道德觀念，但是在鼠疫流行時期的宗教不可能同平時的宗教一樣，如果上帝同意，甚至希望人的靈魂在幸福時期能得到安息和快樂，那麼在這不幸透頂的時期，他可以對人的靈魂提出過頭一點的要求。今天，上帝賜予他所創造的人一個恩惠，讓他們置身於這樣的一個災難中，以至於使他們不得不再去尋求和支持這個至高無上的德行：做出抉擇，要就是全盤接受信仰，要就是全盤否定。

在上一個世紀，有個教外的作家曾揚言，說他已揭開了教會的秘密，他斷言不存在什麼煉獄[16]。他的言下之意是沒有什麼中間狀態，只有天堂和地獄，根據人們生前選擇的道路，死後要嘛進天堂得永生，要嘛下地獄受永罰。但帕納盧認為這是一種邪說，一種只能出自一個沒有任何信條的靈魂之邪說。因為煉獄是有的。不過，可能在某些時期中，人們不應該過分指望煉獄，某

---

⑯ 也叫滌罪所。根據天主教教義，這是人死後暫時受苦的地方。善人生前罪愆沒有贖盡，死後升天堂前須在滌罪所中暫時受苦，至罪愆滌盡為止。

些時期中，談不上有什麼可以饒恕的罪孽之問題。凡是罪都足以導致下地獄，凡是無動於衷的態度都是犯罪的；這就是說，要嘛有罪，要嘛無罪。

帕納盧停了一下。這時里厄透過門縫，更清楚地聽到外面的風好像呼嘯得更厲害了。就在這時，神父說，他所講的這種對一切全盤接受的品德，按照平時人們給與它的狹義解釋，是無法被人理解的。這不是一般的逆來順受，也不是勉為其難的謙讓，而是一種自卑自賤；不過，這是一種心甘情願的自卑自賤。當然，一個孩子竟遭受到這樣的痛苦，這是使人心靈上感到恥辱的。不過，正因為如此，所以我們就應該投身於這種痛苦之中。

正因為如此——帕納盧使他的聽眾確信，他要說的話不是輕易說出來的——我們應當主動去「要」這種痛苦，因為天主願意「要」它。只有這樣，基督徒才會不惜一切，別無選擇地把這條必須選擇的道路一直走到底。為了使自己不至於落到全盤否定信仰的地步，他會決定全部接受。現在，在各處教堂裡，當那些善良的婦女聽說人體上腫脹的淋巴結是排除身上罪愆毒液的自然管道時，她們就說：「我的天主啊，讓我身上長淋巴結吧！」基督徒也會像這些婦女一樣，把自己交在天主的手裡，聽憑他的聖意安排——即使這種聖意無法理解。人們不能說：「這個，我懂，但是，那個，不能接受。」應該對著擺在我們面前的「不能接受」的事物迎上前去。這樣做，正是為了能夠完成我們的選擇。孩子們的痛苦是我們的一塊苦澀的麵包；但要是沒有這塊麵包，我們的靈魂就會因缺乏精神食糧而「餓」死。

每當帕納盧神父講話稍稍停頓一下時，周圍馬上會發出一陣輕輕的嘈雜聲。而這次，嘈雜聲剛剛開始，神父就出人意料地大聲講了下去，裝作代替他的聽眾提出這樣一個問題：究竟該怎麼辦呢？他預料到，人們將會說出「宿命論」這個可怕的字眼。是啊！只要人們允許他在「宿命論」前面加上「積極的」這個形容詞的話，那麼他會毫不害怕這個字眼的。當然，應該再次指出，不要去模仿他上次講到過的那些阿比西尼亞（衣索比亞）的基督徒。甚至也不應該去學那些波斯的鼠疫患者的樣子；這些人一面把他們的舊衣服扔向由基督徒組成的衛生防疫糾察隊，一面大聲祈求蒼天把鼠疫降到這些離經叛道者的身上，因為後者想戰勝天主賜予的災難。但是反過來說，也不要去學習那些開羅的修道士，他們在上個世紀鼠疫蔓延的時候，為了防止受感染，避免接觸信徒們又潮又熱的嘴，就用鑷子夾聖體餅來舉行送聖體儀式。波斯的鼠疫患者和開羅的修道士都同樣是犯了罪孽的，因為前者對一個孩子的痛苦熟視無睹，而後者正相反，他們使人類對病痛的害怕心理凌駕於一切之上。不論是前者或是後者，他們都把問題巧妙地迴避了。他們一直都對天主的聲音裝聾作啞。

此外，帕納盧還想舉一些例子。根據編年史作者的記述，在馬賽發生大鼠疫的時候，在贖俘會修道院中的八十一個修道士中，只有四人倖免。而在這四人中，有三人是逃走的。當時編年史作者們是這樣記述的。限於他們的工作性質，他們不會寫得更詳盡。但是當帕納盧神父讀這篇文獻時，他全部心思都集中在那個沒有逃走的修道士身上；這個修道士不管面前有七十七具屍體，尤其不顧他那三個同伴已經逃跑，還是一個人留了下來。於是，神父一面用拳頭敲著講道台的邊緣，一面大聲地說：「我的弟兄們，應該學這位留下的修道士！」

一個社會為了應付災禍所可能引起的混亂局面，必然會採取一些預防措施，以維持合理的秩序。而問題絕不是對此抱不合作的態度；不要聽那些倫理學家的話，說什麼應該俯首聽命和放棄一切。我們只要能開始在黑暗中略為摸索地前進和力爭做些有益的事就行了。至於其他的事，哪怕是涉及到孩子們的死亡，也應該聽任它們自然發展，充分相信天主的安排，而不要去尋求個人的解決辦法。

講到這裡，帕納盧神父追憶了貝爾增斯主教在馬賽遭受鼠疫浩劫時的崇高形象。他讓人回想起在鼠疫臨近結束的時候，這位主教在做了他該做的一切之後，認為再也沒有什麼特別的挽救方法時，他就叫人在他的屋子四周用牆圍起來，帶了糧食，把自己關在屋裡；而那些一直把他當作偶像一樣崇拜的居民，就像人們在極度痛苦時感情會一反常態那樣，都對他發起火來，把死屍堆在他的屋子周圍，要讓他也傳染上鼠疫。他們甚至把一些屍體從牆上扔進去，非要他死去不可。因此，雖然這位主教在最後做出這一懦弱表現的時候，曾以為這樣就已與死亡的世界隔絕了，可是死人卻還是從天而降，落到他的頭上。所以，對我們來說，應該確信在鼠疫的汪洋大海中沒有可供我們避難的島嶼。是的，沒有這麼一個中間安全地帶：沒有！應該接受這件令人憤慨的事，因為我們必須做出抉擇：對天主要嘛恨，要嘛愛。那麼誰敢做出恨天主的選擇呢？

「我的弟兄們！」帕納盧神父最後總結說：「對天主的愛是一種艱苦的愛。要想具有這種愛，就要具有一種徹底的忘我精神和一種無視個人安危的氣魄。而且，也只有有了這種愛，才能從精神上抹掉孩子的痛苦和死亡；在任何情況下，只有具有這種愛，才能使死亡成為必不可少的；因為人們不可能懂得死亡，只能去求得死亡。這就是我想跟你們一起汲取的艱巨教訓。這就是在人們看來是殘酷的，而在天主看來是起決定作用的信仰，也就是大家應該去逐步接受的信仰。我們應該使自己與這個駭人的形象看齊。達到這一最高的境界時，一切都會合成一體，不分軒輊。到那時，真理才會從表面的不公平中湧現出來。在法國南部的許多教堂裡，我們就可以看到這種情況。幾世紀來，鼠疫的犧牲者一直安眠在祭壇的石板下面。教士們就在死者去的墳墓上布道，而他們所宣揚的精神正不斷地從這堆包括那些死去的孩子在內的骨灰中煥發出來。」

當里厄走出教堂的時候，一陣狂風從那扇半開著的門裡吹進來，直到刮到信徒們的臉上。它給教堂裡帶進來一股雨水的氣息，一股人行道返潮的氣味；它使人們在還沒有走出教堂之前就能想像出城市是個什麼面貌。走在里厄醫生前面的是一位老年教士和一位年輕的副祭司，他們費勁地按住了帽子。儘管風那麼大，那位年長者仍在不停地評論著這次布道。他很欽佩帕納盧的口才，但是他為這位神父所流露出來的如此大膽的思想感到不安。他認為，這次布道並沒有顯示出它的力量，而是帶有更多的憂慮成分。一位像帕納盧這樣年齡的教士是不應該憂慮的。低著腦袋擋風的年輕副祭司說，他經常跟這位神父打交道，很了解他的思想演變；並且說帕納盧的論文可能還要大膽得多。不過，教會大概是不會允許他出版的。

老年教士問：「那麼，他到底有什麼見解呢？」

他們已經走到教堂大門前的廣場上，大風圍著他們呼嘯，使年輕的副祭司無法講話。當他喘過氣來的時候，他只是說：「如果一個神父要請一個醫生看病，那麼準會有矛盾的地方。」

塔魯聽了里厄告訴他的、關於帕納盧在布道時所講的這一番話之後，對醫生說，他認識一位神父，這位神父在戰爭中發現一個青年人的兩隻眼睛已經被人挖掉；於是，他喪失了信仰，不信教了。

塔魯說：「帕納盧是對的。當一個基督徒看到一個無辜的人被挖掉了眼睛，他要嘛喪失信仰，不再信教，要嘛同意挖掉眼睛。帕納盧不願失去信仰，他要堅持到底。這就是他在布道時力圖說明的問題。」

塔魯的這一見解是否能清楚地解釋帕納盧在以後發生的不幸事件中，所做出的那種使周圍的人無法理解的行為呢？人們以後會對它做出判斷的。

在布道以後，過了幾天，帕納盧果然也忙起搬家的事來。這時候也正是由於疫情嚴重，在城裡刮起一股搬家風的時候。塔魯不得不離開旅館，搬到里厄家去住，神父也不得不放棄原先他所屬的修會分配給他的那套公寓，搬到一個還沒有傳染上鼠疫、經常上教堂的老年女教徒家去。在搬家時，神父已經感到自己越來越疲乏和焦慮不安。這樣一來，他也就失去了這位房東太太的尊敬；因為，這位老太太曾向他熱烈地讚揚了聖女奧迪爾的預言，而當時神父大概是由於疲乏的緣故，表現得有一點不耐煩。儘管他後來做了不少努力，想使這位老太太對他至少沒有惡感，但是他沒有成功。他給她留下了壞印象。

於是，每天晚上，在他回到他的那間放滿針鉤花邊織物的臥室之前，他總是看到她背對著他坐在客廳裡，同時又聽到她冷冰冰地，身子也不回一下，向他說聲：「晚安，神父。」

一天晚上，在上床的時候，神父覺得頭重腦脹，感到隱伏在他體內已好幾年的熱度像決了口的激流似地往手腕和太陽穴處沖來。

在這之後所發生的事是通過他的女房東的口述，大家才知道的。第二天早上，按照她的老習慣，她起得很早。過了一會兒，她很奇怪沒有看到神父從他的房裡出來。猶豫了好一陣子，她才決定去敲開他的門。她發現神父一夜沒有闔過眼，仍躺在床上。感到周身有一種壓抑感，而且他的臉部顯得比平時更紅。根據這位老太太自己的話，她很有禮貌地建議神父去請醫生來看一下，但是她的建議卻被他粗暴地拒絕了，使她感到遺憾。於是，她只能離開神父的房間。過了一會兒之後，神父按鈴，請人把她找去。他對自己剛才的脾氣暴躁表示歉意，並且向她聲明說，他目前身上的不舒服與鼠疫無關，沒有任何鼠疫的症狀，只不過是一種短暫的疲乏而已。老太太很持重地回答他說，她之所以向他提出這樣的建議，並非是擔心他得了鼠疫，她並沒有考慮到她自身的安全，她的安全是掌握在天主手裡的，而她只是想到神父的健康，因為她認為自己對他的健康負有部分責任。可是據她說，當時神父再也沒有說什麼。她為了履行她的義務，再次建議他去請醫生來。神父還是拒絕了，只是他補充說了一些在老太太聽來十分含糊的理由。她認為自己只聽懂了這一點：神父之所以拒絕看醫生，是因為這樣做與他的原則不符。而這一點正好是她所無法理解的。由此她得出結論，認為她的那位房客的頭腦已因發燒而產生混亂了，她只得弄點藥茶給他喝喝。

她決心不折不扣地履行她在這種情況下所應該承擔的義務，她每隔兩小時去看一次病人。使她最吃驚的是神父整天都處在一種不斷的焦躁不安的狀態之中。他一會兒把被單掀開，一會兒又把它重新拉到身上，他不斷地用手摸他那汗淋淋的前額，並經常坐起身來，使勁地咳嗽，可是咳出來的聲音就彷彿有人掐住了他的喉嚨，又嘶啞，又帶痰聲，像硬逼出來的那樣。那時，他好像是無法從他的喉嚨深處挖出使他窒息的棉花團一般。經過這陣發作之後，他帶著十分疲乏的神色向後倒在床上。最後，他又坐起身子，並且在這片刻之間，他的眼光凝視著前方，而這種眼光比他先前所有焦躁不安的樣子更顯得狂熱。但是這位老太太對於要不要去請醫生，要不要違背病人的願望，還在猶豫。她想，儘管樣子看起來很可怕，但這可能只是一陣高燒的突然發作吧！

到了下午，她想問問神父的病情，但她所得到的僅僅是支支吾吾的回答。她又重新提出了她的建議。於是，神父又坐起身來，幾乎上氣不接下氣，但卻非常清楚地回答說他不要請醫生。這時，這位女房東決定等到第二天早晨再說，如果神父的病情仍不見好轉，她就撥那支朗斯多克情報資料局每天在無線電廣播裡重複十來次的電話號碼。她總是念念不忘她的責任，想在夜裡去看看她的房客和照料照料他。但是這天晚上，她把新煎好的藥茶給神父喝下去之後，想躺一會兒，結果一睡卻睡到第二天天亮才醒來。她急忙向神父的房間奔去。

神父一動不動地躺在床上。昨天，他的臉色因極度充血的關係漲得通紅，而今天卻變成一種青灰色，特別是他的臉部還很飽滿，所以看起來更加明顯。神父凝視著懸掛在床上面天花板上的一盞小小的彩色玻璃珠串吊燈。當老太太走進屋子的時候，他朝她轉過頭來。據女房東說，這時他好像經過昨晚通宵的折磨，已經垮了，再也沒什麼力量反抗了。她問神父身體怎麼樣。她注意到神父用一種冷漠得出奇的聲音回答說，他身體不好，但他不需要請醫生，只要請人把他送到醫院，一切按規章就行了。老太太嚇壞了，慌忙奔去打電話。

中午，里厄來了。聽了女房東的一番敘述之後，他只回答說，帕納盧要求送醫院是對的，但看來是太晚了。神父用同樣的無動於衷的神態接待了醫生。里厄檢查了神父的全身，感到很驚訝，因為他除了發現病人的肺部有腫脹現象和病人感到肺部有壓抑感之外，沒有發現任何淋巴腺鼠疫或肺鼠疫的主要症狀。但是，不管怎麼說，脈搏很弱，而且整體病勢十分嚴重危急，因此希望十分渺茫。

里厄對帕納盧說：「您身上沒有鼠疫的任何主要症狀。但事實上，是可疑的。因此，我不得不把您隔離起來。」

神父奇怪地笑了笑，好像是表示禮貌，但沒有吭聲。里厄出去打了電話之後又回到屋裡。他看著神父，親切地對他說：「我會留在您身邊的。」

神父顯得又活躍起來了，把目光轉向醫生。這時在他的眼神裡好像重新出現一種熱情。後來，他開口了，他說起話來是那麼困難，以至於無法知道他說這話是否帶著憂傷的成分。

他說：「謝謝，但教士是沒有朋友的。他們把一切都托給天主了。」

他請人把放在床頭的十字架遞給他。當他拿到後，就轉過身去望著它。

在醫院裡，帕納盧沒開過口。他像一個物件似的任人給他進行各種治療，但是他始終沒有放下過他手中的十字架。然而，神父的病情依舊難以斷定，在里厄的思想裡還是疑慮重重。這既像鼠疫，又不像鼠疫。再說，最近一段時期以來，鼠疫一直在使醫生感到難以診斷，它好像是以此為樂。不過，拿帕納盧的這個病例來說，他後來發生的情況將證明這種無法斷定是無關緊要的。

熱度升高了，咳嗽聲越來越嘶啞了，病人整天受到咳嗽的折磨。晚上，神父終於咳出了那塊使他透不過氣來的「棉花團」。它是鮮紅色的。在發高燒的過程中，帕納盧的眼睛裡一直保持著冷漠的神情。可是到了第二天早上，當人們發現他半個身子倒在床上，已經斷了氣的時候，他的眼睛裡就毫無表情了。人們在他的病歷卡上寫著：「病情可疑。」

23

這一年的亡人節⓱不同往常。當然，天氣是合時令的，因為它已突然發生了變化，轉涼的天氣一下子把秋老虎趕走了。像往年一樣，一陣陣冷風不停地刮起來，大塊大塊的雲從地平線一頭奔向另一頭，給房屋頂上鋪上了陰影。但雲塊過後，十一月那沒有暖意的金色陽光又重新照在這些房屋上。第一批雨衣已經出現。人們注意到，塗上橡膠、閃閃發光的雨衣多得出奇。原來是報紙報導說，二百年前在南方發生嚴重的鼠疫時，醫生為了預防自己傳染上這種病，都穿著塗油的衣服。於是，那些商店就利用這個機會，把一批過時的衣服存貨拿出來傾售，因為人人都希望穿了這種衣服可以免疫。

但是，儘管市內景色反映出季節的特點，公墓卻是人跡罕至，冷落不堪。往年這時候，電車上充滿了菊花的清香，成群結隊的婦女來到她們親人安葬的地方，把鮮花放在他們的墓前。在這

⓱天主教定十一月二日為亡人節，以追思去世之人。按照法國的風俗習慣，實際上提前一天掃墓。掃墓時，置菊花束於亡者墓前。

個日子裡，人們想以此來補償死者在長長幾個月中被人遺忘而獨處黃泉之下的境遇。但是，這一年，再也沒有人願意去想念死者；這恰恰是因為人們對他們已經想得過多了。現在人們不再帶著三分遺憾和七分傷感的心情去掃他們的墓了。他們已不再是一年一度有人到他們墓前表示並沒有將他們遺忘的、被遺棄的死者了。他們是闖進人們生活裡來搗亂的死鬼，所以人們要忘記他們。因此，這一年的亡人節可以說是被人們巧妙地混了過去。按科塔爾的說法（塔魯發現他講話越來越帶諷刺味了），現在每天都是「亡人節」。

說來倒是真的，在焚屋爐裡鼠疫之火越燒越歡。一天一天的過去，死者的數目可也真的並沒有增加。

看來鼠疫已很順暢地到達了頂點，

它像一個一絲不苟的公務員一樣，

每天準確無誤而又有規律地完成它的殺戮任務。

從原則上看來，而且根據權威人士的意見，這是個良好的徵兆。比如說，鼠疫情勢圖表上的那條曲線先是不斷上升，然後是沿著橫的方向前進，這使里夏爾醫生感到十分快慰。他說：「這張圖表好得很，好極了！」

他認為鼠疫已達到了一個所謂的穩定狀態，今後，疫情只會緩和下來。他把這一情況歸功於卡斯特醫生新研製出來的血清，這種新的血清不久前確實獲得某些意想不到的效果。老卡斯特爾醫生並不否認，不過他認為，事實上，人們對鼠疫不能做任何預測，因為在疫病史中可看到，疫情往往會意外地突然再度猖獗起來。

很久以來，省裡想安撫一下公眾思想上的惶恐不安，但由於疫情嚴重，一直無法這樣做，現在打算召集全體醫生，要求他們向省裡做一個有關疫情的報告。但就在這時候，里夏爾醫生本人也被鼠疫奪去了生命，而且這恰好發生在疫情穩定的階段。

在這個一定會令人吃驚，但畢竟不能說明任何問題的例子面前，省府一下子就變得悲觀失望了，其不合邏輯的程度與先前採取樂觀的態度時一樣。至於卡斯特爾，他還是一絲不苟地在研製著他的血清。

總而言之，城裡所有公共場所都已改成醫院或隔離所，只有省府沒動。所以如此，不過是因為還有必要留下一個地方做為開會場所。但是，由於在這一段時期中，疫情相對穩定，因而里厄所建立的醫療組織還足夠應付局面。工作得心力交瘁的醫生和助手們不必再擔憂還要做出更大的努力，他們只須繼續有規律地去做他們的日常工作，不過也可以說是超人的工作。已經出現的種種肺部受鼠疫感染的病症目前正在向全城的各個角落蔓延開去，就像風那樣，在人們的肺裡吹燃起一場火災，而且火勢燒得越來越旺。在大吐血的過程中，許多病人更快地被奪去了生命。隨著這種新形式的鼠疫出現，現在感染的危險性更大了。

在這一點上，說實在的，專家們的意見一直是相互矛盾的。然而，為了安全起見，衛生防疫人員繼續用消毒紗布口罩。不管怎麼樣，乍看起來，疫病似乎已蔓延開來。但是，因為淋巴腺鼠疫的病例正在減少，所以結算下來，總數仍保持不變。

然而，由於糧食供應的困難與日俱增，人們又產生了其他方面的憂慮。投機商趁火打劫，高價出售一般市場上所缺少的主食品。於是，窮苦人家就處於極其困難的境地，而有錢人家幾乎想要什麼就有什麼，哪一樣都不缺少。鼠疫的傳染對所有的人一視同仁，毫不徇私，本來有可能加強本城居民中間的平等感；可是事實正相反，由於通常人們的自私行為，鼠疫反而加深了大家心裡的那種不公平感。當然，剩下來的只是人人在死亡面前的無可非議的平等了；但這種平等是誰都不願意享受的。那些挨餓的窮人更懷念鄰近的城市和鄉村，因為在那裡可以自由自在地生活，而且麵包也不貴。因為這裡不能讓他們吃飽，他們就有一種想法，一種不太符合情理的想法，認為這裡早該放他們走了。

於是，最後在城裡流傳出這樣一句口號：「不給麵包，就給新鮮空氣吧！」它有時可以在牆上看到，有時在省長走過的時候可以聽到。這句諷刺性的話是號召人們進行示威遊行的信號。儘管這些遊行很快被鎮壓了下去，但其嚴重性是大家都能看到的。

報紙當然聽從上面的命令，不惜一切大肆宣揚樂觀主義。一翻開報紙，就能讀到，目前形勢的特點，全成居民臨危不懼，確是「鎮定和冷靜的動人典範」。但是，在這座與世隔絕、什麼事情都無法保密的城裡，沒有一個人會相信這個由全城居民所做出的「典範」。

如果要想對上面所說的鎮定和冷靜有一個確切的概念，那只須到一個隔離場所去，或者到行政當局組織的某個隔離營裡去看一看就夠了。不過，那時候筆者恰好在別處有事，對裡面的情況不了解，所以只能在這裡引用一下塔魯寫的事實。

塔魯在他的筆記本裡記載了他與朗貝爾一起到設在市體育場的一個隔離營裡去的一次訪問。體育場的位置幾乎就在城門口，它一面朝著一條通行電車的街道，另一個朝著一片空地，這空地一直延伸到城市所在的高原邊緣。體育場的四周一般都圍有高高的水泥牆，所以只要在四個出入口上設一些崗哨，人就很難逃得出去。同時，四周的圍牆也阻擋了外面一些好奇的人去打擾這些被關在裡面受檢疫隔離的不幸者。這些不幸的人儘管看不見電車，卻整天聽得到它們的隆隆行車聲。每當他們發覺電車的吵鬧聲特別大，就能揣測到那是辦公室上班或下班的時間。因此，他們也就知道，儘管他們被排斥在生活之外，但是生活依舊在離他們幾米遠的地方繼續下去，只是這道高高的水泥牆把他們與外界分隔開來，造成兩個截然不同的世界，即使把他們分別放在一些星球上，也沒有如此不同。

一個星期天的下午，塔魯和朗貝爾決定到體育場去。足球運動員貢扎萊斯地陪他們一起去，他是由朗貝爾找來的，而且他是聽了記者的話才最後同意去負責輪流看管體育場的。朗貝爾要把他介紹給隔離營主管。貢扎萊斯在與朗貝爾和塔魯見面時說，在鼠疫發生之前，這正是他穿著球衣要開始比賽的時間。現在所有的體育場都被徵用了，賽球已不再可能了，因此他感到空閒無事，他的神態看上去也是如此。這是他接受看管工作的原因之一，不過他只答應在每週週末值班。那天天氣正好是半陰半晴，貢扎萊斯抬頭看了看，頗為遺憾地說這種既不下雨，又不炎熱的天氣最適宜於賽球。他竭力回憶了比賽前在更衣室裡塗擦松節油的味道，搖搖晃晃的看台，黃褐色球場上顏色鮮艷的運動衫，中場休息的檸檬或冰涼解渴的汽水。此外，塔魯還記下了下述的這件事。一路上經過郊區高低不平的馬路時，貢扎萊斯見到石子就當足球踢，他力圖把石子踢進陰溝洞裡去。而當他踢中的時候，他就說：「一比零。」當他抽完一支菸的寺候，他把煙蒂向前吐出去，然後就試著用腳在空中把煙蒂接住。在體育場附近，有一些孩子正在玩球，他們把球朝這三個人踢過來，於是，貢扎萊斯就把球準確地踢還給他們。

三人終於走進了體育場。看台上住滿了人。運動場上搭起了幾百個紅色帳棚。帳棚裡有臥具和包裹，老遠就可看到看台沒有拆去，主要是為了在天熱或者下雨的時候可以讓那些住在裡邊的人躲一下；不過，到夕陽西下時，他們得回帳棚裡去。在看台下面裝上了淋浴設備，而原來運動員的更衣室已經被改成辦公室和醫務室。大部分住隔離營的人都在看台上，另一部分人在運動場邊緣徘徊，有些人則蹲在帳棚入口處，用毫無表情的目光看著周圍的一切。在看台上，許多人躺倒在那裡，好像有所期待似的。

塔魯問朗貝爾：「他們白天幹些什麼？」

「什麼也不幹。」

幾乎所有的人確實都空著兩手，什麼事也不幹。這一大片黑壓壓的人群靜默得出奇。

「最初幾天，他們到了這兒，彼此都合不來，吵吵鬧鬧。」朗貝爾說：「但是後來日子一長，他們的話就越來越少了。」

根據塔魯的記載，他了解這些人的心情。在開始時，他看到他們擠在帳棚裡，閒著無聊，不是聽蒼蠅嗡嗡作響，就是在自己身上東搔西抓。如果遇到有人願意聽他們說話，他們就大聲地傾訴他們憤怒或者害怕的心情。但是，自從隔離營裡的人數越來越多，大大超出了限額的時候起，願聽他們抱怨的人就越來越少了。於是他們只得默不作聲，互相猜疑。事實上確實存在著一種猜疑的氣氛，它從灰色而透亮的天空中壓下來，籠罩著整個紅色的隔離營。

是的，他們每人臉上都帶有猜疑的神色。既然已把他們同旁人隔開了，那麼這不會是平白無故的，因此他們的臉上都帶著那種既害怕又在思索原因的人所特有的表情。塔魯所看到的每一個人都是目光呆滯，一副因與他們原先所過的生活全面隔絕而感到痛苦的神態。由於他們總不能老是想到死的問題，所以他們乾脆就什麼也不想，他們等於是在度假。

「但最不幸的是，」塔魯寫道：「他們都已被人遺忘，而且他們也清楚地知道這一點。過去認識他們的人因為在想別的事情而把他們忘了，這是完全可以理解的。至於那些愛他們的人，也把他們忘了，因為這些人四處活動，千方百計想把他們弄出隔離營，已經搞得精疲力盡。由於他們的親人一心想到的是他們的離營問題，結果反而把他們本人給忘了，這也是正常的。弄到後來，人們發現，即使在最不幸的時候，也是誰都不能真正地想到誰了，因為，要真正地想到一個人，那就意味著要一分一秒也不停地想到這個人，不能被任何事分心，不論是家務事，是蒼蠅飛來飛去，是吃飯，還是身上發癢。但是蒼蠅飛和身上癢總是會有的。所以日子要打發得好也不是容易的事。而這一點，他們都很明白。」

隔離營的主管人再次朝塔魯他們三個人那邊走過來並對他們說，有一位奧東先生要見他們。他先把貢扎萊斯領到他的辦公室去，然後，帶著朗貝爾和塔魯朝著看台的一個角落裡走去。奧東先生一個人孤零零地坐在一邊，他看到他們來就站起來迎接。他還是同以前一樣打扮，還戴著那條硬領子。塔魯只發現他兩鬢的頭髮比以前亂得多，都豎了起來，一隻鞋的鞋帶散開了。這位法官顯得很疲倦，他講話時目光從不正視對方。他說，他看到他們很高興，並委托他們謝謝里厄醫生替他辦過的事。

其他的人都沒有講話。

「我希望……」法官過了一會兒說：「菲利普沒有受到太多的痛苦。」

這是塔魯第一次聽到法官提到自己兒子的名字，因此他意識到事情起了變化。太陽已經落到地平線上，陽光在兩朵雲彩中間斜照到看台上，給三張臉鍍上了一層金色。

塔魯回答說：「沒有，沒有，他真的沒有什麼痛苦。」

當他們離開的時候，法官繼續朝太陽落下去的方向眺望。

他們跑去向貢扎萊斯告別，他正在看一張輪班值勤表。這位運動員一邊笑著，邊和他們握手。「至少我又找到了更衣室。」他說：「還是老樣子。」

過了一會兒，當隔離營主管人陪送塔魯和朗貝爾出去的時候，在看台上響起了一陣沙沙聲。接著，那些平時用來宣布比賽結果或介紹球隊的高音喇叭，夾帶著嗡嗡的聲音通知說，這些被隔離的人應該回帳棚去，要發晚餐了。這些人慢騰騰地離開了看台，拖著懶洋洋的步子回到帳棚裡去。當他們都安頓好之後，有兩輛電瓶車，就是人們在火車站裡看到的那種車子，裝著兩個大鍋子，開到兩個帳棚中間。只見人們伸出胳臂，兩支長柄勺子伸入兩個大鍋裡，然後從鍋裡把食品撈出來分別放在兩個飯盒裡。電瓶車又開動了，它開到下一個帳棚前又停下來分發晚餐。

「這倒很科學。」塔魯對主管人說。

「對，很科學。」主管人一邊同他們握手，一邊得意地說。

暮色蒼茫，天空萬里無雲，一股柔和而無暖意的餘暉沐浴著隔離營。在傍晚的寧靜環境中，從四面八方響起了一陣陣匙兒和碟子的聲音。幾隻蝙蝠在帳棚上空飛來飛去，然後又突然消失了。從牆外傳來了一輛有軌電車在軌道的岔口上軋軋作響的聲音。

「可憐的法官！」塔魯在跨出隔離營大門時喃喃地說：「真該替他想想辦法。但是該怎麼去幫助一個法官呢？」

24

在這座城裡另外還有好幾個這樣的隔離營，由於對它們缺乏直接的消息來源，所以筆者為了審慎起見，就不能再多談了。不過，有一點倒是可以提一下，那就是這些隔離營的存在，從那兒散發出來的人的氣味，黃昏時刻高音喇叭的巨大的聲響，圍牆的神秘感，以及人們對這些被摒棄的地方的恐懼，這一切已成了市民們精神上的沈重負擔，使得大家更加驚悼失措，憂慮不安。他們與市政當局的磨擦和衝突事件都隨之增加了。

到了十一月底，早晨的天氣已變得很冷了。傾盆大雨把路面沖刷得乾乾淨淨，雨過後，天上也好似洗過一樣，看不到一絲雲彩，晴空下，雨後的路面閃閃發光。每天早晨，一輪淡淡的太陽在寒冷的空氣中把明亮的陽光傾瀉在這個城市上空。相反，到了傍晚時分，天氣又回暖了，這正是塔魯所選定的同里厄醫生談心的時間。

一天晚上，十點鐘左右，在度過了漫長而累人的白天後，塔魯陪里厄到那個患氣喘病的老人家裡去出診。在陳舊的住宅區的房屋上空映照著柔和的星光，一陣微風悄悄地吹過黑暗的十字路口。兩個人走過了一段寧靜的路程，來到了這位老人的家裡。老人喋喋不休地告訴他們說，城裡有些人同市政當局不和，說那些油水大的美差總是落到某些人手中，說老是冒著危險的人總有一天也要輪到自己倒楣。老人還搓著雙手揚揚得意地說，看來可能還要大吵一場。在醫生護理他的時候，他一直不停地評論著時局。

他們聽到在他們上面有人走動的聲音。病人的老伴發覺塔魯顯出很想打聽一下的樣子，於是就向他們解釋說，有些女鄰居在平台上。他們同時也了解到，從平台上看出去，風景優美，以及屋子的平台往往是有一面與另一幢屋子的平台相連接，這樣，街坊上的婦女們就可以足不出戶而相互串門子。

「是啊！」老人說：「你們上去看看，那兒空氣很好。」

到了上面，他們發現平台上空無一人，放著三把椅子。從一邊望去，目力所及，只見一排排的平台向遠處延伸，最後與一個黑黝黝的、像岩石般的巨大物體相接。他們認出了這是他們所能看到的第一座山崗。從另一邊望去，越過幾條街和那隱沒在黑暗中的港口，可以一直看到地平線，那兒海天一色，波浪起伏，隱約可見。在遠處，他們知道，那是懸崖，再遠一些，一束微光忽隱忽現，很有規律，他們看不見那發出微光的物體：這是航道上的燈塔。它自今年春天以來，一直在向繞道駛向其他港口的船隻發出信號。風吹雲散，夜空明淨，皎潔的星星在閃閃發光，遙遠的燈塔上的微光猶如一掠而過的銀灰色微塵，不時閃過星空。微風吹來了芳草和石頭的氣息。四周一片寂靜。

「這天氣真舒服，」里厄邊說邊坐了下來，「好像鼠疫從來沒有到過這兒似的。」

塔魯轉過身去，背對著里厄，眺望大海。

「對！」他隔了一會兒說：「天氣真舒服。」

他走到里厄身旁坐下，並仔細地端詳著醫生。微光在天邊出現了三次。一陣餐具碰撞的聲音從街道的深處傳到他們的耳邊。屋子裡一扇門「砰」地響了一下。

塔魯用非常自然的聲調問道：「里厄，您難道從來也不想知道我究竟是怎樣的一個人？您把我當作朋友嗎？」

里厄回答說：「我是把您當作朋友的。不過，我們過去都沒有時間。」

「好，這就使我放心了。您願不願意把現在這會兒做為是我們共敘友情的時刻？」

里厄向他微微一笑，做為回答。「那麼，好吧……」

在幾條街以外的地方，有一輛汽車好像悄悄地在潮濕的路面上滑行了好一陣子。汽車開走了，跟著，從遠處傳來的一陣模糊的驚呼聲再一次打破了寂靜。然後，四周又恢復了寧靜，陪伴著他們兩人的只是靜悄悄的天空和星星。塔魯站起身來，坐在平台的欄杆上，面對著舒服地坐在椅子上的里厄。一眼望去，只見一個魁悟的身形像一張剪影似地貼在星空中。他講了很久，下面是他講話的大致內容——

「里厄，我們簡單地談談吧！在熟悉這個城市和遇上這次瘟疫以前，我早就受著鼠疫的折磨。可以說我跟大家一樣。但是有人卻並不覺察或者安於現狀，也有人覺察到了因而尋求擺脫。而我就是一直想求得擺脫的。

「在我年輕的時候，我帶著天真無邪的思想，也就是說，腦子像一張白紙似地過日子。我不是那種苦惱的人，我開始過得很不錯，一切對我來說都相當順利。我智力也挺好，我很能獲得女人的好感，如果說我曾經有過某些憂慮的話，那麼它們來得快，去得也快。有一天，我開始思索了。現在……

「應該跟您說，我當時不像您那樣窮。我父親是代理檢察長，這是一個相當好的職位。可是，他沒有官架子，因為他天生是個老好人。我母親是個純樸而謙遜的婦女，我一直很愛她，不過我總是不大願意談起她。平時，我父親慈祥地照顧我，我甚至相信他一直在想方設法了解我。他有外遇，這一點現在我可以肯定，不過，我並不因此而感到氣憤。他在這些方面的表現都很合乎分寸，毫不令人反感。簡單地說，他不是一個古怪的人。現在他已去世。我覺得，如果說他在世時沒有像一個聖人那樣生活的話，那麼他也不是一個壞人。他介乎兩者之間，就是這樣。他是那種類型的人，能引起別人不過分的親切感，而且經久不衰。

「但是，他有一個特點：《謝克斯旅行指南》是他愛不釋手的一本書。我並不是說他經常旅行（只有在假期中，他才到布列塔尼省去，因為他在那裡有一幢小別墅），而是說他能精確地告訴您巴黎—柏林列車的出發和到達的時間，從里昂到華沙的中途換車時間，以及您要去的各大首都之間確切的距離為多少公里。您能說出從布里昂松到夏蒙尼怎麼走嗎？即使是一個站長也記不清楚。但是我父親卻能一五一十地講出來。他幾乎每天晚上都要做這樣的練習，以便豐富自己在這方面的知識，並為此而感到驕傲。這也使我感到很好玩，於是我就經常向他提問，而且當我在《謝克斯旅行指南》裡證實了他的回答和承認他沒有搞錯時，我感到非常高興。這些小小的練習使我們之間的關係更親近了，因為我成了他的一個聽眾。對於我的這種好意，他很承情。我則認為，他在鐵路行車時刻方面的這種才能，並不亞於其他方面的才能。

「但是，我講得有點忘乎所以，對這位正直的人的估價可能太高了些，因為，歸根結底，他只不過對我的決心有這一種間接影響。充其量是他給我提供了一次機會。在我十七歲的那年，我父親曾邀請我去聽他發言。這是在刑事法庭審理的一起重大案件，因此，當然囉，他想露一手，顯一顯他的才華。我現在也認為當時他想通過這種開庭儀式，這種能震動和喚起年輕人的想像力的儀式，來鼓勵我繼承父業。我接受了他的邀請，因為這會使我父親高興，也因為我當時也很好奇，想在一個不同於家裡那樣的場合下，看看他是以什麼姿態出現的，聽聽他講些什麼話。除此之外，我沒有其他的想法。那時，我一直認為開庭的情況，如同每年七月十四日的國慶檢閱，或者學期結束發獎一樣，是很自然的而且是不可避免的。我當時對這方面的概念很抽象，它一點也沒有使我感到不安。

「但是，那天唯一給我留下印象的就是那個罪犯。我認為他確實有罪，至於犯的什麼罪，這無關緊要。罪犯是個矮個兒，三十歲左右，紅棕色的頭髮，一副可憐相。他看上去已下定決心要承認一切，他似乎對他所做的一切以及對他將受到的懲罰是那樣地膽戰心驚，以至於幾分鐘之後，我的注意力全部都被吸引過去了。他的樣子像一隻在強烈光線照射下嚇得魂不附體的貓頭鷹。他的領結歪在一邊，他只啃著一隻手的指甲，他那右手的指甲……總之，我不必再多講了，您當然知道他是一個活生生的人。

「可是，我卻直到那時才突然發現這一點，因為在這之前，我只是用那種『被告』之類簡單的概念去想他的。我不能說那時候我忘記了我父親在場，不過我好像內臟被什麼東西緊緊抓住了，使我把全部注意力都集中到這個刑事被告身上去了。我幾乎什麼也沒聽見，我感到人家想把這個活生生的人殺死，有一種強烈的本能像浪潮一樣把我盲日地推向他那一邊。我一直到我父親宣讀起訴書的時候，才真正清醒過來。

「我父親穿著紅色法袍，看上去一反常態，他平時的那種老好人的樣子，那種親切的神態早已無影無蹤，只見他的嘴巴在頻繁地活動，一大串一大串的長句子不停地像一條條毒蛇一樣從嘴裡竄出來。我聽明白了：他以社會的名義要求處死這個人，他甚至要求砍掉犯人的腦袋。不錯，他只是說了一句：『這顆腦袋應該掉下來。』但是總而言之，這兩句話相差不大，反正結果都一樣，因為他最終取下了這顆腦袋，只不過不是他去具體執行這一項工作罷了。後來，我對這件案子就一直聽到結束，與此同時，我對這個不幸的人也一直懷有一種使人暈頭轉向的親切感，而這種感覺，我父親是從來也不會有的。按照習慣，在處決犯人的時候——講得文雅一點，是在所謂的最後時刻，而實質上應該說是在最卑鄙的謀殺時刻——我父親是必須出席的。

「從那時起，我一看到那本《謝克斯旅行指南》就十分反感。從那時起，我就討厭法院、死刑和處決。我震驚地發現，我父親可能已參與過多次這樣的『謀殺』，而且每逢這種日子他就起得特別早。是的，在這種情況下，他總是把鬧鐘上好了發條。我不敢把這些事告訴我的母親，不過我對她做了更仔細的觀察，於是我明白他倆之間已沒有絲毫感情，我母親是在過著一種清心寡慾的生活。這就使我原諒了我的母親，正像我當時所說的那樣。過了一些時候，我懂了，對她也無所謂原諒，因為我母親在結婚前家裡很窮，是貧窮使她學會了逆來順受。

「您現在一定在等我說這句話：我當時立刻就離家出走了。不，我在家裡還待了好幾個月，幾乎一年左右。但是在這段時間裡，我內心很痛苦。一天晚上，我父親又找他的鬧鐘了，因為他第二天要早起。那天一整夜我沒睡著。第二天當他回家時，我已經走了。接下來的事，我就直截了當地說吧！我父親派人四處找我，於是我就去見他，我什麼也沒向他解釋，我心平氣和地對他說，要是他逼我回家，我就自殺。他生性較溫和，終於同意我離去，不過他發表了一通議論，認為這種想無拘無束地生活的行為是很愚蠢的（他是這樣理解我的行為的，而我一點也沒有反駁他），他還忍住真誠的眼淚向我百般囑咐。以後，隔了很久，我才經常回家去看望我的母親，同時也見到了他。我想，這些接觸也就使他滿足了。至於我，我對他並不怨恨，只不過心裡有點惆悵。當他去世的時候，我就把母親接來跟我一起過日子；要不是她後來也去世的話，她現在還跟我住在一起。

「我之所以把這段開始的經歷講得那麼冗長，這是因為它正是一切的起點。現在我要講得快一點。從十八歲那年起，我離開了富裕的環境，過著貧窮的生活。為了糊口度日，我幹過許多差使。一切總還算順利。但是，我所關心的問題是死刑。我要替這個紅棕色的貓頭鷹算一筆帳。因此，我曾經如人們所說的那樣，搞過政治。總而言之，我不想成為一個鼠疫患者。我曾認為，我所處的這個社會是建築在死刑的基礎上的，因此我同這個社會做鬥爭，就是同謀殺做鬥爭。我曾經是這樣想的，別人也曾經對我這樣說的，而歸根結底，這種觀點也是基本上正確的。於是，我就跟其他一些我所愛的、而且至今一直愛著的人們站在一起。我就這樣堅持了很久。在歐洲，無論哪一個國家發生了這類鬥爭，其中都有我的份兒。好吧，這就不說了。

「當然，我當時懂得，我們偶爾也判人死刑。但是，人們告訴我，為了實現一個再也沒有人殺人的世界，這些人的死是必要的。在某種意義上來說，當時這是對的，不過無論如何，現在我恐怕不能堅持這類真理了。有一點是肯定的，這就是我當時猶豫不決的。但那時我總想著這隻貓頭鷹，因此就能堅持下去。直到有一天，我親眼目睹了一次處決（那是在匈牙利），於是，童年時在法庭裡所遇到的這種使我暈頭轉向的場面又一次使我（當時我已成人）視線模糊起來。

「您從來也沒見過槍斃人吧？沒有，當然囉，旁觀者一般是邀請的，而且觀眾也是事先經過選擇的。結果您只能停留在圖畫和書本的描寫水平上：眼睛蒙上布條，人捆綁在木柱上，遠處幾個士兵。告訴您，不是這麼回事！恰恰相反，執行處決的行刑隊站在離犯人一米半遠的地方。這個您知道嗎？要是犯人向前走兩步，他的胸口就會碰到士兵們的長槍！這個您知道嗎？在這麼近的距離，士兵們把子彈集中打在他的心臟區，就會打出一個可以把拳頭伸進去的口子！這個您也知道嗎？不，您是不知道這一切的，因為人們是不談這些細節的。對鼠疫患者來說，人的睡眠要比生命更為神聖不可侵犯，我們不應該去打擾這些正人君子的睡眠。只有風格不高的人才會這樣做，而風格在於不要堅持己見，這是眾所周知的事。但我從那時起就沒有好好睡過。我就是風格不高，不斷地堅持己見，也就是說，不停地想著這些事。

「於是，我懂得了這樣的事實：在自己滿心以為是在理直氣壯地與鼠疫做鬥爭的漫長歲月裡，自己卻一直是個鼠疫患者。至少，我的情況就是如此。我了解到，我已經間接地贊同了千萬個人的死亡，甚至促成了這一死亡，因為我贊成最終導致死亡的一切行動和原則。別人好像並不因此而感到內疚，或者至少可以說，他們從來也不主動地談到這些。而我卻一想起就喉嚨發哽。雖然我跟他們在一起，但我還是孤獨一人。有時候我向他們傾訴我內心的不安時，他們卻對我說，應該考慮的是目前引起爭論的問題；他們還向我灌輸一些常常是很感動人的道理，硬使我接受我所無法接受的東西。不過我回答說，在這些情況下，那些穿著紅色法袍的大鼠疫患者也會振振有詞，講出一些令人信服的道理來，而如果我同意小鼠疫患者所提出的那些不可抗拒的理由和迫不得已的情況，那麼我就不能否定大鼠疫患者所講的同樣理由。他們向我指出，如果要附和這些穿紅色法袍的人的話，有個好辦法，那就是讓他們去壟斷判刑的權利。不過，我當時心想，要是讓了一次步，那麼就得一直讓步到底。看來歷史也證實了我的這種想法，今天他們不是都在爭先恐後地殺人嗎！？他們都殺紅了眼，而且他們也只能這樣做。

「不過，不管怎麼說，我所關心的並不是和別人進行爭辯，而是那隻紅棕色的貓頭鷹，是法庭上的那件骯髒勾當：一張張又髒又臭的嘴向一個鎖上鐐銬的人宣布他即將死去，並為他的死亡辦理好一切手續，以便他整夜整夜地處於垂死的恐怖之中，最後睜著眼睛，束手待斃。我念念不忘的是那個胸口上的窟窿。我心想，在等待把問題弄清楚的過程中（至少對我來說是這樣），我一絲一毫——您聽見嗎——一絲一毫也不會贊成這種令人作嘔的殘殺。是的，在沒有把問題弄明白之前，我決定採取這種盲目的頑固態度。

「從那以後，我的思想沒改變過。長期來我感到無比羞愧，因為我曾經是個殺人凶手，即使是間接的，同時也是出於善良的願望，這仍改變不了這一事實。隨著時間的消逝，我就發現，即使是那些比別人更善良的人今天也不由自主地去殺人，或者聽任別人去殺人，因為這是符合他們生活的邏輯的。我也發現，在這個世界上，我們的一舉一動都可能導致一些人的死亡。是的，我一直感到羞愧！我懂得了，我們大家當時都生活在鼠疫之中，於是我就失去了內心的安寧。直到今天，我還在設法了解他們每個人，力圖使自己不要成為任何人的冤家對頭，想通過這種方式來尋找失去的安寧。我只知道，為了使自己不再是一個鼠疫患者，該怎麼做就得怎麼做，而且只有這樣做才能使我們有希望得到安寧，或者，在得不到安寧的情況下，可以心安理得地死去。也只有這樣做才能減輕人們的痛苦，如果說這還不能拯救他們的話，至少也能儘量少使他們受害，甚至有時還能為他們做一點好事。因此，凡是使人死亡的事，凡是為這種事進行的辯護，不管是直接地還是間接地，不管有理還是無理，我一概拒絕接受。

「因此，這場鼠疫並沒有使我學到任何東西，要不，就是它教會了我應該跟您在一起同它做鬥爭。根據可靠的資料，我知道（是的，里厄，我對生活了解得很透徹，這一點您是看得出來的），每個人身上都有鼠疫，因為在世界上沒有任何人，是的，沒有任何人是不受鼠疫侵襲的。因此，我們要不斷地留心自己，否則一不小心，就會把氣呼到別人臉上，從而把鼠疫傳染給他。只有細菌是自然產生的。其餘的，例如健康、正直和純潔，可以說是出自意志作用，一種永遠也不該停止的意志的作用。

「正直的人，也就是幾乎不把疾病傳染給任何人的人，這種人總是小心翼翼，盡可能不分心。而為了做到永遠不分心，就要有意志力，就要處於緊張的狀態！是的，里厄，當一個鼠疫患者是很累人的。但是要不想當鼠疫患者，那就更累人了。正因為如此，大家都顯得很疲乏，因為今天大家都有點傳染上了鼠疫。但是，也正因為如此，有些不願再當鼠疫患者的人覺得精疲力竭；對他們來說，除了死亡之外，再也沒有任何東西能使他們擺脫這種疲乏。

「從現在起，我知道，我對這世界本身來說，已毫無價值。從我放棄殺人的那時候起，我就對自己宣判了永久的流放。現在將由其他人來創造歷史。我也知道，我不能從表面上去判斷這些人。我這個人沒有資格當一個合理的殺人凶手。這當然不是一個優點。不過，我還是願意像我現在這樣，我學會了謙虛。我只是說，在這地球上存在著禍害和受害者，應該盡可能地拒絕站在禍害一邊。這在您看來或許比較簡單，但我卻不知道這是不是簡單，但是我知道我說的情況是確實的。我曾經聽到過許多大道理，這些大道理差點兒把我搞得暈頭轉向，同時也迷惑了不少其他人，使他們同意謀殺。這才使我明白，人們的一切不幸都是由於他們講著一種把人搞糊塗的話。於是，為了走上正道，我決定講話和行動毫不含糊。因此，我說，在這世界上存在著禍害和受害者，除此之外沒有任何別的東西。如果，在我這樣說的時候，我自己也變成禍害的話，那麼，最低限度，我不是心甘情願的。我力圖使自己成為一個無罪的殺人者。您看，這不能算是奢望吧！

「當然，應該還有第三種人，那就是真正的醫生，但事實上，人們遇到的真正的醫生很少，而且可能也很難遇到。所以，我決定在任何情況下都站在受害者的一邊，以便對損害加以限制。在受害者當中，我至少能設法知道怎樣才能達到第三種人的境界；就是說，獲得安寧。」

最後，塔魯擺動著腿，用腳輕輕地敲著平台。

經過一陣沈默之後，里厄挺了挺身子，問塔魯是否知道有一條通往安寧的道路。

「有的，那就是——同情心。」

遠處響起了救護車的呼嘯聲。剛才還是模糊不清的驚呼聲現在都匯集到城市的邊緣，靠近石頭山山崗的地方。就在這時候，他們聽到一種像爆炸那樣的聲音，然後，四周又是一片寂靜。里厄看到燈塔又閃了兩次光。微風好像已增強了風勢，同時，有一股帶鹽味兒的陣風從海面上吹來。他們現在清楚地聽到波濤沖向懸崖時所發出的低沈聲音。

「總之，」塔魯爽直地說：「使我感興趣的是怎樣才能成為一個聖人。」

「可是，您不信上帝。」

「是啊！一個人不信上帝，是否照樣可以成為聖人？這是我今天遇到的唯一具體問題。」

突然，從剛才傳來叫聲的那邊出現了一大片微光，一陣分辨不清的嘈雜聲，沿著風的方向，傳到兩個朋友的耳畔。微光立刻就暗了下去，而遠處，在那些平台的邊緣，只剩下一片淡淡的紅光。在風勢暫停的時候，他們清楚地先聽到一片人的叫喊聲，接著是一陣射擊聲，最後是人群的喧嘩聲。塔魯站了起來，傾聽著。但他們再也聽不到任何聲音。

塔魯說：「城門口又打起來了。」

「現在已經結束了。」里厄回答說。

塔魯喃喃地說，這絕不會結束，而且還會有犧牲者，因為這是很自然的事。

「可能是這樣。」里厄回答說：「不過，您知道，我感到自己跟失敗者休戚相關，而跟聖人卻沒有緣分。我想，我對英雄主義和聖人之道都不感興趣。我所感興趣的是做一個真正的人。」

「對，我們追求的目標是一致的。不過，我的雄心沒您的大。」

里厄以為塔魯在開玩笑，就看了對方一眼。但是在夜空模糊的光線下，他看到的是一張憂傷和嚴肅的臉。風又重新刮了起來，里厄感到風吹在身上，暖洋洋的。

塔魯振作一下說：「為了友誼，您知道我們該做些什麼？」

里厄回答說：「做您想做的事。」

「去洗個海水澡。即使對未來的聖人來說，這也是一種高尚的樂趣。」

里厄微笑起來。

塔魯接著說：「我們有通行證，可以到防波堤上去。總而言之，要是只生活在鼠疫的環境中，那就太愚蠢了。當然，一個真正的人應該為受害者鬥爭；不過，要是他因此就不再愛任何別的東西了，那麼他進行鬥爭又是為了什麼？」

「對，走吧！」里厄說。

不一會兒，汽車在港口的柵欄附近停了下來。月亮已經升起，夜空中乳白色的光輝向四處投下了模糊的影子。在他們後面是城裡鱗次櫛比的房屋，一股熱烘烘的混濁氣流從那裡吹來，驅使這兩位朋友走向海邊。他們向一個士兵出示了通行證，後者檢查了好久才放他們走。他們穿過堆滿了木桶和散發出酒香和魚腥味的場地，朝著防波堤的方向走去。快走近時，一股碘和海藻的氣味告訴他們大海在望。接著，就傳來了波濤聲。

大海在防波堤的巨大石基下輕聲吼鳴。當他們登堤時，萬頃波濤就展現在他們的眼前。海面像絲絨那樣厚實，又像獸毛那樣柔軟光滑。他們在面向大海的岩石上坐下。海水以緩慢的節奏沖上來又退下去。大海的起伏像人的呼吸一樣平靜，亮晶晶的反光在水面上時隱時現。在他們面前，展現著一幅漫無邊際的夜景。

里厄用手撫摸著凹凸不平的岩石，一種奇異的幸福感充滿了他的周身。他轉向塔魯，從他朋友的那張安詳而嚴肅的臉上，猜測出塔魯也有著相同的幸福感；但他也知道這種幸福感不能使塔魯忘卻任何事情，當然也不會忘卻世上的殺戮。

他們脫掉了衣服。里厄先跳下水。開始時，他感到水有點涼，但等他重新浮上水面時，卻感到水是溫的。蛙永了一會兒後，他才懂得，這天晚上，海水之所以是溫的，是因為秋天的大海從地面吸收了在夏天時一連好幾個月貯存起來的熱量。他以均勻的動作向前游著，雙腳拍打著海面，在他身後留下了一道翻滾的泡沫，海水沿著他的胳膊流到腿部。他聽到很響的撲通一聲：塔魯下水了。里厄翻過身來，一動不動地浮在水上，面對懸掛著月亮和布滿星星的天空。他深深地呼吸。接著，他越來越清晰地聽到打水的聲音，這聲音在寂靜的夜晚顯得格外響亮。塔魯在後面游近了，不多會兒，連他的呼吸聲也能聽到了。里厄翻過身來，以同樣的速度跟他的朋友齊頭並進。塔魯游得比他快，於是他只得加快速度。在短短的幾分鐘時間裡，他們以同樣的節奏、同樣的力量向前推進，孤寂地遠離了塵囂，終於擺脫了這座城市和鼠疫。里厄先停下來，接著他們就慢慢地游回去。在回岸途中有一段時間他們遇到了一股冰冷的水流，在大海的這種出其不意的襲擊下，他們兩人都不約而同地加快了速度。

他們重新穿好衣服，一言不發地踏上了歸途。但這時，他們已成了兩個心有默契、靈犀相通的朋友了，這天夜晚給他們留下了親切的回憶。當他們遠遠地看到疫城的哨兵時，里厄知道現在塔魯和他都在心裡說著同樣的話——鼠疫剛剛把他們忘卻過一時，這很不錯，但現在又該重新開始了。

25

是的，又該重新開始了，鼠疫是不會長期地把任何人遺忘的。在十二月份，它又在市民們的胸口「燃燒」起來，使焚屍爐燒得通亮，使隔離營內無事可幹、空著雙手的人影不斷增加，它以一種既頑固而又不規則的速度不停地蔓延。市政當局曾寄希望於冬天的來臨，希望寒冷能煞住瘟疫的勢頭，然而鼠疫卻毫不停步地越過了初冬的嚴寒。還得等啊！但是，人們等久了也就不再等了，全城居民過著毫無希望的日子。

對里厄醫生來說，那天晚上他所享受的那種短暫的寧靜和友誼的時刻也一去不復返了。城裡又開設了一個醫院，因此里厄只能整天跟病人打交道。他發現，雖然目前肺鼠疫患者與日俱增，但是病人似乎都能跟醫生很好地配合。他們不再像鼠疫開始時那樣沮喪或瘋狂，而是好像對自己的利益有了比較正確的認識，他們主動要求獲得一些對他們最有益的東西。他們不斷地要水喝，大家都想得到別人的熱情對待。儘管里厄還是跟平時一樣地勞累，但是在這種情況下，他感到不像以往那樣孤獨了。

十二月底左右，里厄收到預審法官奧東先生從隔離營寫來的一封信，說他被隔離檢疫的時間已超過規定，而管理部門卻找不到他進隔離營的日期，因此人們還錯誤地把他關在裡面。奧東夫人不久前已從隔離病房出來，她曾向省裡提出抗議，結果她在那裡碰了釘子，人們回答她說：絕不會出差錯。里厄請朗貝爾出面去解決這個問題。幾天後，奧東先生就來看他了。事實上，果真出了差錯，因此里厄感到有點氣憤。可是業已消瘦的奧東先生卻舉起了一隻軟弱無力的手，字斟句酌地說，大家總會有出差錯的時候。醫生只覺得情況有了一些變化。

里厄說：「法官先生，您打算做些什麼？一大堆卷宗等著您去處理呢！」

「啊，不！」法官說：「我想請假。」

「說的倒是，您該休息休息。」

「不是這個意思。我想回隔離營去。」

里厄驚訝地說：「您不是剛從那兒出來嗎？」

「我剛才沒說清楚。有人告訴我說，在這個隔離營裡是有志願管理人員的。」

法官的圓眼睛滴溜溜的轉了一下，他用手把豎起來的一撮頭髮撫平……

「我或許在那兒有事可做。另外，說起來也挺傻：在那兒能使我常想起我的小男孩。」

里厄看著他。在奧東先生的那雙嚴厲而又缺乏表情的眼睛裡是不可能突然出現溫存的目光的。但是它們已變得較為混濁，失去了原來金屬般的光澤。

「那當然。」里厄說：「既然您願意去，那這件事就讓我來辦吧！」

醫生果然把這件事辦妥了。直到聖誕節為止，疫城中的生活還是老樣了。塔魯也一如既往，神態自若地出現在各處。朗貝爾告訴醫生說，在兩個年輕的衛兵幫助下，他找到了一個秘密的辦法跟他的情人通信。他現在每隔一段時間就可以收到一封信。他建議里厄也利用一下他的渠道，醫生同意了。這幾個月來，里厄還是第一次寫信，他提起筆來感到十分困難。他已經忘了某種語言。信發出了，可是遲遲不見回音。至科塔爾，他現在是鴻運高照，生意興隆，他的小規模的投機買賣使他大發橫財。不過格朗在這節日期間卻不太如意。

這一年的聖誕節與其說是福音節，倒不如說是地獄節。店鋪裡空空如也，黯然無光，櫥窗裡盡是些假巧克力或空盒子，電車中的乘客臉色陰沉，沒有一點昔日聖誕節的氣氛。往年的聖誕節，不管是富人還是窮人，家家都團聚在一起，而今年卻只有少數特權者躲在積滿污垢的店鋪後間，用駭人的代價換來一些脫離大眾而又不見不得人的享受。教堂裡充滿著的不是感恩聲，而是哀鳴。在這座陰沉而寒冷的城市裡，只有幾個孩子在奔跑，因為他們還不懂得瘟疫在威脅著自己。但是沒有一個人敢跟他們提到，過去有聖誕老人，背著禮物而來，他雖與人類的痛苦同樣古老，但卻像年輕人的希望那樣富於生氣。現在，在大家的心靈裡只留下一個很古老、很黯淡的希望，它使人不至於自暴自棄，走向死亡，而且堅持生活下去。

聖誕節前夜，格朗沒有赴約。里厄很擔心，因此第二天一清早就到他家去，但沒有找到他。醫生就把這件事通知了大家。

十一點左右，朗貝爾到醫院裡來告訴里厄，說他遠遠看到格朗一個人在大街上徘徊，臉色十分蒼白，後來格朗就不見了。於是，醫生和塔魯就坐車去尋找。

中午，天氣十分寒冷。里厄跳下汽車，從遠處瞧著格朗。這位老公務員的臉幾乎緊緊地貼在一個櫥窗上，櫥窗裡放滿了粗糙的木刻玩具。眼淚從他的臉上像斷了線的珍珠似地淌下來。里厄見了，心潮起伏，因為他懂得這些淚水意味著什麼，因為他自己也感到一陣心酸，咽喉憋得難受。里厄同時也回憶起了這個不幸者在訂婚時的情景：那時候也是聖誕節，在一家店舖前，尚娜偎依在格朗的胸前，仰著身子，抬頭對他說她很高興。如今她那充滿戀情的清脆聲音又從遙遠的過去回到了格朗的耳邊，這是肯定的。里厄知道，此時此刻，這位淚流滿臉的老人在想什麼，而他也跟格朗一樣在想：這沒有愛情的世界就好像是一個沒有生命的世界，但總會有這麼一個時刻，人們將對監獄、工作、勇氣之類的東西感到厭倦，而去尋找當年的伊人，昔日的柔情。

這時格朗通過玻璃的反映看到了里厄。他轉過身，靠在櫥窗上看著醫生走過來，眼淚不停地淌著。「啊！醫生，啊！醫生。」他嗚咽著說。

里厄一句話也說不出來，只是頻頻點頭，表示同情。他同格朗一樣感到苦惱。這時他心頭怒火翻騰，因為不論是誰，在看到大家都遭受到的痛苦時，都會產生這樣的感情。

「唉！格朗。」他回答說。

「我想找時間寫封信給她，讓她知道……讓她能毫無內疚地感到快活……」

里厄拉著格朗向前走，他的動作有點粗暴。而格朗則一邊幾乎毫不抗拒地任他拖著走，一邊結結巴巴地說些不成句的話。

「這實在拖得太久了。我想聽天由命了。有什麼辦法呢？啊！醫生！我看起來就像現在這樣平靜。可是，我總是要使很大的勁兒才能勉強做得保持常態。可現在，實在受不了啦！」

他停了下來，渾身顫抖，眼睛像瘋了似的。里厄抓起他的手，發現手燙得厲害。

「該回去了。」

但是格朗掙脫了醫生的手，奔了幾步路，然後停了下來，張開雙臂，開始前後搖擺起來。他就地旋轉了一下，倒在冰涼的人行道上，臉部被繼續流著的眼淚弄得骯髒不堪。行人們遠遠看到這種情景，突然停了下來，不敢再向前走了。里厄只得把老人抱了起來。

格朗躺在床上，呼吸非常困難，肺部受到了感染。里厄考慮了一下：這位老公務員沒有家室，何必送他進隔離病房呢？還是讓自己跟塔魯一起來照料他吧……

格朗的頭深深地埋在枕頭裡，臉色發青，眼睛暗淡無光。他凝視著塔魯用一只木箱子的碎片在壁爐裡燃起的小小火焰。他說：「我的病情不妙。」他邊說話邊咳嗽，咳嗽的聲音聽起來很怪，好像是從他那燃燒著的肺部深處發出來的劈劈啪啪的聲音。里厄叫他停止說話，並說他會痊癒的。病人先是露出一種古怪的笑容，接著臉上又出現了一絲溫柔的表情。他費勁地擠了擠眼，說：「要是我能死裡逃生，醫生，我向您脫帽致敬！」但是，話剛說完，他就進入了衰竭狀態。

幾小時後，里厄和塔魯發覺格朗坐在床上。里厄從他那燒得通紅的臉上看到病情惡化，感到十分吃驚。但病人的神志好像比剛才清醒了些，一見到他們，就立即用一種異常低沉的聲音請求他們把他放在抽屜裡的一份手稿拿給他。他接過塔魯遞給他的手稿，連看也不看，就緊緊地把它貼在胸口，然後又把它遞給里厄，做了個手勢，表示請醫生唸一下。這是一份五十來頁的短短手稿。醫生翻了翻，發現在這些稿紙上只是寫著一句同樣的話，只不過是抄了又抄，改了又改，增增刪刪。五月、女騎士、林間小徑，這幾個字一再地重複，用各種方式排列組合成句子。作者在他的手稿裡還做了注釋，羅列了那句句子的不同寫法，注釋有時極其冗長。但是在最後一頁的末尾，只寫著一句書法十分工整的句子，而且墨跡還很新鮮：「我親愛的尚娜，今天是聖誕節……」在這句話的上面，工工整整地寫著那句句子，這當然是最新的寫法了。「請唸一下，」格朗說。於是，里厄就唸起來——

「在五月的一個美麗的清晨，一位苗條的女騎士跨著一匹華麗的棗騮牝馬在花叢中穿過樹林小徑……」

「是這樣寫嗎？」老人用一種狂熱的聲音問道。

里厄沒有抬起眼睛看他。

老人激動地說：「啊！我知道。美麗，美麗，這個字不確切。」

里厄握住了病人擱在被子上的手。

「算了吧，醫生。我沒時間了……」

他的胸部困難地起伏著。突然，他大聲說：

「把它燒掉！」

醫生猶豫起來，但格朗重複了他的命令。他說話的語氣是那樣地嚴厲，又是那樣地痛苦，最後里厄只得把這些稿紙扔到快要熄滅的爐子裡去。房間裡很快就亮了起來，一陣短暫的燃燒使屋子裡略添暖意。當醫生回到病人床前，只見他已轉過身去，臉幾乎貼在牆上。塔魯看著窗外，好像對這種場面無動於衷。給格朗注射了血清後，里厄對他的朋友說，病人過不了今夜就會死去，於是塔魯提出讓自己留下來看護。醫生同意了。

整個晚上，格朗將要死去的這個想法一直在里厄的腦海中縈迴。但是，第二天早晨，里厄發現格朗已經坐在床上和塔魯說話。高燒已退，現在只剩下全身無力的症狀了。

「啊！醫生，」老公務員說：「我錯了。不過，我可以重寫。我全部都記得很清楚。」

里厄對塔魯說：「別急，到時我再看。」

但是到了中午，仍沒有絲毫變化。到了晚上，已經可以認為格朗已脫離險境了。里厄對這一起死回生的現象一點也不理解。

差不多與此同時，人們卻給里厄送來了一個年輕的女病人。起先他也認為她已病入膏肓，因此病人一到醫院，他就叫人把她隔離起來。這位在昏迷中的姑娘不停地講胡話，她的病徵完全說明她已得了肺鼠疫。但是第二天早晨，熱度就退了。當時，醫生還以為這種現象跟格朗的情況一樣，是病情在早晨的暫時緩解。根據經驗，他認為這是一個兇多吉少的徵兆。可是到了中午，熱度卻沒有回升。晚上，它只升高了幾分，而到了第三天早晨，體溫已經正常了。儘管那姑娘很疲乏，但她在床上很自由自在地呼吸著。里厄對塔魯說，這姑娘的得救完全是反常的事。但是這一星期中，在里厄的醫院裡一連發生了四起同樣的情況。

週末那一天，那位患氣喘病的老人十分激動地接待了里厄和塔魯。

「這下行啦！」他說：「牠們又跑出來了。」

「什麼東西跑出來了？」

「嘿！老鼠唄！」

從四月份以來，人們從來沒有發現過一隻死老鼠。

塔魯對里厄說：「是不是一切又會像以前一樣重新開始？」

老人高興地搓著手。「瞧牠們奔跑的樣子！看了真叫人高興。」

他已看見過兩隻活生生的老鼠從他家門口竄進來。一些鄰居也告訴過他，他們家裡，老鼠也重新出現了。在一些屋樑上，人們又重新聽到已經忘記了好幾個月的老鼠騷動聲。里厄等著了解每週開始時發表的統計總數。結果，有關數字表明，疫勢已減弱。

26

儘管居民們沒想到疫勢會突然減弱，但是他們還不敢高興過早。這些月來，他們越來越希望能擺脫瘟疫的折磨；但與此同時，他們也懂得了謹慎，養成了這樣一種習慣，那就是越來越不指望在短期內就能看到鼠疫結束。可是大家都在談論著這一新的現象，於是在人們內心深處又產生了一種強烈的、但又不敢明說的希望。其他一切都被放到了次要的地位。統計數字下降了，這是一件出人意料的事；相形之下，那些剛死於鼠疫的人就算不了什麼。種種跡象表明：雖然人們沒有公開盼望「健康時代」立即到來，但是他們卻暗中在等待著。比如說，從那時起市民們就很樂意——儘管表面上裝出一副無所謂的樣子——談論在鼠疫結束後怎樣去重新安排他們的生活。

大家一致認為一下子恢復鼠疫發生前的那種舒適的生活條件是不可能的，因為破壞起來很容易，而要重建那就困難多了。人們只是認為食品供應可能會有所改善，這樣一來，至少可以不再為最迫切的問題操心了。但事實上，在這些無關緊要的談話裡卻同時冒出一種荒誕的希望來，使市民們有時會感到不對頭，於是他們就急忙說，無論如何，鼠疫是不會一夜之間就結束的。

果然，鼠疫沒有很快停止蔓延，但從表面看來，疫勢減弱的速度超出了一般合乎情理的期望。在一月初，嚴寒持續不退，這是很罕見的。冷空氣好像已經凝結在城市的上空。但天空卻從來沒有像這樣蔚藍。連日來，燦爛而沒有暖意的陽光整天沐浴著這座城市。這種新鮮的空氣使疫勢在三個星期裡連續減弱，死於疫病的人數越來越少，瘟神似乎也勞累得精疲力盡了。在一個短短的時期裡，鼠疫幾乎失去了它在好幾個月裡積蓄起來的全部力量。就拿格朗或者上面談到的那個姑娘來說，他們本已被選中為它的犧牲品，但他們卻逃脫了它的魔爪，這樣的例子還有一些，現在它往往在某些區裡猖獗兩三天，而同時卻在另一些區裡銷聲匿跡；在星期一它比平時奪走了更多人的生命，可是到了星期三，它卻讓全部病人幾乎都逃脫了。看到它這種時而喘息不前，時而迅猛撲來的情況，人們就會說，它是由於煩燥而厭倦而垮下來了，不僅前一時期那股叱吒風雲的威勢、百發百中的精確打擊能力已煙消雲散，就連對自身的控制力也一去不復返了。

卡斯特爾的血清一下子獲得了一系列的療效，而在這以前，這是從來也沒有過的。過去，醫生們採取的種種措施從不見效，而現在卻突然都百試百靈起來。好像鼠疫也遭到了圍攻，似乎它突然的衰弱使人們到目前為止一直用來抵抗它的遲鈍的武器變得銳利了。不過，有時鼠疫又會倔強起來，在一種盲目的振奮中，奪走了三、四個病人的生命，而這些病人本來是有希望治好的。他們都是這場災難中的倒楣鬼，在這充滿希望的時刻，他們卻成了鼠疫的犧牲品。法官奧東先生的情況就是這樣，當時人們不得不把他撤出隔離營。塔魯說他運氣不佳，但是人們不知道塔魯說這話是指法官的死，還是指後者活著的時候運氣不佳。

但是從總的情況來看，疫勢是在全線退卻。省裡的公報先是隱約流露出一點希望，最後向公眾證實了這樣一種信心，即勝利的大局已定，鼠疫正在放棄它的陣地。實際很難斷定這是個勝利。只是人們不能不感到鼠疫好像去得和來時一樣突然。人們用來對付它的戰略沒變，昨天還是行之無效，而今天，卻看來很合適。人們只是得到這樣的印象：鼠疫已把自己搞得精疲力竭了，或者，可能它在達到了它的目標之後自行撤退。總之，可以說它的使命完成了。

可是，城裡好像沒有任何變化。白天，街上還是那樣靜悄悄的，而到了晚上卻擠滿了同樣的人群，大多數人都穿著大衣，圍著圍巾。電影院和咖啡館跟以往一樣生意興隆。但要是再仔細觀察一下，人們就會注意到一張張臉都比以前開朗了，有時還掛著一絲微笑。這使人想起：在這以前，沒有一個人在街上露過笑容。實際上，幾個月來把這座城市纏得緊緊的不透光的帷幕已經出現了一個裂縫，而且每星期一從無線電廣播新聞中，人們可以發現這個裂縫正在擴大，最後它將大到可以讓人呼吸了。不過，人們只是悄悄地鬆了口氣，還不敢明顯地流露出喜悅的心情。要是前些時候傳來諸如有一列火車已經出站，或者有一艘輪船已經到達港口，或者汽車將重新可以在市內通行等消息時，那準是誰也不會隨便相信的，可是如果上述新聞公布於一月中旬的話，那卻不會使任何人感到驚。這種變化當然沒什麼了不起。但這些微妙的差別，事實上卻說明了市民們在希望的道路上已經邁開了大步；而且我們可以說，當市民們的心頭點燃起了一絲希望的火光時，從這時開始，鼠疫的橫行時期實際上就結束了。

但是，在整個月裡，他們對外界事物的反應還是很矛盾的。確切地說，他們處在一種興奮和沮喪兩者相互交替的狀態之中。儘管疫情統計的結果令人振奮，但最近還是發生了好幾起試圖逃跑的事件。這使當局感到十分意外，連守衛城門的崗哨也毫無心理準備，因為大多數的逃跑事件都是成功的。但實際上，這時候逃跑的人是受一些自然而然產生的情緒所支配的。對一些逃跑的人來說，鼠疫已經在他們的心裡深深地播下了懷疑的種子，使他們不能擺脫這種心情，他們已不再抱有任何希望。雖然鼠疫時期已經過去，但他們繼續按照這個時期的準則來生活。他們是一些落後於形勢的人。另一部分人則相反。他們絕大部分是那些在這以前被迫與親人分離的人，經過了這段長期禁閉和心情沮喪以後，現在刮起的這股希望之風吹得他們反而失去了耐心，使他們激動得控制不住自己。一想到與心上人重逢之日已經在望，但又怕功虧一簣，先行死去，不但團圓頓成泡影，連長期的煎熬也白費了勁，這時，他們禁不住惶惶不安起來。在這些月裡，儘管他們被囚禁和流放，但他們還是頑強地堅持等待，而現在希望的曙光已經出現，然而它卻摧毀了恐懼和絕望所不能摧毀的東西。他們等不及鼠疫結束，為了趕在它的前面，像瘋子似地拚命向前衝。

不過，同時也出現了一些自然流露的樂觀跡象。比如說，人們發現物價已顯著地下降。從純經濟學觀點來看，這一現象無法解釋。各種困難並沒有減少，在城門口還保持了隔離檢疫的手續，食品供應遠遠沒有改善。因此，這一現象完全是精神因素造成的，好像疫勢的減弱到處都有反應一樣。同時，那些過去一直習慣於集體生活，但由於鼠疫橫行而不得不單獨分開的人也樂觀了起來。城裡的兩個修道院重新開辦了，因此集體生活得到了恢復。軍人的情況也是同樣。他們被重新召回到空著的營房裡去，恢復了正常的部隊生活。這些事雖小，但卻很能說明問題。

一直到一月二十五日，市民們就生活在這種秘而不宣的興奮狀態之中。這一星期，統計數字大大下降，經過與醫學委員會商議，省裡宣布鼠疫可以算是結束了。此外，公報補充說，為了慎重起見——這一點肯定能獲得市民的贊同——城門還要關閉兩個星期，預防措施還要維持一個月。在這段時間內，一發現鼠疫有死灰復燃的現象，「就必須保持現狀，重新採取有關措施。」但是，大家都把這些補充說明看成是一些官樣文章，因此一月二十五日晚，城裡歡騰了起來。為了配合大家這種興高采烈的氣氛，省長命令恢復正常時期的照明。在晴朗而寒冷的天空下，居民們又說又笑，鬧聲不絕，成群地擁向燈火輝煌的大街。

當然，許多屋子照舊緊閉著百葉窗。在這同一天的夜晚，可說是幾家歡樂幾家愁。不過在這些沉浸於哀傷中的人們中間，許多人心裡也感到很大的寬慰，因為他們終於不必再擔心會看到其他親戚死去，或者不必為了保存自身而戰戰兢兢。就在此時，有些家庭中還有一個患鼠疫的病人住在醫院裡，而且全家人不是住隔離病房就是待在家裡，等待這場災難有朝一日能真正離開他們，就像它現在已離開其他人那樣。這些家庭對目前這種皆大歡喜的局面無疑是最無緣分的。當然，他們也抱有希望，只是他們把它貯藏在心底裡，在還沒有真正的把握之前，他們是絕不會把它掏出來的。對他們來說，這種處於垂死和歡樂之間的等待，這種默默無言的夜晚，在四周一片歡騰的氣氛襯托下，就顯得格外殘酷了。

但是，這些例外的情況絲毫不影響其餘人滿意的心情。當然，鼠疫還沒有結束，而且它還將證明自己確是沒有結束。可是大家的思想已經走在時間的前面，提前了好幾個星期，似乎列車早就在一眼望不到盡頭的鐵軌上鳴笛飛馳，輪船在閃閃發光的海面上破浪前進了。要是再過上一天，大家的頭腦可能不再那樣發熱，可能又會產生懷疑。但是目前彷彿整個城市都開動了起來，正在離開它曾經打下石基的地點，離開這些與外界隔絕的、陰森森的、靜止不動的地方，最後帶著這場災難中的倖存者離去了。

這一天晚上，塔魯、里厄、朗貝爾和其他一些人混雜在人群中走動，他們也有一種飄飄然的感覺。在塔魯和里厄離開了林蔭大道很久後，甚至當他們在人影稀少的街道裡沿著一幢幢緊閉著百葉窗的房屋默默地走著時，這種歡樂的聲音還傳到他們的耳邊。痛苦在百葉窗後面繼續折磨著人，而在離這些房子不遠的大街上卻充滿著歡樂。由於他們已很疲倦，所以無法把這種痛苦和這種歡樂分離開來。解放的時刻迫近了，但這一時刻卻同時充滿了歡笑和眼淚。

當歡樂的嘈雜聲變得更響的時候，塔魯停了下來。在陰暗的路面上，有一個黑影在輕快地奔跑。原來是一隻貓，這是春天以來人們見到的第一隻貓。牠在馬路中間停了一下，猶豫了一會兒，舔舔爪子，把爪子迅速地抓一下牠的右耳朵，接著又悄悄地奔了起來，最後消失在黑夜裡。塔魯微笑了起來。那個矮老頭也準會高興的。

27

但正當鼠疫好像遠遠離去，回到它那不為人知的巢穴裡時，根據塔魯的筆記，城裡至少有一個人卻為此感到十分驚慌，這就是科塔爾。

說實在的，自從統計數字開始下降以來，這些筆記變得相當奇怪。可能是由於疲勞的緣故，筆記的字跡顯得很難辨認，而且它的內容也常常東拉西扯。此外，塔魯的筆記一直是以記述客觀事實為主，但現在卻第一次充滿了個人的見解。比如，在記錄有關科塔爾情況的冗長篇幅中，人們可以讀到一小篇關於這個玩貓老頭兒的報告。根據塔魯自己所說，在鼠疫期間，他對這位老頭兒始終是很尊重的，無論是在鼠疫發生之前，還是鼠疫結束之後，這老頭兒一直使他很感興趣，至於後來情況變了，老頭兒再也不能引起他的興趣，這當然是很遺憾的事，但這絕不能怪塔魯缺乏誠意，因為他曾設法找過這老頭兒的。在一月二十五日那天晚上他們分手之後，過了幾天，塔魯曾站在那條小巷口，希望能看到老頭兒。那些貓已毫不爽約地回到了原來的地方，在幾處充滿陽光的地方取暖。但是在老頭兒習慣出現的時刻，百葉窗卻仍緊緊地關閉著，而且在以後的一些日子裡，塔魯再也沒有看見百葉窗開過。於是，塔魯出奇地得出結論，認為這個小老頭兒正在惱火或者已經死了。如果在惱火，那是因為老頭兒以為自己有理，是鼠疫坑害了他；如果已經死了，那麼就應該考慮一下他的情況，正像考慮那個患氣喘病的老頭兒一樣，想一想他是不是個聖人。塔魯並不認為他是個聖人，但是認為他的情況能給人一種「啟示」。

塔魯在筆記本裡寫道：「可能人們只能達到某些近乎聖人的標準。在這種情況下，就只得去做一個謙遜而仁慈的惡神了。」

在這些筆記裡，人們還可以看到許多有關其他人的評論，但這些評論總是與科塔爾的事情夾雜在一起，而且經常寫得很分散。有些是寫格朗的，說他現在已經康復，重新開始工作，好像連一點事也沒有發生過一樣；有些提到里厄醫生的母親。塔魯跟這位老太太住在同一幢房子裡，他們有時候也聊上幾句。塔魯把這些零星的談話內容、老太太的態度、她的微笑以及她對鼠疫的看法都認認真真地記錄下來。他重點描寫了老太太的謙卑，她講話時的那種簡單明瞭的表達方法，以及她對某一扇窗戶的偏愛：這扇窗朝著寧靜的街道，傍晚，她一個人坐在窗前，略微挺直身子，兩手放得安安穩穩，目光凝視著前方，這樣一直坐到暮色蒼茫，夜幕漸漸降臨到她的房內，把她變成一個黑影，最後把她那靜坐不動的輪廓淹沒在黑暗裡。塔魯還重點描寫了她在屋裡從這間走到那間的那種輕盈的步伐，還有她那善良的品質——雖然她在塔魯面前從不明顯流露出來，但在她的一言一行中他處處能隱約體會到這一美德。最後，塔魯認為，她具有一種無須多加思索就能洞悉一切的本領，儘管她沉靜、謙遜，但她在任何一種「光芒」之前，哪怕是在瘟神的「光芒」之前也毫不遜色。

可是人們發現，塔魯在筆記中寫到此處，筆跡就開始歪歪扭扭起來，顯得十分奇怪。而他接著寫的那幾行字就很難辨別了。最後的幾句話第一次涉及他個人的事，這又一次說明他已控制不住他的筆了：「我的母親就是這樣的人，她也同樣謙卑。我很喜歡她的這一品質，我一直想跟她在一起。我不能說她在八年前已經死了，她只是比平時更謙卑地躲人耳目罷了，而當我回過來的時候，她已不在那兒了。」

言歸正傳，現在該談科塔爾了。自從統計數字下降以來，他曾以種種藉口，到里厄那兒去了好幾次。但是實際上，每次他總是要求里厄對疫情進行預測。「您是否認為鼠疫就會這樣一下子連招呼也不打一聲就停止了？」他對於這一點是懷疑的，或者至少他是這樣說過的。但是他重複地提出這些問題，這似乎說明他的信心也不夠堅定。

在一月中旬，里厄早就很樂觀地回答了他的問題。但每一次，這些回答非但沒有使科塔爾高興，卻相反地使他產生種種反應。這些反應因時而異，有時是惱火，有時是沮喪。到後來，醫生不得不對他說，儘管統計的結果表明情況有了好轉，但還不能就立即高呼勝利。

「這就是等於說，」科塔爾接著問：「人們還一點也拿不準，鼠疫說不定在哪天又會捲土重來，對嗎？」

「對的，正像治癒率也可能越來越高一樣。」

這種捉摸不定的局面對所有的人來說都是值得憂慮的，但卻顯然使科塔爾感到寬慰。他曾當著塔魯的面，和他區裡的商人們談話，竭力宣傳里厄的見解。說真的，他也不難做到使人相信他的話，因為現在人們對這些初步勝利的狂熱已經過去，在許多人的思想裡又產生了懷疑；省裡的公告確實激動人心，但當這陣激動的勁頭一過，懷疑的陰影又回到人們中間。科塔爾看到大家這種忐忑不安的心情時，便感到放心。但有時候他也感到沮喪。「是啊！」他對塔魯說：「最後城門總會打開的。到那時，您看吧，人們一定都會把我撇下！」

在一月二十五日之前，大家發現科塔爾的性格變化無常。在較長的一段時間裡，他總是設法討好他區裡的居民和熟人，但突然整整有好幾天，他老是和他們頂嘴。至少，在表面上，他退出了社交場合，一夜之間，就開始過起一種遁世的生活來。在飯店裡，在戲院裡，在他常去的咖啡館裡，人們再也看不見他的蹤跡。不過，他似乎並沒有恢復他在發生鼠疫以前所過的那種有節制的、不引人注目的生活。他整天關在自己的套房裡，叫附近的一家飯店給他每天送來飯菜。只有在晚上，他才偷偷摸摸地跑出去買一點他所需要的東西，而一出店門，他就奔向行人稀少的街道。雖然塔魯在那時遇見過科塔爾，不過他也只能從後者的嘴裡掏出了幾句最簡單的話。過不多久，人們一下子發覺科塔爾又變得愛跟人交往了：他滔滔不絕地和人談論鼠疫，徵求每個人的意見，每天晚上又高高興興地出沒於人群之中。

省裡發布公告的那天，科塔爾無影無蹤了。兩天後，塔魯在街上遇到了他，後者正在那裡徘徊。科塔爾請塔魯陪他回到郊區去。由於那天下班塔魯感到特別累，所以他遲疑了一下。但科塔爾堅持他的請求。當時他顯得很激動，話說得很快，嗓門很高，手勢亂打個不停。他問塔魯是不是認為省裡的公告真的會使鼠疫結束。當然，塔魯認為一份公告本身並不足以阻擋一場災難，但人們揆情度理，認為鼠疫行將結束，除非發生意外情況。

科塔爾說：「對啊！除非發生意外。不過，意外總是有的。」

塔魯指出，省裡規定城門還要關閉兩個星期，這證明省裡多少是預料到了會有意外情況。

科塔爾的神色還是那樣地陰沉和不安，他說：「省裡做得很對，因為從情況發展的趨勢來看，它發布的公告很可能是說了半天等於沒說。」

塔魯認為這種事也有可能，但他說，最好還是思想上準備著在不久的將來城市會開放，生活會恢復正常。

「行啊，就照您說的。」科塔爾說：「不過，您說的生活恢復正常是指什麼呀？」

「電影院裡有新的影片。」塔魯微笑著回答說。

但是科塔爾沒有笑。他想知道人們會不會認為：鼠疫將絲毫也不會使城市發生變化，一切將會像從前一樣重新開始，也就是說，好像什麼也沒有發生過似的。塔魯認為：鼠疫又會使城市發生變化，又不會使它發生變化；當然，不論是現在還是將來，居民們最大的願望是恢復正常，就像一切都沒有變過樣，因而，從某種意義上來說，什麼也不會改變，但從另一種角度看來，人們無法把一切都遺忘掉，即使是一心想這樣做也是做不到的，因為鼠疫會留下一些痕跡，至少是在人們的心靈裡。這個矮小的領年金者直言不諱地說他對心靈不感興趣，並說他甚至對心靈的問題一點也不在乎。他所關心的就是想知道行政組織本身是否會改變，比如說，所有的機構是否會像從前一樣地照常運轉。於是塔魯不得不承認他實在心中無數。按照塔魯的看法，所有這些機構，由於在鼠疫期間都遭到了破壞，可以想像得出，在重新開始工作時會遇到點困難。人們還可以有這種看法：一大堆的新問題將會出現，因而至少說，舊機構免不了要重行調整。

科塔爾說：「啊！這有可能，實際上，大家都得一切重新開始。」

這時，兩人已走到了科塔爾家附近。後者顯得很興奮，竭力裝出樂觀的樣子。他想像城市會恢復正常生活，它將忘掉它的過去，以便重新從零開始。

塔魯說：「是啊，總之，對您也一樣，事情會好轉起來的。從某種程度上來說，一種新的生活即將開始。」

他們站在門前，握了握手。

「您說得對！」科塔爾越來越激動地說：「重新從零開始，這倒是不錯。」

但這時，有兩個人突然從走廊的黑暗處跑了出來。塔魯剛聽到科塔爾在問這兩個傢伙究竟想幹什麼，這兩個衣冠楚楚、模樣像是公務人員的人就問這個矮子他是不是叫做科塔爾。後者發出了一種低沉的驚呼聲，沒等這兩個人和塔魯來得及做出任何反應，他轉身就跑，一下子消失在黑夜裡了。塔魯略微鎮靜了一會後，就問這兩個人要幹什麼。他們做出一副既謹慎而又有禮貌的樣子回答說，他們是想了解一下情況，說完他們就泰然自若地朝著科塔爾剛才逃跑的方向走去。

回到家裡，塔魯就把剛才的場面記錄了下來，但立即又提到他很疲倦（他的筆跡足以說明這一點）。他接著寫道，他還有許多事要做，但這不成為一個理由來讓自己不做好心理準備，於是他自問他自己是否真的有所準備。最後——而塔魯的筆記也到此結束——他自己回答說，無論在白天或夜裡，人總會有片刻時間是懦怯的，而他就怕這一片刻。

28

第三天，也就是在城門開放的幾天前，里厄醫生中午回到自己家裡，想看看有沒有他一直等待的那份電報。雖然他白天的工作跟鼠疫最猖獗的時候一樣累人，但是這種等待最後解放的心情消除了他的全部疲勞。他現在正生活在希望之中，並為此而感到高興。一個人不能總是把弦繃得緊緊的，不能總是弄得那麼緊張；全力以赴地跟鼠疫做鬥爭當然是應該的，但要是有這麼一個感情奔放的時刻，讓勁兒鬆弛一下，那是一件幸福的事情。如果他所等待的那份電報有好消息的話，里厄將有一個新的開端，而且他認為大家也都會有一個新的開端。

他走過門房時，新來的看門人把臉貼在玻璃窗上向他微笑致意。在上樓梯的時候，里厄腦子裡還留著這位看門人那張被疲勞和窮困折磨得蒼白的臉。

是的，當抽象觀念告一段落之後，他將一切從頭開始，如果運氣不壞的話……但在他開門時，他母親就跑來告訴他，說塔魯先生不舒服。塔魯早晨起來過，但他無力出門，現在剛重新躺下，老太太正在發愁。

「這大概沒什麼關係。」他的兒子說。

塔魯直挺挺躺在床上，他那沉重的頭部深深地陷在長枕頭裡，隔著厚厚的被子，還能看出他那結實的胸部。他正在發燒，頭痛得厲害。他對里厄說他的症狀很難斷定，也有可能是鼠疫。

「不，現在還一點也不能確定。」里厄在給他檢查之後說。

塔魯當時渴得要命。在走廊中，醫生對他的母親說，這可能是鼠疫的開端。

「啊！」老太太說：「這怎麼可能呢？不該發生在現在啊！」

她接著馬上說：「我們把他留下吧，貝爾納。」

里厄想了想說：「我沒有權利這樣做。可是城門就要開放了。我想，要是妳不在這兒的話，我倒會行使我的第一個權利，把他留下。」

「貝爾納，」她說：「你把我們兩人都留下吧！你知道我剛才又打過預防針。」

醫生說塔魯也打過預防針，但可能是由於勞累的緣故，他大概忘了注射最後一次血清和採取某些預防措施。里厄走入自己的書房。當他回到房間裡來的時候，塔魯看見他拿著幾支裝滿血清的大安瓿（ampoule）小型玻璃容器。

「啊！是這種病吧！」塔魯說。

「不是，這不過是一種安全措施而已。」里厄解釋道。

塔魯伸出了胳膊做為回答，接著里厄就給他進行了長時間的注射，也就是他自己平時給其他的病人進行的那種注射。

「我們晚上再看看結果。」里厄說完看了看塔魯。

「怎麼不隔離，里厄？」

「現在還一點都不能肯定您是不是得了鼠疫。」

塔魯費勁地笑了笑。

「給人注射血清，同時又不下命令隔離，這我還是第一次看到。」

里厄轉過身去說：「我母親和我會照料您的。您在這兒會更舒服一些。」

塔魯沒吭聲。這時里厄正在整理那些安瓿，他想等到塔魯說話時再轉過身去。最後，他走到床邊。病人看著他。塔魯的臉部表情顯得很疲乏，但他那雙灰色的眼睛還是鎮靜如常。里厄向他笑笑說：「要是您能睡的話就睡吧！我過一會兒再來看您。」

當醫生走到門口時，他聽到塔魯在叫他，於是他又回到病人跟前。

但是，塔魯好像在猶豫該怎麼說才好。最後，他終於講了：「里厄，應該把一切情況都告訴我。我需要知道。」

「我答應您的要求。」

塔魯的那張大臉扭動了一下，勉強一笑。

「謝謝。我不願死，我要鬥爭。不過要是我輸了，我也希望有個好的結局。」

里厄俯下身去，緊緊地抓著塔魯的肩膀，說道：「不！要做一個聖人，就應該活下去，鬥爭吧！」

這天的天氣開始很冷，後來漸漸暖和了些，到了下午就下了好幾場大雨和雹子。黃昏時分，天空略有放晴之意，但天氣卻變得更加寒冷刺骨。里厄晚上回來，連大衣也沒顧得上脫掉就走進了他朋友的房間。他的母親正在那兒打毛線。塔魯好像沒有移動過位置，但從他那由於高燒而變得慘白的嘴唇上，可以看出他正在堅持鬥爭。

「怎麼樣？」醫生說。

塔魯聳了聳他那露出被外的寬厚的肩膀。

「就這樣，」他說：「我輸了。」

醫生俯身觀察病人，發現在滾燙的皮膚下面出現了一串串的淋巴結，病人的胸部發出一陣陣雜音，使人聯想起地下鐵工廠的嘈雜聲。塔魯的情況很奇特，他的病症說明他同時患了兩種不同類型的鼠疫。里厄直起身來說，血清要過一會兒才能發揮全部作用。塔魯好像想說什麼似的，但一陣刺熱卡住了他的咽喉，把他的話壓了下去。

晚飯後，里厄和他母親來到病人身邊坐下。隨著黑夜的來臨，塔魯的鬥爭也開始了。而里厄知道這一場跟瘟神的艱巨鬥爭要一直繼續到黎明。但是在這一鬥爭中最精良的武器並不是塔魯的熊腰虎背，而是他的血液，也就是說里厄剛才在注射時所看到的、沿著針頭從塔魯胳膊裡流出來的血液，更確切地說，是他血液裡內在的那種比靈魂還要難於捉摸的東西，這是任何科學都無法做出解釋的。里厄只能看著他的朋友進行鬥爭。他要做的無非是使膿腫早一點成熟，打一些補針，但是幾個月來反覆的失敗，使他學會了應該如何去看待這些措施的效果。實際上，他唯一的任務是為這些措施的偶然生效而創造條件，而這種偶然性常常是要靠人去促成的。他想，一定要促成這種偶然性，因為瘟神的表現已弄得里厄摸不著頭腦了。它又一次捲土重來，力圖挫敗人們用來對付它的戰略，它已從那些看來它似乎已經紮根的地方消失了，但是它卻又出現在那些人們意想不到的地方，它又一次搞得人們目瞪口呆。

塔魯一動不動地躺在床上跟瘟神戰鬥著。整整一夜，在病魔的襲擊下，他始終沒有焦躁不安，而只是以他那粗壯的軀體和他那默默無聲的意志力來進行鬥爭。整整一夜，他也從來沒有吭過一聲，他以這種方式來表示自己正全神貫注於鬥爭，不能有一刻分心。里厄只能根據他朋友的眼睛來觀察這一鬥爭的各個階段：時而睜開，時而閉上；眼皮時而緊閉，貼著眼球，時而放鬆；目光時而凝視著一樣東西，時而又回到醫生和他母親的身上。每當醫生和他目光相接時，塔魯總是做出巨大的努力，報以微微一笑。

有這麼一會兒，街上傳來了一陣急促的腳步聲。似乎人們聽到了遠處的雷鳴，正在迅速奔跑。雷聲越來越近，最後街上響起了潺潺的流水聲：又開始下雨了，不久，雨中夾雜了冰雹，劈劈啪啪地打在人行道上。窗前的掛帷一陣陣地波動。在陰暗的屋裡，里厄的注意力曾一度被雨水聲吸引了過去，現在他又重新端詳起在床頭燈光照耀下的塔魯來。醫生的母親還在打毛線，她不時地抬起頭來注意地看看病人。醫生現在已把該做的事都做過了。雨後，房內一片寂靜，但充滿了一種無形的戰爭中聽不見的搏鬥聲。失眠折磨著醫生，他彷彿在寂靜中聽到一種輕輕的、有規律的呼嘯聲，這種怪聲在整個鼠疫流行期間一直在他耳邊迴盪。他向他母親打了個手勢，請她去睡覺。她搖搖頭表示拒絕，兩眼炯炯有神，接著她就拿起手裡的毛線活，仔細地檢查了一下在編結針針頭處的一個針眼，生怕打錯了要返工。里厄站起身來去給病人喝水，然後又回來坐下。

外面的行人，趁著陣雨暫停，在人行道上加快了步伐。他們的腳步聲漸漸輕下來，最後消失在遠處。醫生第一次發現這天夜晚跟發生鼠疫前的夜晚有著相同之處，街上很晚還有不少散步的人，而且也聽不到救護車的呼嘯聲。這是一個擺脫了鼠疫的夜晚。似乎在寒冷、燈光和人群的驅趕下，瘟神從這座城市的黑暗深處逃了出來，溜進了這間暖烘烘的房間，向塔魯那毫無生氣的軀體發動了最後的進攻。它已不再在城市的上空搗亂了，但卻在這房間的沉悶空氣裡輕聲呼嘯。幾小時來，里厄所聽到的就是它的聲音。現在只得指望它的聲音也會在這兒停下來，指望它也會在這兒承認失敗。

在黎明前不久，里厄俯身對他母親說：「妳該去睡一會兒，等八點鐘好來接替我。在睡覺前，先滴注一下藥水。」

老太太站起身來，放好毛線活，走到床邊。塔魯閉著眼睛已經有好一會兒了，汗水使他的頭髮捲成一圈圈的貼在他堅強的額上。老太太嘆了口氣，病人睜開了眼睛。他看到一張溫柔的臉正俯向著他，高燒的滾滾熱浪沒有把他沖垮，在他的嘴邊又出現了頑強的微笑，但他的眼睛又立刻閉了起來。他母親一走，就留下里厄一個人，他坐到她的椅子上。現在街上鴉雀無聲，死一樣的沉寂。房間內開始感到清晨的寒冷。

醫生朦朦朧朧地打起盹來，但是黎明時第一輛汽車把他從半睡眠狀態中驚醒了。他打了個寒顫，看了看塔魯，於是他明白現在正是鬥爭的間隙時間，病人也睡著了。馬車的木輪和鐵輪還在遠處滾動。窗外，天還是黑沉沉的。當醫生向床邊走去時，塔魯用毫無表情的眼睛望著他，好像還沒有睡醒似的。

里厄問：「您睡著過了，是嗎？」

「是的。」

「感到呼吸舒暢了點嗎？」

「舒暢了點。這說明點問題嗎？」

里厄沉默了一會兒說：「不，塔魯，這不說明任何問題。您跟我一樣都知道這是病情在早晨的暫時緩解。」

塔魯表示同意。

「謝謝！」他說：「請您始終確切明白地回答我。」

里厄在床腳邊坐下。他感到在他身旁的病人的兩條腿像死人的一樣又直又僵硬。塔魯的呼吸聲變得更粗重了。

「熱度又該上升了，是嗎，里厄？」他上氣不接下氣地說。

「是的，不過到中午我們才能知道。」

塔魯閉上了眼睛，好像是在養精蓄銳似的。他的臉上有一種厭倦的神態。他在等待熱度回升，而實際上，高燒已經在他體內的某處開始翻騰起來。當他睜開眼時，他的目光暗淡無神。只是當他發現里厄俯身靠近他時，眼睛才閃了閃光。

「喝水吧！」里厄對他說。

他喝了水，頭又往後倒下。

「時間真長啊！」他說。

里厄抓住他的手臂，但是塔魯已把目光轉向別處，沒有做出反應。突然，高燒像潮水衝破了病人體內的某一堤壩那樣，明顯地又湧到了他的額部。當塔魯把目光轉向里厄時，醫生把臉湊過去鼓勵他。塔魯還想勉強露出笑容，但這時他那咬得緊緊的牙關以及被一層白沫封住的嘴唇使他無法如願。不過在他變得僵硬的臉上，兩隻眼睛還是炯炯有神，閃耀著勇敢的光芒。

早上七點，老太太走進病房。醫生回到他的書房打電話到醫院，以便安排別人在那裡替他的班。他同時也決定推遲門診時間，在他書房內的沙發上躺一會兒。但他剛躺下就馬上站起身來，回到了房間裡。這時，塔魯的臉已轉向老太太，看著她那小小的身影，而老太太則正彎著身子在他身邊的椅子上難著，兩隻手合在一起擱在腿上。她看到塔魯這樣全神貫注地看著她，因此就把一個手指放到自己的嘴唇上示意，並站起來把那盞床頭燈關掉。但是日光很快地透過窗簾，不多會兒，就驅走了屋內的黑暗，照亮了病人的臉龐。老太太發現他那凝滯的目光還停留在她身上。她俯身替他整理了一下枕頭，直起腰來，把手放在他潮濕而又鬈曲的頭髮上，停留了一會兒。

這時她聽到一種彷彿從遠處發出的、低沉的聲音向她表示感謝，並告訴她說現在一切都很安適。當她重新坐下來時，塔魯已合上了眼睛，在他那衰弱的臉上，儘管嘴閉得很緊，好像又出現一絲微笑。

中午，高燒已達到了頂點。一陣陣劇烈的、出自體內深處的咳嗽使病人的身軀不斷地顫動，同時他又開始吐起血來。他的淋巴結已停止腫脹，但並未消退，硬得像緊緊擰在關節上的螺絲帽，里厄認為已經不可能再動手術把它們打開。在一陣陣的高燒和咳嗽的間隙中，塔魯還不時地把目光投向他的兩個朋友。但過了一會兒，他睜開眼睛的次數就越來越少了，被瘟神糟蹋得不成樣子的臉部，在日光的照耀下，變得越來越慘白了。高燒像一場暴風雨，使他周身不時地驚跳、抽搐，他越來越虛弱，最後漸漸地被這場暴風雨征服了。從現在起，里厄所看到的只是一張毫無生氣的、永遠失去了微笑的面具。曾幾何時，這個軀體使他感到多麼親切，而現在它卻被病魔的長矛刺得千瘡百孔，被這非人的痛苦折磨得不省人事，被這從天而降的、仇恨的妖風吹得扭曲失形！他眼看著塔魯漸漸地淹沒在鼠疫的大海裡，而他對此卻束手無策。他只能留在海岸上，張開著雙手，心如刀割。他再一次感到自己既沒有武器也沒有辦法來對付這場災難。最後，無可奈何的淚水模糊了里厄的視線，因此他沒能看見塔魯突然一翻身，面朝著牆壁，接著好像在他體內的某個地方有一根主弦繃斷了似的，在一聲低沉的呻吟中離開了人間。

夜晚又降臨了，戰鬥已經結束，四周一片寂靜。在這間與世隔絕的房間裡，里厄感覺到，在這具已經穿上衣服的屍體上面籠罩著一種驚人的寧靜氣氛。許多天以前的一個晚上，緊接著人們衝擊城門之後，在那一並排的似乎高高凌駕於鼠疫之上的平台上空，就曾出現過這種氣氛。那時候，他就聯想起自己經歷過的一種情景：他親眼看到一些病人死去，接著，類似這種寧靜的氣氛就會出現在病床的上空。這種間隔，這種莊嚴的間隙，這種戰鬥後的平靜到處都是一樣，這是一種吃了敗仗後的寂靜。但是，現在籠罩著他朋友周圍的氣氛卻寂靜得異乎尋常，它跟街上以及這座已擺脫了鼠疫的城市的寂靜氣氛是多麼協調！因而，在里厄的感覺中，這是一次決定性的失敗，它宣告了一切戰爭的結束，但同時又把和平變成了一種不治的創傷。醫生不知道塔魯最後是否找到了安寧，但至少在這時候，他自己預感到他將像一個失去了孩子的母親，或一個埋葬自己朋友的人一樣，不會再有安寧的時刻了。

外邊，夜晚仍然是那樣的寒冷，星星在明朗而又冷峭的天空裡閃耀著。在若明若暗的房間裡，他們感到玻璃窗上寒氣逼人，聽到了嚴寒的夜晚裡大風的淒厲呼嘯聲。老太太坐在床邊，姿勢仍和平時一樣，床頭燈照亮了她的右側。在屋子中間，遠離燈光的地方，里厄坐在一張安樂椅上。他想起了他的妻子，但每次他總是克制自己，打消這種念頭。

在夜幕開始降臨時，街上行人的鞋跟在寒冷的夜裡發出清晰的咯登聲。

老太太說：「你一切都安排好了嗎？」

「好了，我已經打過電話。」

於是，他們又開始默默無聲地守著屍體。老太太不時地看看他的兒子。當母子倆的目光偶爾碰在一起時，里厄就向她微微一笑。晚間街上那些熟悉的聲音相繼傳到他們的耳邊。雖然現在城裡還沒有正式批准車輛可以通行，但許多車輛又都重新行駛起來，它們絡繹不絕地在路面上飛馳而過。講話聲、呼喚聲此起彼落，接著是一片寂靜，然後又傳來馬蹄聲、兩輛電車轉彎時在軌道上的磨擦聲、隱約的嘈雜聲，隨後又聽到了夜晚的風聲。

「貝爾納？」

「嗳。」

「你累嗎？」

「不累。」

里厄知道他母親這時候在想什麼，他知道她在疼他。但他也知道愛一個人並不是件了不起的事，或者至少可以說，愛是永遠無法確切地表達出來的。因此，他母親和他永遠只能默默地相愛。但總有一天會輪到她或他死去，然而在他們的一生中，他們卻沒有能夠進一步地互相傾訴彼此之間的愛。同樣，他曾和塔魯在一起生活過，塔魯在這天晚上死了，但他們也沒能真正享受過兩人之間的友情。正像塔魯自己所說的那樣，他是輸了。但是他，里厄，他又贏得了什麼呢？

他懂得了鼠疫，懂得了友情，

但現在鼠疫和友情對他來說已成為回憶中的事了；

他現在也懂得了柔情，但總有一天，柔情也將成為一種回憶。

是的，他只不過是贏得了這些東西。

一個人能在鼠疫和生活的賭博中所贏得的全部東西，就是知識和記憶。

可能這就是塔魯所說的「贏了」的含義！

街上又傳來一輛汽車駛過的聲音，老太太在椅子上挪動了一下。里厄對她笑了笑。她對他說她不累，但馬上補充說：「你應該到山區（療養院）去休息休息。」

「當然囉，媽媽。」

是的，他將到那兒去休息一下。為什麼不呢？這可也是一個去那兒回憶一下的藉口。不過，要是只懂得些東西，回憶些東西，但卻得不到所希望的東西，這樣活著就叫做「贏了」的話，那麼這種日子該是多麼不好過啊！大概塔魯就是這樣生活過來的，而且他體會到，一種沒有幻想的生活是空虛的。一個人沒有希望，心境就不會得到安寧。

塔魯認為，人是無權去審判任何人的，

然而，他也知道，任何人都克制不了自己去審判別人的，

甚至受害者本身有時就是劊子手，

因此他生活在痛苦和矛盾之中，從來也沒有在希望中生活過。

難道就是為了這個原因他才想做聖人，才想通過幫助別人來求得安寧？

事實上，里厄對此毫無所知，而這也無關重要。塔魯給里厄留下的唯一形象就是他兩隻手緊握著方向盤，駕駛著醫生的汽車，或者就是他那魁梧的軀體現在一動不動地躺在那兒。

一種生活的熱情，一種死亡的形象，這就叫知識。

可能就是為了這個原因，當里厄醫生在早晨收到他妻子去世的消息時，他才顯得很冷靜。那

時他正在自己的書房裡。他母親幾乎是奔著給他送來一份電報，接著她又出去給送信人小費。當她回到屋內時，兒子手中已拿著這份打開的電報。她看了他一眼，而他卻昂然地凝視著窗外正在港口上呈現的燦爛清晨。

老太太叫了一聲：「貝爾納。」

醫生心不在焉地看了看她。

老太太問：「電報上說什麼？」

醫生承認說：「就是那件事，在八天以前。」

老太太把頭轉向窗戶。醫生沉默無言，接著他勸母親不要哭，說他已經預料到了，當然這是很難受的事。但是，在說這話的時候，他感到，他的痛苦來得並不突然。好幾個月來，特別是這兩天來，同樣的痛苦一直沒有停止過……

29

在二月的一個晴朗的早晨，拂曉時分，城門終於開放了，全城的居民、報紙、無線電廣播以及省裡的公報都對此表示祝賀。儘管筆者跟有些人一樣，當時不能完全投身到這狂歡的行列中去，但他感到有必要報導一下城門開放後的那些歡樂的時刻。

規模盛大的狂歡活動整天整夜地舉行。同時，火車也開始在站上冒煙了，而那些從遙遠的海洋開來的輪船已經駛向港口。這個新氣象生動地表明：對所有那些因長期分離而感到痛苦的人來說，這一天是他們大團圓的日子。

在這兒，人們不難想像這種曾經折磨了那麼多市民的別離之情已發展到了何等地步。白天到達和離開該城的火車都載滿了旅客。大家早就訂購了這一天的車票，在暫緩撤銷禁令的兩個星期中，人人都提心吊膽，生怕在最後的時刻省裡會取消原來的決定。此外，有些旅客在快要到達該城的時候，還沒有完全擺脫恐懼的心理，因為即使說他們對自己親人的命運有一定了解，但他們對於其他人，對於這座城市本身卻一無所知，他們把奧蘭市的面貌想像得十分可怕。不過上面講的僅僅適用於那些在整個分離期間還沒有受到愛情煎熬的人。

至於那些多情的人，他們確實一直在想著他們的美事。他們唯一的變化是：在這些流亡的日子裡，他們曾經想使時間過得快一點，而且他們後來還拚命要它過得更快些；但是當他們快要到達這座城市的時候，卻相反地希望時間過得慢些；而當火車開始煞車並準備進站時，他們甚至希望時間停止不動。他們有一種難以捉摸的、強烈的情緒，認為這幾個月來他們由於失去了愛情生活而遭到了損失，因此他們下意識地要求得到一種補償：希望即將來到的歡樂時間能比度日如年的等待時間慢上兩倍。那些在房間裡或者在站台上等待他們的人——比如朗貝爾，他的情人早已得到了通知，並在幾星期前就做好了動身的準備——也同樣地迫不及待，心煩意亂，因為多少月來，鼠疫已使這種柔情蜜意化成了抽象觀念，這就使朗貝爾惶惶不安地等待著與他那有血有肉的心上人兒——這種柔情蜜意的具體對象——一起重溫舊情。

他真想重新變成鼠疫初期時的自己，那時他恨不得一口氣奔出城門外，飛到他愛人的懷裡。但他現在知道這已不可能了。他變了，經過這場鼠疫，他已有了一種心不在焉的習慣，儘管他拚命想驅除它，但它像隱藏在心底的憂慮那樣繼續纏住他。在某種程度上，他感到鼠疫結束得太突然了，他沒有心理準備。幸福來得真迅速，形勢變化之快超出了人們的預料。朗貝爾知道他將一下子再度獲得他所失去的一切，因此歡樂就會成為一種燙嘴的、無法辨別其滋味的東西。

此外，每個人的心情都或多或少跟朗貝爾一樣，因此筆者應該講的是大家的情況。雖說在這個火車站台上，他們又開始了各自的私人生活，但當他們相互交換目光和微笑的時候，他們還感覺到他們是一個患難與共的集體。然而，當他們一看到火車的濃煙，那種流放的心情就在一陣使人忘乎所以的興高采烈之中突然化為烏有了。在好久以前，他們中間大部分人就在這個站台上開始了長期的分離；而現在當火車停下來的時候，在這同一個站台上，在一陣熱烈、激動的擁抱之中，在接觸到他們已經開始生疏了的身體的一瞬之間結束了這一望穿秋水的苦惱。

那個向朗貝爾飛奔過來的身影還沒等他來得及看清楚就已經投入了他的懷抱。他伸開胳臂摟住了她，她的頭緊緊地偎依著他，他所看到的只是那一頭熟悉的頭髮，這時他禁不住熱淚直淌，他不知道這是此時此刻的幸福之淚，還是長期來一直壓抑著的痛苦之淚，不過他至少感到這些淚水模糊了他的視線，使他無法確認，埋在他胸前的到底是他朝思暮想的那張臉，還是正相反，是一個陌生女人的臉。這個疑團要等他以後再去弄清楚了。眼下他想表現得跟他周圍的人一樣，好像相信鼠疫可以來臨，可以消逝，可是人兒卻不會變心。

他們一對一對地緊緊依偎在一起，回到了自己的家裡；他們如醉如痴，忘卻了身外還有世界存在，似乎戰勝了鼠疫；他們忘卻了一切痛苦，忘卻了那些從同一列火車上下來而沒有找到親人的人，這些人正打算回到家裡去證實他們所擔心的事情。因為他們長期沒有收到親人們的音訊，心裡早就滋長了戰慄不安的情緒。對於這些又感到了新的痛苦的人來說，對於另一些這時正在為死去的親人沉痛哀思的人來說，情況就大不一樣了，離別之情已達到了高潮。對這些母親、妻子、丈夫或情人來說，他們親人的屍骨現在已經埋在死人坑裡或者已經化為灰燼；對他們來說，鼠疫依然存在。但是誰還會想到這些孤苦伶仃的人？中午，太陽驅散了從早晨開始一直在空中與它較量的寒氣，陽光連續不斷地照耀著這座城市。時間也彷彿停下來了。山崗頂上的炮台在寧靜的天空中不斷轟鳴。全城的人都跑到大街上來慶祝這一激動人心的時刻，它標誌著痛苦的時間已經結束，遺忘的時間還沒有開始。

各處廣場上，人們都在跳舞。一夜之間，路上交通變得分外擁擠，汽車越來越多，街道水洩不通。整個下午，城裡鐘聲齊鳴，鏗鏘之音在蔚藍的天空中、在金色的陽光下迴盪。教堂裡充滿了歡樂的感恩聲。但與此同時，娛樂場所也擠得透不過氣來，咖啡館的老板也不顧以後如何營業，把最後剩下的酒全部賣給了顧客。櫃台前擠滿了一群群情緒同樣激動的人，其中還可以看到許多對男女在眾目睽睽之下毫無顧忌地摟抱在一起。人人都在叫著，笑著。這幾個月來，他們把生活的熱情都積聚了起來，人人都不輕易流露這種熱情。然而在這一天，在他們得以倖存的日子裡，他們把它全部傾注了出來。明天才是小心翼翼地開始生活的日子。而現在，各種完全不同階層的人都像兄弟一般匯聚在一起。死神沒能帶來人與人之間的平等，解放的歡樂卻給與它誕生的機會，它至少能維持上幾個小時之久。

但是這種一般的熱情洋溢還不足以說明一切，比如說，黃昏來臨之前，那些跟朗貝爾一起擠在街上的人往往用一種泰然自若的態度來掩飾一種更微妙的幸福感。許多對男女，許多家人看起來確實像一些神色安詳的漫步者。實際上，他們中間的大部分人是在他們曾經受過苦難的地方進行著一種微妙的朝聖。他們向剛回到城裡的親人們指出鼠疫在這些地方所留下的明的或暗的痕跡，它的全部歷史的見證。在某些情況下，人們喜歡擺出一副嚮導的架式，裝出一副見多識廣、鼠疫的見證人的樣子，他們只談鼠疫的危險而對它所引起的恐怖卻隻字不提。這種樂趣也並無害處。但另外也有些人，他們走的是更加扣人心弦的「路線」，比如，一個情人滿懷回憶中焦慮不安的柔情，會對他的女伴說：「當時就在這個地方，我曾經苦苦地思念妳，可是妳不在啊！」

這些熱情奔放的遊客當時是很容易認出來的，因為在這一片嘈雜聲中，他們邊走邊喁喁私語、互訴衷情，顯得與眾不同。他們比十字路口的樂隊更真切地表達出這種獲得解放的心情，因為在這一片歡樂的喧嘩聲中，這一對對快樂的、緊緊偎依在一起的人兒，雖然言語不多，卻得意揚揚地、自私地顯出一副非常幸福的樣子。他們通過這種方式來說明，鼠疫已經結束，恐怖時期已經過去。他們不顧明顯的事實，不慌不忙地否認我們曾在這樣的荒謬世界中生活過，在那裡，殺死一個人如同殺死幾隻蒼蠅那樣，已成為家常便飯；他們否認我們經歷過這種明確無誤的野蠻行為，這種有預謀的瘋狂舉動，這種對一切原有的社會道德置之不顧的囚禁生活；他們否認我們聞到過這種使所有活著的人都目瞪口呆的死人氣味；最後，他們也否認我們都曾經被瘟神嚇得魂飛魄散，當時，我們中間每天有一部分人的屍體被投入焚屍爐的巨口，最後化成一股濃煙，而另一部分人則每天在無可奈何和驚恐萬狀的枷鎖下等待著死神的召喚。

總之，這就是里厄醫生所看到的情景。當時，將近黃昏，他獨自一人在這片鐘聲、炮聲、音樂聲和震耳欲聾的叫喊聲中朝著市郊的方向走去。他要繼續行醫，因為病人是沒有休假的。在美麗的霞光映照下，城市中飄起了過去熟悉的烤肉和茴香酒的香味。在里厄的四周是一張張仰天歡笑的臉。一對對男女緊緊地貼在一起，紅紅的臉蛋顯得情意激動，他們不時地發出充滿情意的叫聲。是的，鼠疫結束了，恐怖時期過去了，而這種熱情的擁抱說明了鼠疫確確實實曾經是人們流放和分離的根源。

好幾個月來，里厄發現在行人的一張張臉上都帶有一種親如一家的神色，到今天他才恍然大悟，才明白這究竟是怎麼一回事。他現在只要看一看他周圍的人就懂了。這些人終於盼來了鼠疫的結束，但由於艱難拮据，他們公然穿上了流放者的衣著。其實，他們長期來一直過著一種流放者的生活，這種生活起先只是通過他們臉上所流露出來的那種茫然若失和遠離故鄉的神情反映出來，而現在在他們的衣著上也可以看得出來。鼠疫發生後，城門隨著關閉，從那時起，他們只是過著一種與世隔絕的生活，他們失去了能撫慰一切痛苦的人間溫暖。在不同程度上，住在城市各個角落裡的這些男男女女都曾渴望團聚。當然，對每個人來說，這種團聚的性質並不完全一樣，不過當時對大家來說，這同樣是一件可望而不可即的事情。他們中間的絕大部分人都曾使盡全力去呼喚離別的情人，渴望肉體的溫暖、往日的柔情，或懷念過去的生活習慣。有些人失去了人們的友情，無法再通過諸如信件、火車、輪船之類的正常途徑來跟人們取得聯繫，保持友情，因而深受其苦但又並不自覺。還有少數可能像塔魯那樣的人，他們也希望團聚，但這團聚的對象卻是一種他們無法確定的東西，不過這是他們認為唯一合乎願望的東西，因為想不出恰當的名字，有時，他們就把這東西稱做「安寧」。里厄繼續走著。他越往前走，周圍的人就越多，嘈雜聲也越響，他似乎感到自己在原地踏步不前，市郊跟他之間的距離總是保持不變。他漸漸覺得自己跟這些吵吵鬧鬧的人群正在融化成一體，他越來越領會到他們的叫喊聲意味著什麼，他懂得在這些聲音中間至少有一部分代表了自己的心聲。是的，大家都曾在肉體上和心靈上為難以忍受的分離、無可挽回的流放和永遠不能滿足的渴望而感到痛苦。在這些堆積如山的屍體中間，在一陣陣救護車的呼嘯聲中，在這些所謂命運發出的警告聲中，在這種一潭死水似的恐怖氣氛以及人們內心的強烈反抗中，有一陣巨大的吶喊聲在空中迴盪不息，在提醒著這些喪魂落魄的人們，告訴他們應該去尋找他們真正的故鄉。對他們所有的人來說，真正的故鄉是在這座窒息的城市的牆外，在山崗上的這些散發著馥郁的香氣的荊棘叢裡，在大海裡，在那些自由的地方，在愛情之中。他們想回到故鄉的懷抱，恢復幸福的生活；對其餘的一切，他們不屑一顧。

至於這種流放和這種團聚的願望究竟有什麼意義，里厄卻又無從知曉。他繼續往前走，到處人們擠他，向他吆喝。就這樣，他漸漸地走到了行人比較稀少的街道上。他認為這些事情有沒有意義都無關緊要，只須看到有這種符合人們心願的東西存在就夠了。

從現在起他對這點有所了解，在市郊的那些幾乎空無一人的街上，他對這點就看得更清楚了。有些人戀戀不捨自己僅有的那麼一點點東西，一心只想回到他們那充滿愛情的家園。對這些人來說，他們或許會得到滿足。當然，他們中間有些人失去了自己所等待的親人，還在城裡踽踽獨行。另有些人還算是幸運的，因為他們沒有像某些人那樣遭到了兩次分離的痛苦，後者在鼠疫發生以前沒有能夠一下子就建立起愛情，其後又在好幾年的歲月中盲目地一味追求這種勉強的結合，以至最終由情人變成了冤家對頭。前面說的那些還算是幸運的人，像里厄本人一樣，曾經輕易地相信時間能解決問題：一念之差，結果暫別成了永訣。但是另外還有些人，例如朗貝爾，（醫生就在這天早晨離開他的時候對他說過：「勇敢些，現在該是您得勝的時候了。」）他們這些人很快就重新找到了原先以為已經失去了的親人。至少在一段時間裡，他們將會感到幸福。他們現在知道，要是說在這世上有一樣東西可以讓人們永遠嚮往並且有時還可以讓人們得到的話，那麼這就是人間的柔情。

相反地，所有那些超然的人，那些嚮往著某種連他們自己也說不清楚的東西之人，都沒有找到任何符合他們心願的東西——塔魯好像已經求得了他曾經說過的那種難覓的安寧，但他只是通過死亡才得到了它，而那時這種安寧已經對他毫無用處——在斜陽的餘暉下，里厄看到一些人，在家門口緊緊地擁抱在一起，充滿激情地互相凝視著；這些人之所以能獲得他們所嚮往的東西，這是因為他們所要求的東西是他們唯一力所能及的東西。當里厄剛要轉入格朗和科塔爾住的那條街的時候，他想到這樣一個問題：對於那些滿足於得到人和他那可憐但又偉大的愛情之人，確實應該使他們，或者至少是每隔一段時間使他們得到歡樂做為獎勵。

30

這篇敘事到此行將結束。現在正是里厄醫生承認自己是這本書的作者的時候了。但在記載這部歷史的最後一些事件之前，他至少想說明一下他寫這部作品的理由，希望大家知道他是堅持以客觀見證人的態度來記錄的。在整個鼠疫期間，他的職業使他有機會接觸到該城的大部分居民和了解他們的心情。因此，他完全有資格來敘述他的所見所聞。

不過，他在從事這項工作的時候，想保持一種恰如其分的謹慎態度。總之，他竭力避免敘述那些自己沒有親眼看見的事，他竭力避免把一些無中生有的想法強加在他的那些鼠疫時期的伙伴們身上，他總是以那些偶然地或者由於發生了不幸的事件而落到他手裡的資料來做為依據的。

他是在為一種罪行作證，因此他像一個善良的證人那樣，保持了一定的謹慎態度。但同時，根據他正直的良心，他有意識地站在受害者一邊。他希望跟大家，跟他同城的人們，在他們唯一的共同信念的基礎上站在一起，也就是說，愛在一起，吃苦在一起，放逐在一起。因此，他分擔了他們的一切憂思，而且他們的境遇也就是他的境遇。

做為一個忠實的見證人，他主要是把他們的所作所為、有關的文獻和傳聞都記載下來。但他個人要講的事，諸如他的期待的心情，他所經受的種種考驗，他都不打算涉及。即使他提到了一些，那也只不過是為了了解他們，或者使別人了解他們，同時也是為了把他們經常隱隱約約感覺到的東西盡可能明確地表達出來。說實在的，這種服從理智的努力並沒有使他付出很高的代價。每當他情不自禁地想把自己內心的思想直接摻合到成千上萬的鼠疫患者的呻吟中去的時候，他就會想到自己所經受的痛苦沒有一項不是別人的痛苦，想到平時在這個世界上，一個人的痛苦往往是與別人毫不相干的，而現在大家卻都能夠同病相憐，這本身就是一件令人快慰的事情，因此他就不談個人的事。顯然，他應該代表大家講話。

但在這些市民中間至少有一個人，里厄醫生是不能代表他講話的。這就是塔魯有一天跟里厄談起的那個人：「他唯一的真正罪行就是他從心底裡贊成那種導致孩子和成人死亡的東西。除此以外，我都能理解；但是這一件事，我只能勉強原諒他。」這個人具有一顆愚昧無知的心，一顆孤獨的心，而我們的故事在寫了這個人之後也就應該結束了。

當里厄醫生離開充滿著節日歡樂的大街，並剛要轉入格朗和科塔爾住的那條街時，他被一道警戒線攔住了去路。這完全出乎他的意料。遠遠傳來的狂歡聲更襯托出了這個地區的寂靜，他感到這兒既荒僻又寂靜。他出示了他的證件。

「不能過去，醫生，」警察說：「有個瘋子正在向人群開槍射擊。不過，請您待在這兒，您可以幫幫忙。」

這時，里厄看見格朗正向他走來。格朗對情況也一點不了解。人們不讓他走過去，而他聽說子彈是從他的那棟房屋裡射出來的。遠處，在殘陽的照耀下，房屋的正面披上了一層金黃色的霞光。四周是一大片伸展到對面人行道為止的空曠場地。在街中心，人們可以清晰地看到有一頂帽子和一塊髒布片。里厄和格朗遠遠望去，看到在街的另一頭也有一道警戒線，它與擋住他們去路的那條警戒線平行地遙遙相對。在這條警戒線後面還可以看到區裡的幾個居民在匆忙地來來去去。再仔細一看，他們還發現一些握著手槍的警察蹲在這棟房屋對面的一些大樓的門後面，而這棟房屋所有的百葉窗都關著，但三樓有一扇百葉窗好像半開著。街上靜悄悄的，能聽到的只是從市中心斷續傳來的樂聲。

一會兒後，從房屋對面的某一棟大樓裡發出了「砰砰」兩下手槍聲，那扇半開的百葉窗頓時就爆裂成碎片。然後又重新恢復了寂靜。里厄經過了一整天的吵鬧，現在又從遠處看去，感到這個場面似乎有點兒不像是真的。

「這是科塔爾的窗戶啊！」格朗突然激動地說：「不過，科塔爾沒在那兒。」

「你們為什麼開槍？」里厄問警察。

「我們正在逗他。我們現在在等一輛車，車上帶著必要的裝備，因為他向所有想要走進屋子大門的人開槍。有一個警察已經中了彈。」

「他為什麼要開槍呢？」

「不知道。當時人們正在街上遊逛。他們聽到第一下槍聲時，還弄不清是怎麼一回事。等到第二下槍聲響時，就有人叫喊起來了，一個人受了傷，於是大家就逃跑了。一個瘋子，懂嗎！」

四周又靜了下來。時間過得非常慢。突然間，他們看見在街的另一頭出現了一條狗，這是里厄很久以來看見的第一條狗。這是一條西班牙獵狗，身上很髒，牠的主人可能是一直把牠藏著，直到今天才放出來。現在，他正沿著牆小跑而來，到了這棟屋子門口附近，猶豫了一下，一屁股蹲下，接著就彎過身子來咬跳蚤。警察吹了好幾聲哨子叫喚牠。這條狗抬起頭來，然後下了決心，慢慢地穿過馬路去嗅那頂帽子。就在這時，從三樓射出一發子彈，打中了狗，只見牠突然翻過身來，四隻爪子拚命掙扎，最後側身倒下，一陣陣長時間的抽搐使牠渾身顫動。警察們立即回擊，從對面大樓的門裡射出五、六發子彈，那扇百葉窗又被打得碎片紛飛。接著又恢復了寂靜。這時太陽已落得更低了一些，陰影開始移向科塔爾的窗戶。在大街上，從醫生的身後傳來了一陣輕輕的煞車聲。「他們來啦！」警察說。

一些警察背朝外從車上下來，他們拿著繩索、梯子和兩包用油布包起來的長方形東西。他們走到一條圍繞著這一排房屋的街上，在格朗那棟房子的對面停了下來。過了一會兒，人們看到，或是更正確地說，人們猜想到，在這些屋子的門後出現了一些騷動。接著人們開始等待。那條狗已經一動不動地倒在一灘暗黑色的血泊裡。

突然，從警察們占據著的屋子的窗戶裡發出一陣噠噠噠的手提式衝鋒槍聲。隨著這一陣射擊，那扇被瞄準的百葉窗一片片地碎落下來，成了一個黑暗的大窟窿。里厄和格朗站在他們原來的地方看過去，什麼也分辨不清。當這陣射擊停下來的時候，在距離較遠的一棟房屋裡，第二支手提式衝鋒槍又接著從另一個角度響起來了。子彈可能打進了窗子的方框，因為其中有一顆子彈打下了一堆磚頭的碎片。就在這一剎那之間，三個警察飛速穿過馬路，衝入大門。幾乎同時，另外三個警察也跟著衝了進去，這時射擊也就停止了。人們還在等待。從屋裡傳出了兩聲爆炸聲。接著是一陣嘈雜聲，人們看見一個只穿襯衣、不停地叫喊著的矮個兒幾乎是足不著地給拖了出來。同時，所有沿街的百葉窗都像出現奇蹟一般一下子全打開了，窗口擠滿了瞧熱鬧的人，一大群人從屋裡走了出來，擠在警戒線後面。這時，人們看到這矮個兒已到了馬路中間，兩腳著地，兩隻胳膊被警察擰到背後。他叫喊著。一個警察跑到他跟前，又穩又狠地猛揍了他兩拳。

「這是科塔爾，」格朗結結巴巴地說：「他瘋了。」

科塔爾被打倒在地上。只見那個警察使盡全力對準躺在地上的人踢了幾腳。接著一群亂哄哄的人騷動起來，朝著醫生和他的老朋友走來。

「散開！」警察說。

當這群人在里厄面前走過時，他把目光避開了。

在暮色朦朧中，格朗和里厄走了。好像剛才發生的事件已使這個區從一種麻木的狀態中蘇醒了似的，這些偏僻的街道又重新沸騰起來，快樂的人群又鬧開了。格朗在走到家門口時向醫生告別。他要幹活去。但臨上樓之前，他對醫生說，他已經給尚娜寫了信，並說現在他很高興。接著他提到了自己已重新改寫了那句句子：「我把形容詞全部劃掉了。」

說罷，他就帶著一種調皮的笑容，脫下帽子，恭恭敬敬地向里厄行了個禮，但是里厄卻在想著科塔爾。他朝著那個患氣喘病的老頭兒家走去，一路上耳邊總是回響著拳頭打在科塔爾臉上所發出的那種沉重的聲音。想到一個犯罪的人比想起一個死去的人可能更不好受。

當里厄到達病人家的時候，天色已完全黑了。在病人的房間裡，能聽到從遠處傳來的那些慶祝自由的歡笑聲，而那老頭兒的脾氣還是跟往常一樣，在繼續不停地玩他那鷹嘴豆換鍋的遊戲。

「是啊，玩玩吧，高興高興，他們做得對。」他說：「有苦就得有樂，要不就不成其為世界了。醫生，您的那位同事呢？他現在怎麼了？」

一陣陣爆炸聲傳到他們耳邊，但這不是槍炮聲，孩子們在放爆竹。

「他死了。」醫生邊回答，邊為老頭兒呼呼作響的胸部聽診。

「哎喲！」老頭兒驚嘆了一聲。

「得了鼠疫。」里厄補充說。

「是啊！」老頭兒過了一會兒，才慨嘆地說：「好人總是先死，這就是生活。不過他是個有頭腦的人。」

「您為什麼說這些？」醫生一邊放好聽診器，一邊問。

「我是隨便說說。不過，他這個人說話可不會信口開河。總之，我很喜歡他。就是這樣。別人說：『這是鼠疫啊！我們是經歷了鼠疫的人哪！』他們差點兒就會要求授予勛章了。可是鼠疫是怎麼一回事呢？也不過就是生活罷了。」

「您得經常做做熏蒸療法。」

「啊！請放心。我還有好多時間要活，我要看人們統統死去。我可懂得活命。」

在遠處，歡樂的呼聲對他的話做出了回答。里厄站在屋子中間。

「我到平台上去，不打擾您嗎？」

「一點也不！您想到上面去看看是嗎？您高興去就去。不過人們還是跟以前一個樣。」

里厄朝著樓梯走去。

「喂，醫生，他們要為這些死於鼠疫的人豎一座紀念碑，這事兒確實嗎？」

「報紙上是這麼說的。豎一座石碑，或者一塊紀念牌。」

「我早料到會這樣做。還會有人演講呢！」

老頭笑得連氣也喘不過來。

「我在這裡就能聽到他們說：『我們已故的……』一講完，他們就去大吃大喝了。」

里厄已經登上了樓梯。寒冷的天空一望無際，星星在房屋上空閃閃發光，在山崗附近，星星看上去像燧石一般冷硬堅實。這一天的夜晚跟上次他和塔魯在一起的那個夜晚沒有多大的差別——那天晚上他們是為了排遣鼠疫給他們帶來的心頭煩悶而到這個平台上來的。但是今天，懸崖下的大海比那天夜裡更不平靜。四周的空氣輕飄飄地浮在那兒一動也不動，一點也聞不到那還不很涼的秋風所帶來的海水鹹味。可是來自城裡的喧嘩聲卻猶如陣陣波濤沖擊著平台的牆腳。但這天的夜晚是解放的夜晚，而不是反抗的夜晚。遠處，可以看到一大片暗紅色的光，那裡是燈火輝煌的林蔭大道和廣場。在解放了的夜晚，任何力量也阻擋不了人們去實現自己的願望，現在傳到里厄耳邊的聲音正是人們的心願所匯成的吼鳴。

從黑沉沉的港口那兒升起了市政府放的第一批火花。全城發出了一片長時間的低沉歡呼聲。所有那些曾經被里厄愛過而現在已經離開了他的人們，如科塔爾、塔魯、醫生自己的妻子，所有這些人，有的去世，有的犯罪，現在全都被遺忘了。那老頭兒說得對，人們還是跟以前一個樣。這就是說人們還是那樣生氣勃勃、愚昧無知，而現在就在這平台上，里厄忘卻了痛苦，感到自己跟人們在一起。一陣陣越來越響亮、越持久的歡呼聲不斷地從市中心一直傳到平台底下，天空中出現了越來越多的火樹銀花，猶如百花齊放，爭奇鬥豔。

面對這種景色，里厄醫生於是決定動手編寫這篇到此為止的故事。他之所以要這樣做是因為不願在事實面前保持緘默，是為了當一個同情這些鼠疫患者的見證人，為了使人們至少能回憶起這些人都是不公平和暴力的犧牲品，為了如實地告訴人們他在這場災難中所學到的東西，並告訴人們——人的身上，值得讚賞的東西總是多於應該蔑視的東西。

不過他明白這篇紀實寫的不可能是決定性的勝利。它只不過是一篇證詞，敘述當時人們曾不得不做了些什麼，而今後，當恐怖之神帶著它的無情屠刀再度出現時，那些既當不了聖人、又不甘心懾服於災難的淫威、把個人的痛苦置之度外、一心只想當醫生的人，又一定會做些什麼……

里厄傾聽著城中震天的歡呼聲，心中卻沉思著：

威脅著歡樂的東西始終存在，因為這些興高采烈的人群所看不到的東西，他卻一目瞭然。他知道，人們能夠在書中看到這些話：鼠疫桿菌永遠不死不滅，它能沉睡在家具和衣服中歷時幾十年，它能在房間、地窖、皮箱、手帕和廢紙堆中耐心潛伏守候。也許有朝一日，人們又會遭到厄運，或是再來上一次教訓，瘟神會再度發動它的鼠群，驅使牠們選中某一座幸福的城市做為牠們的葬身之地。

〈全書終〉

國家圖書館出版品預行編目資料

瘟疫／卡繆／著 -- 初版 -- 新北市：
新潮社文化事業有限公司，2022.08
面； 公分
譯自：LA PESTE
ISBN 978-986-316-836-2（平裝）

876.57 111007856

瘟疫

卡繆／著

【策 劃】林郁
【主 編】劉碩良
【譯 者】顧方濟、徐志仁
【制 作】天蠍座文創
【出 版】新潮社文化事業有限公司
電話：(02)8666-5711
傳真：(02)8666-5833
E-mail：service@xcsbook.com.tw

【總經銷】創智文化有限公司
新北市土城區忠承路 89 號 6F（永寧科技園區）
電話：2268-3489
傳真：2269-6560

印前作業 菩薩蠻、東豪印刷事業有限公司

初 版 2022 年 8 月